历史与现场丛书

孟繁华 贺绍俊 主编

红旗下的激越与迟疑

——周立波的文学创作与评价史

张维阳◎著

中国社会科学出版社

图书在版编目（CIP）数据

红旗下的激越与迟疑：周立波的文学创作与评价史/张维阳著 . —北京：
中国社会科学出版社，2017.8
（历史与现场丛书）
ISBN 978 - 7 - 5161 - 9337 - 2

Ⅰ.①红…　Ⅱ.①张…　Ⅲ.①周立波（1908 - 1979）—文学创作研究
Ⅳ.①I206.7

中国版本图书馆 CIP 数据核字（2016）第 280851 号

出 版 人　赵剑英
责任编辑　郭晓鸿
特约编辑　席建海
责任校对　周　昊
责任印制　戴　宽

出　　版　中国社会科学出版社
社　　址　北京鼓楼西大街甲 158 号
邮　　编　100720
网　　址　http://www.csspw.cn
发 行 部　010 - 84083685
门 市 部　010 - 84029450
经　　销　新华书店及其他书店

印刷装订　北京君升印刷有限公司
版　　次　2017 年 8 月第 1 版
印　　次　2017 年 8 月第 1 次印刷

开　　本　710×1000　1/16
印　　张　13.5
插　　页　2
字　　数　201 千字
定　　价　52.00 元

目　录

绪　论

第一节　研究缘起

周立波是中国当代文坛重要的作家，他从 20 世纪 30 年代开始文学创作，他的创作贯穿左联时期、延安时期和新中国成立后的"十七年"。"文化大革命"的十年浩劫一度中断了周立波的文学创作，但在粉碎林彪、江青反革命集团后，他再次登上文坛，为社会主义文学事业奋斗到最后一刻。他集文学翻译家、文学理论家、文学教育家和作家于一身，是一位杰出的文学多面手，他在涉足的各文学领域内都取得了非凡的成就。他翻译了肖洛霍夫的《被开垦的处女地》，为中国的农业合作化小说提供了范本，还翻译了基希的报告文学作品《秘密的中国》，为摸索期的中国报告文学带来了理论和方法。他又以记者的身份，陪同美国上尉卡尔逊访问了晋察冀边区，写出了《晋察冀边区印象记》与《战地日记》。抗战时期他又随军南征，创作出了《南下记》和《万里征尘》，为中国的报告文学写作做出了示范，他堪称是中国报告文学领域的先驱。周立波从 20 世纪 30 年代起开始进行文学评论写作，写出了《文学中的典型人物》《艺术的幻想》《俄国文学中的死》《文艺的特性》等众多文艺理论文章，其开阔的视野和渊博的学识为中国的文艺理论注入了新鲜的血液。延安时期，他任"鲁艺"的教员，讲授"名著选读"课程，为"鲁艺"学员梳理古今中外的艺术精粹，为共产党培养了大量的文艺工作者。其间，他写下的十多万字的讲授提纲，涉及十余位外国优秀作家及几十部外国文学作品，"反映了延安文艺座谈会以前我国革命作家运用马克思主义的立场、观点和方法研究外国文学所达到的高度"①。更为重要的是，在民主革命时期和社会主义革命时期，周立波分别创作了可以代表时代文学高度的小说——《暴风骤雨》和《山乡巨变》，鼓舞并指引广大人民群众改天换地、重整乾坤，对革命的成功和社会的变革起到了巨大的推动作用。他的创作横贯半个世纪，映现了风云变幻的 20 世纪中国革命的历程，推动和促进了民族的解放事业，他为中华民族贡献了大量的文化遗产和精神财富。在个人创作之外，新中国成立后他还积极推动家乡的文化建设，提携和引导年轻作家，培养了一大批优秀的风格独特的文艺工作者，为湖南和中国的文坛培养了众多的新生力量。

面对这样一个创作丰沃、影响深远的作家，中国的文学批评却在很长的一个历史阶段内未对其给出应有的历史评价。在激情澎湃的年代，周立波的作品因为"不够理想""不够纯粹"而受到打压，而在"新时期"，其作品又因"告别革命"的时代风潮而受到冷遇。周立波在不同的历史时期被塑造成了一个犹豫徘徊的踟蹰者或是激情涌动的盲从者，他长时间被低估和片面阐释，这不能不引起研究者的注意和反思。导致这样的结果有历史的原因，也有作家自身的原因，本书试图在周立波的创作中寻找他被低估的缘由，以此反思解放区作家的历史命运和中国当代文学批评体系的内在机制。

---

① 胡光凡：《周立波评传》，湖南文艺出版社 1986 年版，第 141 页。

第二节　"想象中国"：传统与方法

　　1840 年的鸦片战争及随后而来的一系列帝国主义侵略使王朝模式下的中国遭受了致命的打击，曾经崇高而伟大的古典中国在列强的蚕食鲸吞下奄奄一息，"天朝上国"的迷梦被西方的坚船利炮无情地击碎，曾经自大而傲慢的大清国民陷入了前所未有的精神迷失，亟须建立新的自我定位和国家认同。晚清以来的中国文学自觉参与到这一新的建构过程中，以丰沛的情感和丰富的想象使"中国"的形象逐渐清晰。这些文学作品或是将"中国"想象成蓄势待发的新生力量，以期感召国民，振奋人心，或是将"中国"描述成行将就木的枯槁形象，企望鞭策国人，激发活力。梁启超是中国现代国家观念和现代民族主义思想最重要的传播者和奠基人，他眼见"王朝中国"风雨飘摇，强盛而繁荣的"现代中国"成了中华儿女共同的心理期待和内心呼唤。然而，究竟什么样的中国是让人梦寐以求的"现代中国"，"现代中国"并没有明晰的图像和现实的模型，"如何想象中国"便成了摆在他面前亟须探索的现实问题。

　　梁启超在这山河破碎、人心涣散的历史节点，作《少年中国说》，将中国想象成一个勇于进取的、如朝阳般的少年。这一全新的"少年"形象具有反抗传统、面向未来的现代意识及渴望进步、期待超越的内在追求，是西方现代国家观念的形象表述，代表了梁启超对西方现代性发展路径的认同。梁启超通过对这一形象的设定，将中国置于现代性的强国道路之上，一扫世人对于中国是风烛残年的"老大帝国"的观念，让国人重新燃起对于中国未来的希望。后又作《新中国未来记》，玄想若干年后中国"维新五十年庆典"盛况，与诸国签订太平条约，西方列强权臣贵族悉数来朝恭贺。又设想在上海举办世界博览会，不仅展示中国的商品和工艺，更向世界展现和介绍中国的学术和宗教，盛况之大，前所未有，"各国专门名家大博士来集者不下数千人，各国大学学生来集者不下数万人。处处有演说坛，日日开讲论会，竟把偌大一个上海，连江北连吴淞口连崇明县，都变作博览会场了"①。在这里，梁启超想象的未来"中国"经济蓬勃、政局稳定、文化繁荣、科技进步，历经劫难后重回盛世，得到国际社会的充分尊重。他勾勒了一个清晰而逼真的历史愿景，是"少年中国"进入"壮年"之后的必然景象。在梁启超的影响下，众多文人参与到想象未来中国光明图景的创作路径中，以狂想的方式描绘未来"中国"的蓝图。吴趼人著《新石头记》，让贾宝玉游历"文明境界"里的"自由村"，这里的政治体制、军事实力、教育理念和生活福利都无可挑剔，尤其是各种奇异的科技发明——"空中飞车""地盾车""时光机""千里仪"，可以提高脑能的药物，可以做家务的机器人，使人对这个"文明境界"充满了向往和期待。在这里，"文明境界"就是时人政治理想和物质愿望的形象表达，也是吴趼人对未来"中国"的浪漫想象。陆士谔作《新中国》，这部以梦为载体的幻想之作，在梦境之中展现了作者心中未来中国的蓝图。在梦中，陆云翔和妻子游历 40 年后的上海，发现治外法权早已收回，外国巡捕不见了踪影，"凡警政、路政，悉由地方市政厅主持"②。工业、商业都变得发达，洋货都被国货淘汰出了市场，路上的洋人由于尊重中国人而变得彬彬有礼，不再横冲直撞。梦境中的中国军力强盛、国防巩固、经济繁荣、政治开明，是作者的幻想，也是作者的理想。除此之外，萧然郁生的《乌托

---

① 张品兴编著：《梁启超全集》，北京出版社 1999 年版，第 5610 页。
② 陆士谔：《新中国》，九州出版社 2010 年版，第 6 页。

邦游记》、碧荷馆主人的《新纪元》、悔学子的《未来教育史》等作品也以想象的方式描绘了未来中国的面貌，寄托了作者的政治理想和对祖国未来的希望。尽管这些作者在作品中为中国选择了不尽相同的政治道路，他们笔下未来中国的景象也千差万别，但他们都预想在若干年后，经过一系列的革命或是改革，定会出现一个繁荣昌盛的新中国，中国必将重返世界强国之林，成为国际政治格局中重要的一极。他们在中国处于积贫积弱的历史谷底对中国的未来依然满怀信心，这并不是病中呓语或者痴人说梦，而是表达了他们对"少年中国"的想象坚信不疑，这背后是作家们坚定的大国梦和不灭的强国心。随着这些作家的创作和这些作品的传播，"少年中国"的想象逐渐深入人心，激发了民族的斗志，唤起了国人的信心。进入五四时期，"少年"的想象诱发了对"青年"的呼唤。陈独秀在《敬告青年》中写道："青春如初春，如朝日，如百卉之萌动，如利刃新发于硎，人生最可宝贵之时期也。青年之于社会，犹新鲜活泼细胞之在人身。"[①] 他充分肯定了"青年"的价值并真诚地呼唤广大青年为祖国的崛起和社会的变革贡献自己的青春和力量，由此拉开了一个如火如荼的革命新时代的序幕。之后出现在郭沫若诗作中吞食宇宙的"天狗"，令人燃烧、叫人痴狂的"年轻的女郎"，以及浴火重生的"凤凰"，都表达了作者对旧中国的摒弃和对新中国的守望，其对于"新生"的信念和"未来"的向往无不透露出"少年"想象对他的影响。

梁启超不仅在作品中将"中国"想象成奋发图强的翩翩少年，还将"中国"想象成雄壮威武、梦中苏醒的狮子。据说最早提出中国"梦中苏醒"这一说法的是晚清的驻外公使曾纪泽，他在任期结束后返回祖国，在香港的《德臣西字报》上发表了一篇名为《中国先睡后

---

① 陈独秀：《敬告青年》，《新青年》1915 年第 1 期。

醒论》的文章，① 证明中国贫弱的现状好似一个人在昏睡之中而并非行将死亡，并且在英法联军火烧圆明园之后，这沉睡的巨人已然苏醒，苏醒过后必将延续往日的辉煌。梁启超借用这一比喻，并将狮子的意象与之结合，创造出了"醒狮"这一全新的中国形象。梁启超在《自由书·动物谈》描写他与几个人分享国外动物的见闻，其中一人谈到他曾经游览过伦敦的博物馆，看到了人造的像睡狮一样的机械怪物，"昔支那公使曾侯纪泽译其名谓之睡狮，又谓之先睡后醒之巨物"，它内置开关，只要触动机关它就可以"张牙舞爪，以搏、以噬，千人之力未之敌也"。② 然而这"睡狮"由于久置而不用，机身遭到锈蚀而不易发动。梁启超闻之不觉怆然，觉得这"睡狮"之情状与中国何其相似，然而睡狮必然醒来，"醒狮"才是中国真正的形象。此后，"醒狮"这一中国形象被中国文人竞相征引。黄遵宪诗中云："我今托中立，竟忘当局危。散作枪炮声，能无惊睡狮？睡狮果惊起，爪牙将何为？"③ 邹容的《革命军》则有："嗟夫，天青地白，霹雳一声，惊醒千年之睡狮而起舞，是在革命，是在独立。"④ 陆士谔在《新中国》中畅想中国未来召集国会的场景，同样借用了"醒狮"的形象："到了宣统八年，这一年特特下旨，召集国会。嗳哟哟，这热闹，直热闹的无可比拟！不要说别处，就这里上海，当时候，租借尚没有收回，英法美三界的商铺与工部局商议通了，酿出银钱来，在马路上盖搭了灯棚，结彩悬灯的，大开庆贺。各店铺里头的装潢华丽更不必说了。大马路中心一座灯牌楼，最为辉煌夺目。搭有五丈多高，上面装的尽是五色电灯，足有十万多盏。那牌楼式，搭成狮子滚球样子。远望，竟是只雄狮在那里扑球，取'醒狮独霸全球'的意思；近瞧，则都是

---

① 参见单正平《晚清民族主义与文学转型》，人民文学出版社 2006 年版，第 124 页。

② 梁启超：《饮冰室合集》专辑二，中华书局 1989 年版，第 44 页。

③ （清）黄遵宪：《黄遵宪集》上卷，天津人民出版社 2003 年版，第 287 页。

④ 邹容：《革命军》，华夏出版社 2002 年版，第 60 页。

些祝颂句儿，什么'中国万岁''国会万岁'等，不一而足。"① 陈天
华在未竟之作《狮子吼》中有"醒狮驱赶虎豹"的段落，预言中国梦
醒时分驱除列强、一展雄风："原来此山有一只大狮，睡了多年，因
此虎狼横行；被我这一号，遂号醒来了，翻身起来大吼一声。那些虎
狼不要命地走了。山风忽起，那狮追风逐电似的，追那些虎狼去
了。"② 1905 年，旅日学生创办的宣传革命思想的杂志更是直接取名
为《醒狮》，意在启发民智，唤醒中国。进入民国后，"醒狮"形象不
仅风行于文学界，还进入了美术界，以"醒狮"作为中国的形象俨然
成了社会的共识。"岭南画派三位代表人物高剑父、高奇峰、陈树人，
以及国民党元老何香凝都在进行这一题材的创作，后来形成关于'雄
狮'专门的绘画题材，徐悲鸿就是这一创作题材的代表作家。"③ "醒
狮"形象的影响及至当代，"万里长城永不倒，千里黄河水滔滔，江
山秀丽叠彩峰岭，问我国家哪像染病，冲开血路，挥手上吧，要致力
国家中兴，岂让国土再遭践踏，个个负起使命，这睡狮已渐已醒"。
这首《万里长城永不倒》是风行于 20 世纪 80 年代的电视剧《霍元
甲》的主题曲，随着电视剧的热播，这首歌也传唱大江南北，唱出了
国人迈向新时代的豪情和洗刷百年屈辱的决心。

　　无论是"少年"的形象还是"醒狮"的比喻，都传达出梁启超及
其后继者对于中国自强的信念和对于民族未来的信心，他们将这种信
念融入个人的文学创作，以期激励民众、振奋人心。而另一些知识分
子的创作遵循了另外一条理路，他们充分暴露中国危机四伏的处境和
灰暗压抑的状态，表达内心的不安与愤恨，旨在鞭策国民、改变现
状。晚清刘鹗生于多事之秋，目睹中华大地满目疮痍，胸中积满华夏

---

① 陆士谔：《新中国》，九州出版社 2010 年版，第 10 页。
② 郅志编著：《猛回头：陈天华邹容集》，辽宁人民出版社 1994 年版，第 89 页。
③ 周怡：《中国形象在近代文学与传媒里的几个主要意象》，《文史知识》2011 年
第 2 期。

沉沦之痛，以一腔激愤奋笔成书，著《老残游记》，含着对祖国和民族的无限深情对丑恶的社会现实进行无情的揭露。书中写老残与友人往登州、访蓬莱，望见一艘处于洪波巨浪之中的大船，船体破旧不堪，船里又人满为患，船员们驾驶大船无能，盘剥与劫掠乘客却很内行。老残本要给大船送去罗盘，帮助其驶出险境，却被当作卖船的汉奸。这是一艘身处迷途的航船，船客隐忍而无知，船员无能而暴戾，胡适指出："那只帆船便是中国。"① 胡适认定文中大船的四个转舵是暗指军机大臣，六支旧桅杆喻指旧有的六部，两支新桅是新设的两部，船长二十三四丈代表中国的二十三四个行省和藩属，这一惊涛骇浪中的危船正是当时危机四伏的中国。"危船"作为一个代表旧中国的典型形象被确立了下来。与"危船"形象同时出现的中国形象还有"陆沉"。"陆沉"一说最早见于陆沉型洪水传说和神话，最早的文字记录应当是《淮南子·俶真训》中记录的关于历阳城陷而为湖的一段："夫历阳之都，一夕反而为湖，勇力圣知与罢怯不肖者同命。"② 晋代干宝的《搜神记》中也记有类似的传说："由拳县，秦时长水县也。始皇时童谣曰：'城门有血，城则陷没为湖。'有妪闻之，朝朝往窥。门将欲缚之，妪言其故。后门将以犬血涂门，妪见血，便走去。忽有大水欲没县。主簿令干入白令。令曰：'何忽作鱼?'干曰：'明府亦作鱼。'遂沦为湖。"③ 前者借一段古老传说，寓指身处乱世难免身遭牵连，难以独善其身，后者却是借传说宣扬有神论观念。此外，类似的传说还在李膺的《益州记》、郦道元的《水经注》、任昉的《述异记》等作品中出现过。流行于晚清的小说《孽海花》中也出现了描写"陆沉"的片段："去今五十年前，约莫十九世纪中段，那奴乐岛

---

① 胡适：《胡适文集》第四卷，北京大学出版社 1998 年版，第 444 页。
② （西汉）刘安著，顾迁译注，《淮南子》，中华书局 2009 年版，第 41 页。
③ （东晋）干宝著，周广荣译注，《搜神记》，中华书局 2009 年版，第 241 页。

忽然四周起了怪风大潮，那时这岛根岌岌摇动，要被海若卷去的样子。谁知那一般国民，还是醉生梦死，天天歌舞快乐，富贵风流，抚着自由之琴，喝着自由之酒，赏着自由之花。年复一年，禁不得月晻日蚀，到了一千九百零四年，平白地天崩地塌，一声响亮，那奴乐岛的地面，直沉向孽海中去。"①　曾朴作《孽海花》，意在反映中国自同治初年至甲午战败这 30 年间，中国知识分子由蒙昧自大到反躬自省、奋起直追的心路历程，他将国民视作奴乐岛上"奄奄一息，偷生苟活"的愚民，将旧中国比作被风浪席卷的孤岛，形象地反映了麻木的国民和老旧的中国在西方文明冲击下岌岌可危的真实处境。此后，康有为、梁启超、秋瑾等致力于维新救国的知识分子纷纷以"陆沉"这一中国形象表达自己的忧患意识和精神焦虑，"陆沉"逐渐成为中国知识分子对旧中国的共同想象。

　　"危船"和"陆沉"的比喻传达出知识分子对当时中国危险处境的焦虑，对昏聩的统治者的愤恨及对麻木的广大民众的忧心，进而表露其对旧制度的批判、对新器物的渴望和对新观念的呼唤。五四新文化运动中的先进知识分子已不满足于器物或是制度的改变，他们以"砸碎旧世界，创造新世界"的雄心"重估一切价值"，对支撑古典中国的价值标准、仪礼伦常进行最猛烈的攻击，意在摧毁旧中国专制主义的思想统治，从精神的层面彻底割除中国孱弱的根源，争得普遍的精神解放。鲁迅认为必须从根本上拆解和颠覆古典中国的形象，深入剖析和批判国人的"国民性"，才能增强民智、救国强国。他用形象的文学语言表达他对旧中国的思考，向国人展示出旧文化和旧文明的真实样貌，以图引起社会"疗救的注意"，达到改造"国民性"的目的。他称历史上中国人从来都没有做过真正的人，至多只是个奴才，

---

① 曾朴：《孽海花》，中华书局 2001 年版，第 1 页。

他将中国过往的时代概括为"想做奴隶而不得的时代"和"暂时坐稳了奴隶的时代"①，他将中国5000年的文明史认作一部"吃人"的历史，中国的文明是"安排给阔绰人享用的人肉的盛宴"，而中国就是"安排这人肉筵席的厨房"②。这是对中国古老文明最深刻的洞见和最激烈的批判，鲁迅意图以此鞭策国民，以断裂的方式告别旧道德和旧观念，重塑国民性格，重建精神家园。经年的封闭和孤立使得中国的"吃人"文化顽固异常，鲁迅在《呐喊·自序》中将旧中国比作一个"绝无窗户而万难破毁"的"铁屋子"，传统的"吃人"礼教无疑是这铁屋子坚硬的外壁，屋中沉睡的、将要闷热窒息而死却不自知的便是那愚顽的国民。鲁迅深知唤醒民众、砸碎铁屋的艰难与复杂，但即使希望渺茫他依然奋起呐喊，"聊以慰藉那在寂寞里奔驰的猛士，使他不惮于前驱"③。心系祖国、心忧时事的老舍始终关注国家的命运和民族的未来，他对回国后所目睹的社会丑恶现实进行了全面而深入的揭露和晾晒，他的轻松而幽默的笔调掩映的是激烈的批判和悲痛的长叹。老舍的批判不仅着眼于当前的社会样貌，更将批判的法条伸向历史的深处，直指古老的传统及腐朽的积习，对国人经年养成的"国民性"进行彻底的清算。从《老张的哲学》开始，老舍就展现出对民族性格思考的旨趣，在《二马》中，老舍利用英国这一"他者"，映衬中国人的劣根性，而到了《猫城记》，老舍从政治、经济、历史、文化等方面对旧中国的黑暗现实进行了彻底的否定。作品中的"猫国"是个灰暗颓败的国度，最高当局软弱无能、卖国求荣，地主官僚草菅人命、荒淫无耻，文人学者争名逐利、不学无术，而普通"猫人"愚昧盲从、好逸恶劳。这幻想中的"猫国"便是现实的中国。郁达夫善

---

① 鲁迅：《鲁迅全集》第一卷，人民文学出版社2005年版，第225页。
② 同上书，第228页。
③ 同上书，第441页。

于表现人物的"病态"，这"病"是一种个人的自由与追求长期被压抑，有苦难言、有力难发，日久积郁而成的"时代病"。郁达夫对"时代病"的书写表现了五四后的一部分资产阶级知识分子不满现实处境又找不到出路的苦闷处境。造成这"病态"的根源是贫病的祖国。《南迁》和《沉沦》的主人公都是留学日本的中国青年，由于祖国的贫弱，他们屡遭歧视、备受欺凌。终日浸泡在冷眼与嘲笑中的飘零异乡的学子，从心底发出对祖国颓败现实的诅咒和对于强盛祖国的呼唤："祖国呀祖国！我的死是你害我的！你快富起来！强起来罢！你还有许多儿女在那里受苦呢！"① 随着这一句悲苦的呼喊，凄苦的海外学子形象跃然纸上，"贫病中国"的形象也清晰异常。

五四高潮过后，现实的中国社会距离知识分子心中的理想之境仍然遥远，黑暗和动荡依旧，热烈而激越的爱国者发出悲怆的怒吼或是沉郁的低吟，表达对新世界的向往和对旧世界的诅咒。在中国现代文学史上，闻一多集诗人、学者和斗士等众多身份于一身，他的鲜明的"文化民族主义"倾向使他与众不同，他以华丽的诗文和蓬勃的诗情表达对民族的牵念和对祖国的深情。军阀混战、帝国主义横行的社会现实让闻一多悲痛而愤恨，他借用西方现代主义技巧，以象征的方式诠释旧中国的社会图景，表达了诗人对于社会现实的激愤和对于祖国未来的忧心。他将中国喻为"一沟绝望的死水"②，任朽物在其中腐烂、发酵而无动于衷。诗人面对这沟"泛不起半点涟漪"的死水绝望而愤怒，巴不得它速朽、烂透，让旧的彻底灭亡，才会生发出新的文明。在整个东三省沦陷之际，历经磨难、颠沛流离的萧红写下了《呼兰河传》，以类似方志的笔法记录和描绘了北方小城——呼兰河城的原生样貌和小城中百姓的日常生活。小城的闭塞导致了城中百姓的盲

---

① 郁达夫：《郁达夫全集》第一卷，浙江大学出版社 2006 年版，第 75 页。
② 闻一多：《死水》，解放军文艺出版社 2007 年版，第 20 页。

目和愚昧，人们在单调而沉闷的生活中变得麻木和冷漠，这里充斥着贫穷和苦难，繁衍着残忍和野蛮，这里扼杀鲜活的生命，拒绝进步的潮流，这是一片荒寒之地，这是一座绝望之城。这不是遥远的边陲域外，这就是萧红构建的"乡土中国"。

随着抗战的全面爆发，北京、上海等大城市的文化中心地位不再，地处大后方的延安成了汇聚各路文化精英的"文化圣域"。这里既有细致、绵密的都市资产阶级文化，也有朴实、粗粝的农村文化，文化的多元交融成就了延安文化的丰富性和多样性。但驳杂与纷繁的文化无法完成对精神资源的整合，也无法完成增强民族向心力的时代要求，由《在延安文艺座谈会上的讲话》（以下简称《讲话》）指导的文艺领域的整风运动，以政治训令的强力规定了文艺的大众化方向和作家想象中国的方式，使新文化的方向变得明了和清晰，也使得作家想象中国的理路逐渐一致和统一，可以说，毛泽东为延安及之后的作家设计并制定了想象中国标准的创作路径和规范的思想动机。毛泽东将作家对创作方式的选择理解为作家创作态度和政治立场的体现，在"歌颂"还是"暴露"的问题上，毛泽东明确表示，对于日本帝国主义和人民的敌人，"文艺工作者的任务是在暴露他们的残暴和欺骗，并指出他们必然要失败的趋势"。而对于人民群众、人民军队和人民的政党，"我们当然应该赞扬"。[1] 在这里，毛泽东明确地拒绝和禁止了鞭策和警醒国民的文艺策略与揭露和讽刺中国的表达方式，要求作家摆脱忧心激愤却尖酸刻薄的知识分子心态，以关爱和包容的心态教育和帮助有落后思想的广大群众，成为党的"文艺工作者"。"文艺工作者"被要求站在党和人民群众的立场上，作为革命机器的一个组成部分，为鼓舞和感召广大的人民群众，想象"新的人物"和"新的世

---

[1] 《毛泽东选集》，人民出版社 1964 年版，第 805—806 页。

界"。然而毛泽东的文艺设想只有蓝图却并没有明确的模板或是理想的式样，它"不是一件既成的事物"，而是"一种新生的尚待创造的东西"①。自毛泽东的文艺思想被确立之日起，文学界的文学实践和理论论辩就一直在探索和寻找想象新人和新世界的有效方式，但在具体实践的过程当中人们发现，"新文化所要求的文学艺术和试图塑造的新生活，是一个不断要求净化、纯粹、透明的文学艺术和生活"②。文学的理论和创作与毛泽东的新文化构想始终存在着距离，"想象中国"的理想范式并未确定，文学的理想化转型也远未完成，文艺工作者只有不断地调校和试验，以摸索和探寻新文化所要求的文学样貌和文艺形态，并发掘和创造"想象中国"的更多可能，而周立波的创作，无疑是寻找这种"想象方式"的有益尝试。

第三节　周立波：战士与作家

　　毛泽东文艺思想的生成和确立宣告了一个文学新时代的到来，既往的文学观念和美学原则被颠覆和打破，文学被赋予了神圣的使命而直接参与到创建新中国的革命实践过程当中，以"想象"的方式构建触手可及的理想新人和新世界，作为未来的社会蓝本感召和动员广大的群众融入革命的洪流之中。本尼迪克特·安德森将"民族"观念的形成和人类世界观的转变结合起来，认为"民族"概念的形成代表了人类理解世界方式的根本性变化，这种变化导致了世界性宗教共同体的崩溃、王朝观念的终结和神谕式的时间观念的破碎。形成了

---

① 光未然：《文艺的民族形式问题》，《文学月报》1940 年第 5 期。
② 孟繁华：《毛泽东文艺思想及内部结构》，《文艺争鸣》1998 年第 4 期。

"民族"意识的人们否定"君权神授"的合理性，开始将自身融入"民族"这个"想象的共同体"，以领土为依据，生成主权诉求，从而形成"民族国家"的思想基础，用他的话说："民族属性是我们这个时代的政治生活中最具普遍合法性的价值。"① 不同于以往将"民族"意识认定为某种政治运动或意识形态，安德森将"民族"意识视作一种复杂的文化现象，即"文化的人造物"。但所谓"人造"并不是指人为地捏造或是虚设，而是随着社会历史文化变迁所形成的社会集体认同。安德森对于"民族"是个"想象的共同体"的论断同样适用于"现代国家"这一概念，因为"现代国家"的形态正是具有主权诉求的民族共同体。

安德森认为最初对于"民族"的想象是通过文字的传播而实现的，所以他非常重视文学在人们形成"民族"意识过程中的作用。安德森以欧洲为例，指出18世纪欧洲的小说对欧洲的"民族"想象的生成发挥了巨大的作用。他通过分析现代小说的情节结构及叙事技巧向读者展示现代文学作品如何让人建立起自己与不相干的他人之间的联系，从而形成"社会"的概念和现代的世界图式，进而形成对于"民族"的认同。同样，中国晚清以来的中国文学对构建新的现代民族国家的想象做出了重要的贡献。有的学者指出："就其基本特质而言，20世纪中国文学，乃是现代中国的民族文学。"② 还有人认为："'新中国'的想象和创造成为中国现代文学最重要的主题。"③ 毛泽东继承了自晚清以来的以文学想象促进社会变革的文学思想，充分重视文学的影响力，同时毛泽东将文学直接纳入这一改天换地的创造历史

---

① ［美］本尼迪克特·安德森：《想象的共同体——民族主义的起源与散布》，吴叡人译，上海人民出版社2005年版，第2页。

② 陈平原、黄子平、钱理群：《民族意识——"20世纪中国文学"三人谈》，《读书》1985年第12期。

③ 旷新年：《民族国家想象和中国现代文学》，《文学评论》2003年第1期。

的革命实践过程中来，不同于借助文学抒发对未来世界的虚幻玄想，也不再局限于利用文学在思想领域与旧世界对抗，从而区别于晚清和五四时期的文学，展示了前所未有的强力和生命力。

毛泽东将文艺问题概括为"为群众的问题"和"如何为群众的问题"，[①] 其实质是"大众化的问题"和"如何大众化的问题"，也是"想象什么的问题"和"如何想象的问题"。毛泽东将全民族中 90% 以上的工农劳苦大众视为革命的主体，而将文化视为革命斗争的有力武器，这决定了新的文化必然要服务于作为革命主体的人民大众。早在1934 年的全国苏维埃第二次全国代表大会上，毛泽东在其《中华苏维埃共和国中央执行委员会对第二次全国苏维埃代表大会的报告》中就已经提出了建设具有"大众化"特征的"新文化"设想："为着革命战争的胜利，为着苏维埃革命政权的巩固与发展，为着动员民众一切力量，加入于伟大的革命斗争，为着创造革命的新后代，苏维埃必须实行文化教育的改革，解除反动统治阶级加于工农群众精神上的桎梏，而创造新的工农的苏维埃文化。"[②] 在战事频繁的峥嵘岁月，毛泽东极为重视文艺的教化和动员作用，希望通过文艺作品宣扬革命思想，解除广大群众的思想禁锢，召唤其加入反对帝国主义和反对封建主义的现实斗争。1940 年发表的《新民主主义论》进一步强调文化对于革命实践的重要性："一切进步的文化工作者，在抗日战争中应有自己的文化军队，这个军队就是人民大众。革命的文化人而不接近民众，就是'无兵司令'，他的火力就打不倒人。为达此目的，文字必须在一定条件下加以改革，语言必须接近民众，须知民众就是革命文化的无限丰富的源泉。"[③]《新民主主义论》的发表标志着"民族的、

---

① 《毛泽东选集》，人民出版社 1964 年版，第 810 页。
② 江西省档案馆、江西省委党校党史研究室编著：《中央革命根据地史料选编》下册，江西人民出版社 1982 年版，第 328 页。
③ 《毛泽东选集》，人民出版社 1964 年版，第 668 页。

科学的、大众的"新民主主义文化理论的正式形成，标志着大众化文化方向的正式设定，也标志着毛泽东构想中的新民主主义国家意识形态蓝图的正式确立。1942 年，《讲话》进一步明确了"人民大众"的内涵："什么是人民大众呢？最广大的人民，占全人口百分之九十以上的人民，是工人、农民、士兵和城市小资产阶级。"①《讲话》明确了文艺的服务对象，提出了"文艺为工农兵服务"的要求，是大众化文艺思想的具体实行方案。《讲话》的发表引起了文艺界对文艺大众化思想的大规模实践，把文艺大众化运动推向了高潮，并最终将"大众化"确定为新中国文艺的方向和作家想象中国的方向。

关于"如何为群众的问题"，也就是如何创作和如何想象的问题，毛泽东强调对"民族形式"的运用。六届四中全会以后，众多留苏学生进入中共中央的领导岗位，一时间教条主义之风盛行，旨在推行"马克思主义中国化"的毛泽东积极倡导"废止洋八股"，强调"中国作风"和"中国气派"的重要性。在 1938 年中共六届六中全会上，毛泽东做题为《中国共产党在民族战争中的地位》的报告，在其中的"学习"一节中着重论述了"马克思主义中国化"的问题，提出："共产党员是国际主义的马克思主义者，但是马克思主义必须和我国的具体特点相结合并通过一定的民族形式才能实现。"②毛泽东承认马克思主义作为中国革命指导理论的地位，但他并没有对马克思主义理论迷信式地膜拜或追捧，而是将马克思主义同中国的革命实践相结合，在承认中国革命特殊性的基础上对其进行合理的调整和验校，使其成为适合中国的、具体的、科学的革命理论。他说："洋八股必须废止，空洞抽象的调头必须少唱，教条主义必须休息，而代之以新鲜活泼

① 《毛泽东选集》，人民出版社 1964 年版，第 812 页。
② 同上书，第 499 页。

的、为老百姓所喜闻乐见的中国作风和中国气派。"① 毛泽东站在民族和大众的立场上要求革命的指导理论符合中国革命的实际，强调"民族形式"的重要性，之后，他将"民族形式"引入文化领域。他在1940年的《新民主主义论》中称："中国文化应有自己的形式，这就是民族形式。民族的形式，新民主主义的内容——这就是我们今天的新文化。"② 由"文学革命"开启的中国现代文学注重吸收西方文学思想方式、表现方式和情感方式，向来以"断裂"的姿态拒绝和批判传统和民间的文学资源以标榜自己的现代性和进步性，在长时间的文学实践中逐渐远离了中国文学的传统，也忽略了广大人民群众的接受。毛泽东对传统文学资源的重视和对"民族形式"的相关论述在1939—1942年的中国文艺圈引起了大规模的讨论，众多文艺界人士纷纷参加到了这一讨论中。经过广泛而深入的讨论，文艺工作者加深了对文艺民族化和大众化的认识，对过去脱离现实的创作活动进行了反思，开始有意识地继承中国传统文学资源，学习和探索广大群众的生活语言和情感方式，为作为中国革命主体的广大人民群众进行创作。作为一个文艺工作者的周立波，他的创作就是对毛泽东文艺思想的理性实践。

周立波是一位忠诚的无产阶级革命战士，也是知识广博、视野宽阔的学者和文思泉涌、落笔生花的作家，这是周立波的夫人——林蓝对他的评价。在她眼中，周立波"首先是革命战士，然后才是革命作家"③。林蓝的评价得到了周扬的肯定，在《怀念立波》一文中，周扬写道："立波首先是一个忠诚的革命战士，然后才是一个作家。立波从来没有把这个地位颠倒过。"④ 作为战士的周立波始终走在时代的前

---

① 《毛泽东选集》，人民出版社1964年版，第500页。
② 同上书，第667页。
③ 林蓝：《林蓝作品集》，湖南文艺出版社2006年版，第276页。
④ 徐庆全编著：《周扬新时期文稿》，山西人民出版社2004年版，第812页。

端和革命的潮头，常常奔赴斗争现场，近距离参与和观摩革命斗争。在上海劳动大学求学期间，周立波就参加过上海地下党组织的"飞行集会"，展露了投身革命的热情；在抗日的烽火中，周立波作为随军记者，陪同美国进步作家史沫特莱赴山西前线访问。之后，他曾打算投笔从戎，参加游击队。他曾给周扬写信表达自己强烈的参加现实斗争的愿望："我打算打游击去。烽火连天的华北，正待我们去创造新世界。我将抛弃了笔纸，去做一名游击队员。我无所顾虑，也无所怯惧。我要无挂无碍地死于华北。我爱这种生活，战斗的而又是永远新鲜的。"① 但组织没有同意他的想法。后来，他又陪同美国上尉卡尔逊访问了晋察冀边区，和塔斯社的记者瓦利耶夫一起访问了江南抗日前线。在战火纷飞的战争岁月，周立波没有蛰伏于后方埋首著述，而是不顾个人安危，游走于战场的最前线，这体现了他革命战士的本色。周立波不是高蹈个人英雄主义的孤胆英雄，他是无产阶级革命队伍中忠诚的革命战士。革命队伍强调纪律，服从是革命战士的天职，文艺战线上的革命战士周立波忠诚于马克思的文艺理论和毛泽东的文艺思想，坚决拥护和贯彻党的文艺路线，他的重要著作几乎都是实践毛泽东文艺思想的产物。

第四节　不一样的纠结与冲突

在毛泽东文艺理论的规约和指引下，文艺工作者纷纷反思和调整自己的创作立场和书写方式，走到新的文学道路上来。此后不久就出

---

① 转引自胡光凡《周立波评传》，湖南文艺出版社1986年版，第94页。

现了一批重要的成果，如贺敬之和丁毅的歌剧《白毛女》、马烽和西戎的抗日英雄传奇《吕梁英雄传》、李季的长篇叙事诗《王贵与李香香》，以及以《兄妹开荒》为代表的众多反映生活现实的秧歌。而取得更大文学成就的，是那些遵循毛泽东文艺思想进行创作的，积极参与革命实践，表现社会主义新世界的来自解放区的一批作家，如赵树理、孙犁、丁玲、周立波等人。他们有些是土生土长的农民作家，有些是经过资产阶级文化熏陶的来自城市的作家，他们虽然有不同的生活经历和创作历程，但他们都积极认同并自觉遵守毛泽东的文艺理论，深入革命实践的前沿，以文学为工具和手段，服务工农群众，支援革命事业。在革命斗争的现场，他们充分体验到了革命斗争的尖锐和复杂，也切身体味到了革命后令人欢欣鼓舞的新变化。他们的作品从自身的生活经历和切身体验出发，反映中国农村具体的革命图景和斗争实况，表现了革命后新的历史图景和社会面貌，创造了一批活泼健朗、热情坚韧的新农民形象，具有崭新的时代风貌和艺术魅力。但进入新中国后，他们的创作不同程度地遇到了问题，以致很多人没能创作出更多令人欣喜的作品，甚至远离了文坛。造成如此结果的，有些是由于作家的创作理想与时代文艺要求的抵牾，有些是由于作家内心不同理论话语的纠葛，周立波是少有的在进入新中国后依然保持旺盛创作活力并取得巨大文学成就的作家，但他的创作中依然充满了扭结和冲突，使批评界对他的创作始终抱有不满的情绪。

当时影响最大、最受瞩目的当数赵树理。生于农村、长于农村的赵树理对农村生活非常熟悉，他熟稔农民的喜怒哀乐和乡间的风土礼俗，在创作上吸收了很多旧小说的长处，写出了很多通俗易懂的、农民喜闻乐见的文学作品。他的创作给解放区的文坛吹来了一股新鲜的空气，他的《小二黑结婚》《李家庄的变迁》和《李有才板话》在当时引起了极大的轰动。权威的文艺理论家当时认为找到了践行毛泽东文艺理论的范本，郭沫若、周扬和茅盾等人纷纷撰文推荐他的作品，陈荒煤甚至将赵树理的创作定位成"文学的方向"。然而，赵树理的创作看似和毛泽东的文艺理念相一致，而事实上却貌合神离，"他因'工农兵文艺'的话语偶然浮出水面，但却不是一个追逐潮流的弄潮儿，他固执地站在农民的立场上，体现出农民的利益、愿望、价值、道德和审美观念"①。赵树理意在创作"农民的文学"而并非"党的文学"，他的志向是成为一个为农民写作的"文坛文学家"，而并非革命文坛上的文艺工作者，他并不描绘波澜壮阔、翻天覆地的社会革命图景，而是关注与农民切身利益紧密相关的、在社会变革过程中出现的复杂问题。他曾明确表示："我在做群众工作的过程中，遇到了非解决不可而又不是轻易能解决了的问题，往往就变成所要写的主题。"②但新中国成立后，他的农民立场渐渐变得不合时宜，他的创作在坚守农民立场和追赶时代脚步的选择中扭结，最终也因为他的坚守而遭到了清算和遗弃。

同是来自解放区的孙犁，与赵树理有着迥然不同的创作追求，他有着独特而超拔的艺术理想，不愿刻意迎合大众的审美趣味而降低作品的艺术品格，他高度重视艺术美，"在整个中国现代文学作家中能超出孙犁者寥寥"③。赵树理的作品朴实、粗粝，充满了乡土气，而孙犁的创作清新、优雅，满溢着田园风；赵树理善于编织情节，用吸引人的故事反映社会问题，孙犁长于散文笔法，以细腻优美的描写展现时代风貌。他们对文学艺术有着自己独特的认识，执拗而倔强地坚持着各自的创作理想，他们的作品在一定阶段可以满足时代政治对文学的要求和设想，但他们的创作和"工农兵文艺"的创作理念始终保持

---

① 旷新年：《赵树理的文学史意义》，《文艺理论与批评》2004 年第 3 期。
② 赵树理：《赵树理全集》第四卷，北岳文艺出版社 2000 年版，第 183 页。
③ 赵建国：《赵树理孙犁比较研究》，昆仑出版社 2002 年版，第 225 页。

着距离，随着"工农兵文艺"不断激变和演化，他们与之的距离逐渐拉大，不久就被主流文艺话语所吞没和抛弃。

丁玲作为"红军抵达陕北后，第一个来到苏区的知名作家"①，受到共产党高层的礼遇。初到陕北的她目睹了生机勃勃的新世界和朝气蓬勃的新景象，一向不善于作诗的她竟开始用诗歌赞美和歌颂这革命的圣地。随着初来时热情的消退和对延安了解的加深，丁玲开始觉得延安也需要民主的监督，于是开始创作小说和杂文，反映延安存在的问题。延安整风和《讲话》给丁玲带来巨大的影响，对照《讲话》，丁玲发现自己的创作思想和党的文学精神存在巨大的差距，她自愿根据《讲话》精神修正和改变自己的创作道路，希望紧跟时代的步伐，放弃小资产阶级知识分子的情调和趣味，投身无产阶级的革命事业。她曾说："我是非常愉快地、诚恳地用《讲话》为武器，挖掘自己、以能洗去自己思想上从旧社会沾染的污垢为愉快，我很情愿在整风运动中痛痛快快洗一个澡，然后轻装上阵，以利再战。"②之后她按照《讲话》的要求进行自我改造，下到基层，深入群众，写出了《田保霖》《民间艺人李卜》《袁广发——陕甘宁边区特等劳动英雄》等符合《讲话》精神的作品。后来她参与到晋察冀中央局领导的土改工作中，在革命实践中积累了大量资料，同时收获了创作灵感，创作出了符合《讲话》精神的、带给她无数荣誉和光环的长篇小说《太阳照在桑干河上》。对毛泽东文艺思想的认同使丁玲的创作迈入了新的阶段，这让她的作品取得了巨大的成就和普遍的认同，但丁玲既往的小资产阶级知识分子精神气质和五四文化传统对她的影响并没有随着她对毛泽东文艺思想的皈依而弥散和消失，而是随着时间的流逝而不断地发酵和显现。在1945年的一封致胡风的信中，丁玲表现出了对"主观战

---

① 宗诚：《风雨人生丁玲传》，中国文联出版公司1998年版，第198页。
② 丁玲：《丁玲文集》第六卷，湖南人民出版社1984年版，第282页。

斗精神说"的认可:"总之,老老实实的用功是唯一的道路。这亦即是你所指的忠实于时代,忠实于自己的意识。你说有些作家会便宜的依恃一些有利,而不重视主观追求,表面上看起来是忠于时代而实际是不负责任。"① 在 1957 年写给儿子蒋祖林的一封家书中,丁玲写道:"一个青年人尤其要注重有思想,敢于怀疑,敢于想,不怕错,不怕批评,只有能动才有发展,这是你们自然科学的一个规律;但也是一切发展的规律。没有静止才能有发展。只接受别人思想,最好也不过是一个收音机。要懂得选择、批评、研究和发挥,才真是有心得。"② 这些现象表明,五四的余音在丁玲接受《讲话》精神后依旧回荡在丁玲的思想当中,正如秦林芳所说:"在丁玲走向革命的征程中,始终伴随着对自由的向往。可以说,她是带着革命文学传统和'五四'文学传统的矛盾,带着革命和自由的矛盾,向共和国走来的。"③ 也许这两套话语在内心的纠缠和扭结,是丁玲在新中国成立后没能为新中国的文坛贡献更多的优秀作品的主观原因。

周立波在新中国成立后依然保持着旺盛的创作活力,并在很大程度上得到了评论界的承认,但其作品中也存在着深刻的思想冲突,被不同时期的评论者所诟病。周立波作品中的思想冲突具有特殊性,它不是赵树理和孙犁的那种个人创作理想和时代文艺要求的冲突,也不像丁玲所具有的那种显现的"启蒙话语"和"工农兵文艺思想"的冲突,他的思想冲突隐藏在他的作品当中,可称之为"隐性的'启蒙话语'和'工农兵文艺思想'的冲突",这种冲突主要表现为《讲话》精神、社会主义现实主义、"两结合"创作规范与现实主义创作方法的冲突。

---

① 丁玲:《丁玲全集》第十二卷,河北人民出版社 2001 年版,第 32 页。
② 丁玲:《丁玲全集》第十一卷,河北人民出版社 2001 年版,第 34 页。
③ 秦林芳:《丁玲的最后 37 年》,中国文史出版社 2005 年版,第 26 页。

　　新中国成立后，文艺界推行的"社会主义现实主义"及"革命现实主义和革命浪漫主义相结合"的创作方法，与《新民主主义论》和《讲话》所倡导的文学、文化精神一脉相承。《新民主主义论》中有如下论述："我们必须尊重自己的历史，决不能隔断历史。但这种尊重，是给历史以一定的科学的地位，是尊重历史的辩证法的发展，而不是颂古非今，不是赞扬任何封建的毒素。对于人民群众和青年学生，主要地不是要引导他们向后看，而是要引导他们向前看。"① 在这里，线性的、发展的现代性时间观念被引进文化领域，描绘美好未来图景，引导群众相信革命的灿烂前景作为一种文化策略不言自明，《讲话》则强调："'大后方'的读者，不需要从革命根据地的作家听那些早已听厌了的老故事，他们希望革命根据地的作家告诉他们新的人物，新的世界。"② 毛泽东重视文艺的宣传作用，希望作家表现解放区的新面貌与新气象，使解放区作为一个理想世界的蓝本感召和吸引国统区的民众，使其向往革命、皈依新政权。1953 年，中国文学艺术工作者第二次代表大会将源于苏联的"社会主义现实主义"确定为我国文艺创作与批评的最高准则，要求艺术家"从现实的革命发展中真实地、历史地和具体地去描写现实。同时艺术描写的真实性和历史具体必须与用社会主义精神从思想上改造和教育劳动人民的任务结合起来"③。理论要求作家既要从现实出发又要超越现实，看到现实的发展，展望可实现的远景，以光明的未来照耀现实。1958 年，毛泽东在一次中央工作会议上谈论民歌问题时，强调民歌应该是"现实主义和浪漫主义对立的统一"，经周扬的阐释，生成了"革命现实主义和革命浪漫主义相结合"的创作方法，其实是"社会主义现实主义"的同义转述，是

----

① 《毛泽东选集》，人民出版社 1964 年版，第 668 页。
② 同上书，第 833 页。
③ 李慈健：《当代中国文艺思想史》，河南大学出版社 1999 年版，第 49 页。

苏联理论的中国化。从《新民主主义论》到"两结合"的创作方法，本质上都是强调对现实的有选择摘取和对理想世界和理想人物的合理想象，书写光明未来进而促进革命的进程。

周立波初登文坛时，主要从事文学翻译和文学评论，从 20 世纪 30 年代左联时期起创作了大量文艺理论文章。他深入研究马克思主义文艺理论，积极地宣扬"新的现实主义"（即"社会主义现实主义"）创作方法，强调文学的"思想性"和"理想特征"，他在《文艺的特性》一文中提道："情感的纯粹的存在是没有的，感情总和一定的思想的内容相连接……一切文学都浸透了政治见解和哲学思想……就是浪漫主义也都深深浸透着政治和哲学的思想。"① 在《文学中的典型人物》一文中他声称："最重要的，是伟大的艺术家，不但是描写现实中已经存在的典型，而且常常描绘出方在萌芽的新的社会的典型……伟大的艺术家是时代的触须，常常，他们把那一代正在生长的典型和行将破灭的典型预报大众，在这里起了积极地教育大众、领导大众的作用，而文艺的最大的社会价值，也就在此。"② 周立波重视浪漫主义对于文学的特殊作用，强调"幻想"对于现实主义的独特价值，在《艺术的幻想》一文中，他写道："在现实主义的范围中，常常地，因为有了幻想，我们可以更坚固地把握现实，更有力地影响现实……一切进步的现实主义者的血管里，常常有浪漫主义的成分，因此，也离不了幻想……进步的现实主义者不但要表现现实，把握现实，最要紧的是要提高现实。"③ 延安时期，周立波任教于延安的鲁迅艺术文学院，讲授"名著选读"课程，品评古今中外作家作品，许多讲课提纲已然散佚，但其中的一部分仍然保留了下来，在其中我们可以看到他

① 周立波：《周立波选集》第六卷，湖南人民出版社 1984 年版，第 11 页。
② 同上书，第 5 页。
③ 同上书，第 8 页。

对艺术"使命"和"理想"的强调。在其中的《莫泊桑和他的〈羊脂球〉讨论提纲》中，周立波谈道："大艺术，一定积极地引导读者，一定不是人生抄录，而有选择、剪裁……而我们更不同于莫泊桑，不但要表现'按照生活本来的样子'，而且要表现'按照生活将要成为的样子'，和'按照生活应该成为的样子'，因为我们改造人的灵魂的境界。"① 新中国成立后，周立波在《论〈三国志演义〉》一文中说："罗贯中不但详细占有了材料，而且在事实的坚实基础上发展了他的丰富的幻想。社会主义者的反映现实，决不能排斥幻想。"② 后来，周立波写了一篇题为《略谈革命的现实主义和革命的浪漫主义》的文章，谈论文学的现实与浪漫的问题，在文中，他依然坚持对于"浪漫"的强调，他写道："现实主义如果没有浪漫主义的成分，就会变成自然主义……人们为什么要浪漫主义呢？这是人的一种精神的需要。人要吃饭，也要艺术。人们需要艺术家把他带到幻想的境界中去，看到美好的理想；人们需要美、幻想和激情以及对于这些东西的陶醉。所以现实主义必须要有浪漫主义的成分。"③ 可以说，周立波对《讲话》精神和"社会主义现实主义"创作方法的推崇一以贯之，所以，他在《讲话》发表前后和由延安进入共和国的两个过程中，几乎都没有出现因方法变更所引起的内心纠结和思想转换所导致的精神冲突。他紧跟时代的步伐，以饱满的热情和丰沛的才智，严格按照《讲话》精神和"社会主义现实主义"写作方法进行创作，描绘了社会主义新世界的样貌，展现了社会主义新人的风采，然而，中国的主流文学批评对周立波的创作却并不满意。在革命年代，评论者认为周立波善于塑造"老孙头""亭面糊"一类的"中间人物"，而对于应当着重

---

① 周立波：《周立波选集》第六卷，湖南人民出版社1984年版，第286页。
② 同上书，第417页。
③ 同上书，第446页。

宣扬的以"肖祥"为代表的正面人物则表现得不够,使人"感到印象并不强烈"①,而且没能体现出激越与奋进的时代精神与时代气息,"没有强调地写出土地关系,看不出农民对土地的强烈要求来"②,"没有充分写出基本群众在党的坚强领导下,在斗争中逐步得到锻炼和提高,进一步自己解放自己,全心全意为集体事业奋斗到底的革命精神"③。进入新时期,文学摆脱了政治的禁锢,"审美"取代"政治"成为文学批评的尺度,学界普遍肯定周立波作品中对于民族形式的继承和探索,称赞其对山乡风物和农村日常生活的细致描摹,但却始终忘不了其作品"以意识形态为前提,在阶级分析的框架中填充地方风习、塑造典型人物"④。

周立波作品中体现出的矛盾,是时代政治的要求和知识分子"启蒙"理想的矛盾,表现为《讲话》所提出的为促进革命事业而描写理想新人和理想世界的创作要求与现实主义创作规律的矛盾。周立波虽然从20世纪30年代就开始宣扬"新的现实主义",强调张扬理想精神的浪漫主义对于现实主义的重要意义,但五四精神的熏陶使他的立足点始终是现实主义,他多次著文表达对于真实的坚守让他对浪漫主义始终保持着警惕,严防浪漫主义溢过真实的边界。在《艺术的幻想》一文中,他曾谈道:"幻想有时是要和现实矛盾的,幻想要引人走到'朦胧的远方'去,甚至于要引人走上'空中楼阁'去。"⑤ 而在《文学的永久性》中,他说:"一切伟大的文学都是说真话的,吹牛皮的文学无论吹牛皮得怎样天花乱坠,决不会成为伟大的作品。"⑥ 在1959年,经历了浮夸造假成风的"大跃进"后,周立波对于浪漫主义

---

① 李华盛、胡光凡编:《周立波研究资料》,知识产权出版社 2010 年版,第 256 页。
② 同上书,第 256 页。
③ 同上书,第 370 页。
④ 丁帆:《中国新文学史》,高等教育出版社 2013 年版,第 357 页。
⑤ 周立波:《周立波选集》第六卷,湖南人民出版社 1984 年版,第 8 页。
⑥ 同上书,第 19 页。

的态度更加审慎，在《略谈革命的现实主义和革命的浪漫主义》一文中，他谈道："一切浪漫主义的东西，都应该而且只能从现实中来……离开了对于现实生活和现实中的人的思想感情的仔细的体味和科学的研究，幻想就会变成没有根基的可笑的空想。"[①] 作为一个负责任的作家，周立波秉承现实主义创作理念，他深知生活现实对于文学创作的重要性，他的作品都来自于生活经验的积累和对生活实际的感知。在延安时期，周立波就根据自己的牢狱经历创作了《麻雀》《第一夜》等短篇小说，表现身陷囹圄的革命者在最恶劣的斗争形势下依然固守革命者的本色，与恶势力决战到底，永不妥协。在抗日战争期间，他作为英文翻译陪同外国友人访问战斗前线，在目睹了残酷的战争场面和我军奋勇杀敌的战场实景后，写出了散发着战场硝烟气息的《晋察冀边区印象记》和《战地日记》。在延安文艺座谈会结束后，响应"与工农兵相结合"号召的周立波参加了"南下支队"，奔赴华南，展开战斗。在随军南下的过程中，周立波经历了病痛的磨难，徘徊于死亡的边缘，目睹了革命队伍的坚韧和革命将领的强悍，写下了《南下记》和《万里征尘》，记录了南下队伍御敌抗日的英勇事迹。抗战过后，短暂的和平没能持续，蒋介石就撕毁了《停战协定》，发起了向解放区的全面进攻。中共中央东北局于 1946 年 7 月发布了《关于形势和任务的决议》，号召干部下乡，发动群众进行土地改革，粉碎国民党的攻击，巩固东北根据地。周立波坚决要求参加这场关乎革命前途和千百万农民利益的群众运动，身赴松江省元宝镇，领导当地的土地改革运动。周立波观摩和参与了斗争，在实际的革命斗争中积累和总结了斗争经验，在这些基础上他创作了反映东北土地改革运动的长篇巨著《暴风骤雨》。新中国成立后，党的中心工作从农村转向了

---

① 周立波：《周立波选集》第六卷，湖南人民出版社 1984 年版，第 446 页。

城市，如何让贫弱的中国实现社会主义工业化成了全国上下共同关注的问题，因此，人们热切希望反映工业生产和工人生活作品的出现。从1951年2月到1954年，周立波多次深入北京石景山钢铁厂体验生活，了解技师和工人的工作生活状况，目睹了工厂从百废待兴到恢复生产，写出了《铁水奔流》，真实地反映了新中国成立初期我党如何领导、接管工厂，以及在党的领导下广大工人如何群策群力、恢复生产。后来，周立波为了写他更为熟悉的农村生活回到了益阳的乡下，在中共中央《关于发展农业生产合作社的决议》的影响下，他积极参加当地的一些讨论合作化问题的会议，同时注意观察农民对合作化运动的想法和态度，写出了第一篇反映湖南农业合作化运动的作品《盖满爹》。之后，在党的七届六中全会上毛泽东做了《关于农业合作化问题》的报告，会议通过了《关于农业合作化问题的决议》，全国掀起了农业合作化运动的高潮。身在农村的周立波不仅根据中央的文件指导农民建立合作社，还参加集体劳动，积极实践《讲话》精神，融入群众，融入工农，在与农民的近距离接触和共同劳动中积累创作素材，最终创作出了生动再现农村合作化运动的长篇小说《山乡巨变》。与此同时，他还以合作化运动为背景，以湖南农村生活为题材，根据自己在农村的生活经验，创作了《山那面人家》《胡桂花》等一系列弥漫着茶子花香和泥土气息的短篇小说，反映社会主义新世界中的新人物和新气象。当梦魇般的"文化大革命"成为历史，再次启笔创作的周立波取材亲身经历的三五九旅南征抗日的英雄事迹，创作了《湘江一夜》，用生命最后的热力再现了当年金戈铁马的峥嵘岁月，书写了荡气回肠的英雄传奇。周立波响应《讲话》的号召，深入基层、深入生活，积极观察和积累。周立波作品中的人物，不是他根据某种理念、为达到某种目的而凭空想象出来的，那些栩栩如生的、给人留下深刻印象的人物都是根据真实人物创造出来的。《暴风骤雨》中赵玉林的原型是周家岗的革命烈士温凤山，老孙头的模特是周立波在元宝镇观察的几个车把式；在创作《铁水奔流》时，他常去工人的家，和他们谈论工作和生活，几乎天天都要去工厂，和各个工种的工人交流。后来，他以一个钳工的性格和经历作为基础，创造了工人李大贵形象。关于《山乡巨变》中的人物，周立波说："这些人物大概都有模特，不过常常不止一人，比方，王菊生的形象，有些是我的一位堂弟的缩影，有些是另外两个富裕中农的行状。面糊是我们这带乡间极为普遍的性格，我们的一位邻居恰巧是具有这种性格的鲜明特征的贫农。但书上也不全是写他，我碰见的面糊不只他一人。陈先晋这个人物的家里我只拜访过一次，平素，从别人口里，主要是从他亲戚的口里，多次听到谈起他，而且，我也观察和分析了和他属于同一类型的另外几位较为守旧的贫农。"①

　　周立波是《讲话》精神和社会主义现实主义创作方法忠实的信奉者，他极力按照《讲话》精神和社会主义现实主义创作方法进行文学创作，为想象理想的革命后的新世界和革命新人群像而笔耕不辍，然而，理想化的文学想象终究无法越过现实主义文学创作规律的制约，忠实于现实的再现势必涉及揭露现实和批判现实，从而向"启蒙"话语靠拢，周立波始终踟蹰于理想和现实的两端。

---

① 周立波：《周立波选集》第六卷，湖南人民出版社 1984 年版，第 523 页。

第一章　新社会与新生活的文学诠释

第一节　"风景"中的新生活

T. S. 艾略特认为："在艺术形式中，表现情感的唯一方式是寻找 '客观对应物'，换句话说，一组布景，一个场面和一系列的事件是某种特殊情感的表现模式，当这些作用于感官的外景出现时，情感也随之唤起。"[①] 在他看来，在文学创作中，抒情无疑是第一位的，描写的意义在于服务抒情，对景观的描写或对事件的叙述都为与之相应的情感的抒发，诗人的情感与个性都蕴含在形象与象征之中。王国维曾指出："昔人论诗词，有景语、情语之别，不知一切景语，皆情语也。"[②] 他认为，没有无目的的景物描写，一切的景物描写都和情感的抒发密切相关。景物并非布景，也不是故事和情节的陪衬，景物是一套独立的意义系统，作者通过描写和设置景物抒发情感，表达爱憎，景物是情感的具象。柄谷行人不满于从情与物的角度理解文学之景，他受安

① 转引自朱通伯编著《英美现代文论选》，上海译文出版社 1991 年版，第 155 页。
② 转引自姚柯夫编著《〈人间词话〉及评论汇编》，书目文献出版社 1983 年版，第 39 页。

德森的《想象的共同体》的启发，从"现代民族国家"之确立的维度审视和考察现代文学中的"风景"。安德森指出，以小说为主的资本化出版业对民族国家的形成和确立起到了巨大的推动作用，柄谷行人认为："文言一致也好，风景的发现也好，其实正是国民的确立过程。"① 这里所说的"国民"是英文的"nation"，中文译作"国家"或"民族"，它不是民族（ethnic）那种建立在血缘和地缘之上的集合，而是以社会契约为纽带的由个人构成的共同体，在这个意义上，柄谷行人同意称"nation"为"想象的共同体"。柄谷行人以美国为例说明"风景"对民族国家的确立所起到的作用："再以美利坚合众国为例，nation 的社会契约侧面是以国歌'星条旗永远不落'来表征的。可是，只有这一点是无法建立起共通的情感之基础的，而作为多民族国家又不可能诉诸'血缘'，故只好诉诸'大地'。就是说，这是通过赞美'崇高'风景之准国歌'美丽的亚美利加'来表征的。"② 柄谷行人认为，文学以想象的方式感召和凝聚没有血缘和地缘关联的个人，使之形成一个坚固的共同体，"风景"是作者刻意呈现和设置的景观，是对现实有意识地摘取和选择，作者以"风景"作为某种共同精神的表征，以形象的方式构建起抽象的理念。

周立波的作品中有大量的风景描写。周立波具有深厚的西方文学修养，深受西方现实主义文学的影响，他尤其赞赏 19 世纪的俄罗斯文学。在 20 世纪 30 年代，他曾写过《俄国文学中的死》《纪念托尔斯泰》《一个巨人的死》《普式庚百年祭》等多篇有关俄罗斯文学的评论文章，在延安鲁迅艺术文学院讲授"名著选读"课程时，普希金、托尔斯泰、果戈理等作家更是占据了他课程的重要部分。此外，他还

---

① ［日］柄谷行人：《日本现代文学的起源·序言》，赵京华译，生活·读书·新知三联书店 2003 年版。

② 同上。

翻译过肖洛霍夫的《被开垦的处女地》。俄罗斯的作家们热衷于描绘自然景观，"认真倾听大自然的呼吸、寻觅大自然的美，是俄罗斯文学的优秀传统之一"①。俄罗斯文学描绘风景的传统无形中影响了周立波的创作。在《日本现代文学的起源》一书中，柄谷行人认为"风景"并非天然地存在，而是需要有人来"发现"，发现"风景"之人和"风景"之间必然存在一定的距离。李杨认为："只有人不在'环境'和'景物'之中的时候，人才可能去客观描述它。"② 赵树理等土生土长的解放区作家对解放区的地貌风物习以为常，专注作品情节和对话的设计，很少描写解放区的景致和风光。周立波与他们不同，他来自上海的亭子间，进入解放区后，土坯房和田野置换了高楼和里弄，耕牛和毛驴取代了汽车和轮船，正如毛泽东所说"从亭子间到革命根据地，不但是经历了两种地区，而且是经历了两个历史时代"③。大幅度的时空转换使周立波得以用婴儿般的眼光打量和观察眼前的世界，记录和描绘解放区的风光。新中国成立后，为响应毛泽东《讲话》的精神，周立波远赴黑龙江农村，积极投身东北土改第一线，生长于三湘四水的周立波跨越千里，来到广袤空旷的黑土地，巨大的地域差异使周立波保持着对环境的注意。合作化运动开始后，周立波以饱满的热情回到家乡，写他最熟悉的湖南农村，踏过万水千山的游子重返故乡，家乡的一草一木亲切又熟悉，使他感觉温暖又欣喜，对于家乡的风物和景观他如数家珍，用优美的词句记录家乡风物的点滴。当然，周立波对风景的描绘并非为了满足读者对于异域景观的猎奇心理，作为共产党的文艺战士，周立波对于风景的描绘意在呈现出由共产党领导建立的社会主义新世界的样貌，展示新的时代精神和生活理

---

① 柏峰：《秋的美好成就了文学》，《中国社会科学报》2011年12月13日。

② 李杨：《抗争宿命之路："社会主义现实主义"（1942—1976）研究》，时代文艺出版社1993年版，第99页。

③ 《毛泽东选集》，人民出版社1968年版，第833页。

念，感召和动员广大群众参与到共产党领导的革命中去。

初到解放区的周立波陶醉于解放区明媚祥和的氛围，农村中司空见惯的风物都被他着以轻松、明快的颜色。在创作于1941年的短篇小说《牛》中，周立波这样描绘解放区的农村："院子里有一只金黄色雄鸡突然叫起来。两只小黑猪，为了争吃一点儿什么东西，大声吵闹着。离我们不远有一只黑毛驴，不知道是由于无心呢，还是有心的捣蛋，扯起它那不成音乐的嘶哑的声音，长长地，叫得人十分地烦躁。这有点儿像雪莱的诗里叹息的：我们的里面没有平和，我们的周围没有安静。毛驴的声音好容易停止，槐树上一只喜鹊又啼噪起来。农村里人认为喜鹊叫，是报喜信的。"① 在周立波的笔下，农民的家禽和家畜肆无忌惮地嬉戏和吵闹，充斥着动物聒噪的乡村生意盎然。夜幕降临，万籁俱寂，喧闹了一天的动物收声安眠，只剩下皎洁的月光抚慰着大地，"外面的月光明朗，照出了院子里好几堆残雪，放射着耀眼的光辉。北方的月夜是好的，特别是没有风沙、有些残雪的春天的晚上；明澈欲流的光辉，会使人感到一种清新和明净"②。动物的躁动和月夜的静谧都映衬着乡村的安宁，这里远离战火和烽烟，这里没有压迫和巧取豪夺，这里延续了古典乡村的安谧与平宁，这里是人们久寻的桃源，这里是新中国成立后的新世界。1947年，周立波的《暴风骤雨》发表，此时的周立波经过多年的锻炼和学习，逐渐调整和修正自己的审美趣味，运用马克思主义理论话语进行创作，他呈现自然景观不再拘囿于审美的维度，他更多地将自然景观的描绘和生产实践相结合，自然成了人施力的空间和实践的对象。周立波通过对自然的描写展现了无产阶级革命战士改造自然、征服自然的豪情。作品开篇，周立波就呈现了黑土地的景观："七月里的一个清晨，太阳刚出

---

① 周立波：《周立波文集》第二卷，上海文艺出版社1982年版，第301页。
② 同上书，第305页。

来。地里，苞米和高粱的确青的叶子上，抹上了金子的颜色。豆叶和西蔓谷上的露水，好像无数银珠似的晃眼睛。道旁屯落里，做早饭的淡青色的柴烟，正从土黄屋顶上高高地飘起。一群群牛马，从屯子里出来，往草甸子走去。一个戴尖顶草帽的牛倌，骑在一匹儿马的光背上，用鞭子吆喝牲口，不让它们走近庄稼地。"① 苞米、高粱、豆子、西蔓谷等农作物和作为生产工具的牛马被周立波纳入了"风景"，"风景"之美不再表现为奇谲或者秀丽，而是与生产实践直接相关，这标志着周立波审美方式的转变，也表露了作者通过创作进行农村动员、支援前线的用意。在其后的景色描绘中，农作物和农业生产始终是其着重表现的对象："八月出头，小麦黄了。看不到边儿的绿色的庄稼地。有了好些黄灿灿的小块儿，这是麦地。屯落东边的大池塘里，菱角开着小小的金黄的花朵，星星点点的，漂在水面上，夹在确青的蒲草中间，老远看去，这些小小的花朵，连成了黄乎乎的一片。远远的南岭，像云烟似的，贴在蓝色的天边。"② "北门外，太阳从西边斜照在黄泥河子水面上，水波映出晃眼的光芒。河的两边，长着确青的蒲草。菱角花开了。燕子从水面略过。长脖老等从河沿飞起，向高空翔去，转一个圈儿又转回来，停在河沿。河的北面是宽广的田野。一穗二穗早出的苞米冒出红缨了。向日葵黄灿灿的大花盘转向西方。"③

周立波试图通过对"风景"的描绘和设置构建和展现新时代的风貌，他通过与旧社会对比的方式展示了新时代的进步性。旧社会在他的笔下是昨日的梦魇和不堪回首的疼痛，在旧社会的映衬下，"解放"的意义和价值凸显，新时代的优越性不言而喻。在 1952 年发表的《砖窑和新屋》中，周立波通过描写国民党统治时期工人住的旧砖窑

---

① 周立波：《周立波文集》第一卷，上海文艺出版社 1981 年版，第 1 页。
② 同上书，第 124 页。
③ 同上书，第 140 页。

和新中国成立后工人住着宽敞新屋，形象地说明了劳动者在新、旧两个时代不同的生活状态和心理状态。作品以第一人称叙事，描写了工人王寿山邀请主人公去工人的新、旧住所参观："他领着我从循环水池的土堤上过去，走过一片撒满铁渣，堆满污泥的荒场，来到一排破烂的砖窑跟前。这可不是西北的冬暖夏凉的宽绰的窑洞，而是又低又窄的烧砖的废窑。窑外，满眼是蒿草、碎砖、破瓦和锈铁。我们一进窑里，一伸手，就触到窑顶。右边窑壁，有一个熏得乌黑的烟囱口。"① 这个旧砖窑雨天漏水，那时候天一阴工人们就发愁，屋里有时还会爬进蛇，把妇女和儿童吓得不轻，在此居住的工人整日愁眉不展，家属提心吊胆。与之相对的是新中国成立后不久工人们居住的新屋："我们看见一大片新屋，像座小市镇。迎面一幢长长的两层楼房，是单身工人的宿舍。排列的整整齐齐的一幢一幢的小洋房，是带家眷的工人的住房，一色的红砖灰瓦，漂亮而结实。走进前一看，家家窗上的玻璃，都擦得溜明崭亮。有些人家，窗台上还摆着鲜花，所有的房子跟前，都有空地，有的栽了树，有的种着菜。"② 在如此安适的居住环境中，工人可以安心地工作，工人的家眷轻松而欢喜，一边干家务，一边唠家常，欢快而安宁。新、旧两种住房代表着两种不同的时代景观，周立波对其的描绘不仅展示了劳动者在不同时代的际遇，更显示了不同时代对劳动者的态度。分配给工人的宽敞新屋不是新时代对劳动者的物质贿赂，而是新时代对劳动者主体地位的认同，劳动者有权享受劳动的果实，这凸显了新时代对劳动者的爱护和尊重。周立波在此昭示，迈入新时代的劳动者不仅生活将有所保障，对于尊严的需求也将得到满足，如蔡翔所说："中国革命的社会实践同时也是尊严政治的实践。也是在这一意义上，中国革命就不仅仅是一场政治革

---

① 周立波：《周立波文集》第二卷，上海文艺出版社1982年版，第340页。
② 同上书，第341页。

命，同时也是文化革命。"①

周立波不仅通过风景的描绘展现出新时代物质的丰盈，也在对风景的描绘中呈现出新旧时代更替所带来的时代精神的嬗变。在发表于1958年的《山乡巨变》中，周立波以外来者邓秀梅的视角观察新中国成立后的清溪乡，土地庙、祠堂等旧社会的符号或遭遗弃或被新社会的符号所占领和置换，在这"风景"的变换中，蕴含了权力话语的易主和时代精神的更替。作为旧时代神权符号的土地庙在新时代因被人遗弃而破败："庙顶的瓦片散落好多了。屋脊上，几棵枯黄的稗子，在微风里轻轻地摆动。墙上的石灰大都剥落了，露出了焦黄的土砖……如今香火冷落了，神龛子里长满了枯黄的野草……"② 昔日被认为能主宰收成丰歉和家畜安危的土地神风光不再，往日香火繁盛的神龛在凄风苦雨中零落和破败。这形象地说明了，在新的时代，对神力的迷信被打破，对神权的膜拜已成为历史，人的力量受到了充分的肯定，劳动者的主体地位在新时代得以确立。农业生产再也不靠天吃饭，新时代的农民将依靠科学知识和勤劳的双手改变自己的生活、推动时代的进步，这种前所未有的对于人的能动性的肯定使人从神权的统摄下解放出来，极大地增强了人的存在感和自豪感，也有力地增强了农民的劳动积极性。在小说《牛》中，张启南在旧社会好吃懒做，对劳动不积极，而进入新社会后，他总是把自家的院子收拾得干干净净，两年没打扫的牛栏也被他清理，挖出了十几担牛粪，他成了爱劳动的能人。在《懒蛋牌子》中，赵子彬在旧社会里是个好喝酒、耍钱看娘们儿的二流子，而进入新时代后开始热爱劳动，起大早用柳条子编粪筐。在这里，"劳动"获得了超出传统勤奋美德的现代意义，人

---

① 蔡翔：《革命/叙述——中国社会主义文学—文化想象（1949—1966）》，北京大学出版社2010年版，第233页。
② 周立波：《周立波文集》第三卷，上海文艺出版社1982年版，第7页。

们相信，通过劳动可以改变生活，也可以改变世界，正如蔡翔所说："正是'劳动'这一概念的破土而出，才可能提出谁才是这个世界的真正的创造主体这一革命性的命题。此命题深刻地影响了 20 世纪的中国。"① 周立波借《山乡巨变》中陈大春之口表达了对劳动改变世界的信念："'我们准备修一个水库，你看，'陈大春指一指对面的山峡：'那不正好修个水库吗？水库修起了，村里的干田都会变成活水田，产的粮食，除了交公粮，会吃不完。余粮拿去支援工人老大哥，多好。到那时候，老大哥也都会喜笑颜开，坐着吉普车，到乡下来，对我们说：'喂，农民兄弟们，你们这里要安电灯吗？''要安。煤油灯太不方便，又费煤油。''好吧，我们来安。电话要不要？''也要。'这样一来，电灯电话，都下乡了。"②

　　劳动的意义和价值受到肯定，是否爱劳动成了新时代评价人的重要依据。邓秀梅初入清溪乡，遇到了正在井边舀水的盛淑君，盛淑君对于陌生的到访者心怀警惕，态度并不十分友好，她质问邓秀梅："你这个人不正经，才见面就开人家的玩笑，我还不认得你呢。你叫什么？哪里来的？"③ 在邓秀梅接过盛淑君挑水的扁担稳步走了一段之后，盛淑君认定了邓秀梅的劳动者身份，信任了邓秀梅，转变了态度，热心地向邓秀梅介绍了村里的情况。陈大春在肯定盛淑君时，将爱劳动放在了第一位："她样样都好，愿意劳动，还能做点事，起点作用，品格也没有什么……"④ 而不爱劳动的人，则被视为道德存在缺陷，受到群众的鄙视和排挤。在《山乡巨变》中，盛淑君的母亲不爱劳动，当盛淑君的父亲外出劳动时，她便四处串门闲逛，抽着烟打

---

　　① 蔡翔：《革命/叙述——中国社会主义文学—文化想象（1949—1966）》，北京大学出版社 2010 年版，第 222 页。

　　② 周立波：《周立波文集》第三卷，上海文艺出版社 1982 年版，第 214 页。

　　③ 同上书，第 19 页。

　　④ 同上书，第 29 页。

麻将，被人评价为"游山逛水，拈花惹草的闲人"①，不仅自身受人诟病，女儿盛淑君也受到影响。

在周立波的创作中，劳动也进入了审美的领域，是否爱劳动成了新时代的审美标准，劳动的妇女成了新时代一道亮丽的风景。在《山乡巨变》中，周立波描写了劳动中的盛淑君，呈现了劳动中的女性美："前面不远的一眼水井的旁边，有个穿件花棉袄的，扎两条辫子的姑娘，挑一担水桶，正在打水。姑娘蹲在井边上，弓下了腰子。两根粗大油黑的辫子从她背上溜下去，发尖拖到了井里。舀满两桶水，她站起来时，辫子弯弯地搭在她的丰满的鼓起的胸脯上。因为弯了一阵腰，又挑起了满满两桶水，她的脸颊涨得红红的，显得非常的俏丽。"② 张桂贞曾经逃避体力劳动，贪图舒适安闲的生活，是个柔弱而懒散的妇女，经过时代新风的浸润和集体的教育，她开始承担了更多的体力劳动，展现出劳动者的美："如今，她晒得黑皮黑草，手指粗粗大大的，像个劳动妇女了。她还是穿得比较的精致，身上的青衣特别地素净。她的额上垂一些短发，右边别出一小绺头发，扎个辫子，编进朝后梳的长发里，脑勺后面是个油光水滑的黑浸浸的粑粑头。"③ "一个身段苗条的女子斜靠在小竹椅子上，瓜子脸晒出油黑的光泽，额边一绺头发编个小辫子，一起往后梳成一个粑粑头，眉毛细而长，眉尖射入了两鬓里；大而又黑的眼睛非常活泛，最爱偷偷地看人；脸颊上的两个小酒窝，笑时显出，增加了妩媚；上身是件花罩衣，下边是条有些泥巴点子的毛蓝布裤子；因为刚从田里来，还赤着脚。"④ 在周立波的笔下，女性通过劳动创造价值，在"劳动者"的共鸣中消解了性别的弱势而获得了性别的平等，投入劳动的女性不再作为男性的

---

① 周立波：《周立波文集》第三卷，上海文艺出版社 1982 年版，第 31 页。
② 同上书，第 18 页。
③ 同上书，第 433 页。
④ 同上书，第 486 页。

附属品供男性支配和消费，她们确立了自身的主体性而获得了自信，劳动使她们健全了身体，振作了精神，她们意气风发的精神面貌和健美的体魄取代了摇曳的身姿和扭捏的步态，成为新时代女性美的标志。通过对劳动的审美化叙述，周立波呈现出一种积极乐观的时代风貌与平等和谐的性别关系，这种奋发而融洽的生活图式正是新时代的新"风景"，形象化了群众对于社会主义新生活的集体想象，有力地激发了群众对于投身社会主义建设的愿望。

第二节　革命叙事中的尊严意识

"尊严"作为一种意识和观念，随着人类文明的进步而出现，随着社会意识的发展而演变，不同种族、不同文化、不同历史时期对于"尊严"的认识不尽相同，但"尊严"所代表的某种价值尺度在不同的文化背景下都会呈现出某些共同的价值追求。韩跃红和孙书行在《人的尊严和生命的尊严释义》一文中将"人的尊严"的内涵归结为三个方面，即"生命尊严""心理尊严"及"社会尊严"。所谓"生命尊严"是指人"区别于物和其他生命形式的一种特殊的尊贵和庄严"[1]，"生命尊严"无须前提也无须他者承认，是自然赋予人的天然权利；而"社会尊严"是指"针对个人的社会评价和社会承认"；[2]"心理尊严"是指人根据历史形成的社会共识所做出的自我认识，是自我价值的肯定及自身身份的认同。关于人的"自然尊严"，康德最早指出："目的王国中的一切，或者有价值，或者有尊严。一个有价

---

[1] 韩跃红、孙书行：《人的尊严和生命的尊严释义》，《哲学研究》2006 年第 3 期。
[2] 同上。

值的东西能被其他东西所替代,这是等价;与此相反,超越于一切价
值之上,没有等价物可代替,才是尊严。"① 在这里,康德将尊严视为
无可替代的超出价值可标的范畴的至高目的,使人成为价值主体和目
的本身,从而使人摆脱了黑格尔意义上的"世界精神"为完成自身目
的的工具地位,也使人在理论意义上摆脱了身处资本主义生产关系中
的"物化"处境,凸显了人的主体性。然而在历史上,对于人的"自
然尊严"的承认经历了一个漫长的过程。在西方的中世纪,教会在意
识形态领域占据统治地位,世界和人都被解释为上帝意志的产物,人
无条件地受上帝的支配。资本主义工商业的兴起打破了这一思想的禁
锢,文艺复兴运动的开展开始了人权向神权的挑战,"一切为了人"
开始逐渐取代"一切为了神"②。之后的启蒙运动宣扬"理性"而对抗
"神性",进一步强调人的自主性,但其对理性的崇拜导致了其以理性
为依据对人的区分,伏尔泰称黑人是动物,而托马斯·杰弗逊声称女
人天生不具备理性而只配做"我们男性的玩物"③。法国 1789 年通过
的《人权与公民宣言》强调天赋人权、人人平等,"它对法国以至世
界的人权、公民权、权力分立等观念和法制的发展都具有重大的影
响"④。1776 年颁布的《独立宣言》"在美国发展史上树立起了一块史
无前例的丰碑"⑤。但它们宣扬的都是有限的人权,只承认成年白种有
产者具有完全的人的权利。虽然其确立了现代意义上的人权观,但普
遍人权观念的普及依旧步履蹒跚,"即使在发生了多次革命并通过了
确立人民主权的宪法之后,西方国家还是用了很长时间才在事实上实

---

① [德]康德:《道德形而上学原理》,上海人民出版社 1986 年版,第 87 页。
② 陈修斋、杨祖陶:《欧洲哲学史稿》,湖北人民出版社 1986 年版,第 217 页。
③ 转引自[瑞士]雅律胜《从有限的人权概念到普遍的人权概念》,沈宗灵、王晨光
《比较法学的新动向》,北京大学出版社 1993 年版,第 173 页。
④ 金俭:《略论人权理论与实践的历史发展》,《南京社会科学》2004 年第 5 期。
⑤ 同上。

现了政治权利、平等以及思想自由等人权"①。随着第二次世界大战后人权在多国入宪，普遍的人权概念才在世界范围内逐步形成共识。从有限人权观到普遍人权观的发展即是社会从维护强者地位到关照弱者权益的观念的转变，体现了人类社会逐步超越以进化论为主导的社会观而追求自由、平等等终极价值的精神历程。

在周立波笔下的革命后的新世界中，老有所养、困有所依是一个基本要求，对于弱者的无条件关怀体现了新社会基本的价值尺度。在《暴风骤雨》中，小猪倌吴家富只有 13 岁，父亲去世，母亲被恶霸地主韩老六卖到了窑子，年幼的他被韩老六逼迫放猪以偿还其父的丧葬费用，他因参加村里的唠嗑会而被韩老六毒打，险些丧命。对弱者的欺凌激起了饱受压迫的广大群众的愤怒，为小猪倌报仇的激烈情绪激发了群众砸碎旧世界的勇气和投奔新世界的热情。践踏弱者的强者被群众置于棍棒之下，阶级仇恨背后渗透着对弱者的挽救和关怀。之后，革命烈属赵大嫂子收养了吴家富，旧社会的遗孤在新世界找到了家庭的温暖和母亲的爱。在随后的分地主浮财的过程中，收养了吴家富的赵大嫂子被排在了第一位，这样的安排自然有缅怀革命英雄赵玉林的用意，在更大程度上也体现了革命者维护弱者利益的考虑。在《山乡巨变》中，盛家翁妈是一个在旧社会饱受歧视和摧残的妇女，她所生的八个女儿都因旧社会的性别歧视而被家长溺死或者送人，唯一的儿子又在壮年去世，儿媳改嫁后家里的劳动力只剩下她自己，她还要照看年幼的孙子，地里的活都是雇人帮忙，而产出却连工钱都付不起，生活一片灰暗。面对这个"负担"，合作社没有拒绝。亭面糊五十多岁，新中国成立前是贫农，新中国成立后虽然分了房、分了地，但却并没有转变他贫穷的现状，他大儿子也在壮年去世，小儿子

---

① 王家福、刘海年、李林主：《人权与 21 世纪》，中国法制出版社 2000 年版，第 14 页。

才进中学，家里人口多却缺少劳动力，处于生活的困境之中，合作社同样同意了他的申请。从某种程度上来说，周立波笔下的土地革命的历史就是弱者反抗的历史，是弱者争取做人的尊严和基本生活保障的历史。对土地的重新分配打破了历史形成的以物质占有为基础的对人的强弱划分与随之而来的相互倾轧和压迫，使人在平等的物质占有的基础上实现人格的平等以获得为人的尊严，而对生活中弱者的关怀正是这种革命精神的具体表现。社会主义革命意在建立一个可以有效保护个人尊严的长效机制，进而生成一种新的社会价值评价体系和道德观。

"应当记住，欧洲大陆的社会主义运动主要是围绕民权问题展开的，而不是由于经济问题而发展的……几乎在所有情况下，反对资产阶级的心理和情感基础都是对资产阶级平等的需求。甚至在有点例外的英格兰也是如此，第一个政治上有组织的工人运动——宪章运动——有着同样的特征，虽然它没有为广泛的社会主义运动奠定基础。"[1] 周立波笔下的中国社会主义革命不再致力于满足人的物质性需求，而是要建立一个可以避免因物质占有不平均而导致的人与人之间相互压迫的新制度，从而真正落实自古以来"人人平等"的社会期待。在蓝图所展示的社会中，人的尊严不再关乎物质的占有而是源自个体的精神选择，公有制的设计意在彻底摒除私有制下人对物质的贪婪而树立人对精神与道德的追求，人们对于"私利"的态度便成了区分"先进"和"落后"的标准，超越私有观念的"奉献"精神成了新社会的新风尚，"为人"取代"为己"成为获取尊严与荣誉的途径。在新社会中，人获取尊严的过程摒除了物质的干扰，人们生而平等，之后的个人选择将决定社会对其的评价，人的主体性与能动性空前加

---

① ［德］W. 桑巴特：《美国为什么没有社会主义·前言》，赖海榕译，社会科学文献出版社 2003 年版。

强。在《山乡巨变》中，先进人物无一例外都具有甘愿奉献的精神，而落后人物必定对私有制恋恋不舍，总是为了一己私利而做出危害他人利益的事情来。在这里，周立波将"先进"与"善"相联系，把"落后"与"恶"绑定，用人物的观念选择生动地展示了新的社会主义道德观。刘雨生无疑是"先进"的代表，他为人大公无私，积极服务于社会主义事业而将家庭的重担都抛给了妻子，脱离劳动的结果使其家庭生活越发贫困，最终导致了婚姻的破裂。生活贫困的他积极组建合作社并不是为了占富裕人家的便宜，他说服情人盛佳秀贡献肥猪供社员打牙祭，将无私的品质展露无遗，最后以奋不顾身的抗洪行动完成了他一心为集体、不顾个人得失的英雄形象塑造。王菊生勤劳务实，耕作有方，连亭面糊、陈先晋这些"老作家"都佩服其务农的手段，但其辛劳的初衷是为了自己的发财梦，而个人发家的结果势必导致新一轮的土地兼并进而开始新一轮的压迫与剥削，为私利的初衷必然引起"恶"的结果，这种历史必然的"后发之恶"规定了王菊生私有观念的不洁。在作品中，周立波用"阴谋夺家产"一段将其置于道德理想的反面，始终以阴谋家的嘴脸受人鄙视和提防。几千年来，私有制观念在中国人的观念中根深蒂固，早已融入每个中国人的肌体和血液，即使是久经考验的共产党干部，也难能摆脱私有制对其的诱惑，作品中的谢庆元这一角色的设置表现了割除私有观念的艰难与复杂。谢庆元是一名党员干部，在土地革命时期曾表现积极，但在合作化运动中却处处显示出被动与不情愿，对办好合作社没有信心。在分配茶油的问题上，他和李永和发生了冲突，实际上他是反对刘雨生做出的将下村的茶油分给全体社员的决定，他意在拉拢下村的村民，遮蔽自互助组成立以来他账目管理混乱的问题，收买民心以巩固自己的地位，结成利益小团体，对抗刘雨生。在集体的秧苗受损、播种告急之时，刘雨生多次晓之以理动之以情，告诫其以集体的利益为重，拿出多余的秧苗供集体生产，但他硬是咬定自己没有多余的秧苗，同时偷偷地将剩余秧苗卖给了单干户秋丝瓜。谢庆元的"自私"，一部分是由于贫困的境遇导致其对于物质占有的渴求，更大程度上是因为他老旧的观念没能跟上时代的脚步。对于私利的执着使其失去了群众的支持，尊严扫地、众叛亲离，后来不得已选择自杀以求解脱。伴随着新的社会制度产生了新的价值标准和道德准则，顺应时代的发展、紧跟新时代的精神动向便可以获得社会的认同，获取"社会尊严"；固守陈腐的价值体系和道德观念势必在精神上遭到时代的淘汰而无地自容。

周立波笔下的社会主义新人没有把获得社会的尊重与承认当作自己的精神负担，而是将个人理想与社会目标绑定，自觉参与到革命和建设的行动中来，在内化新社会的价值标准和参与完成社会目标的实践过程中实现个人的价值、获取自我的认同。他们多为在旧社会深受欺凌与磨难的农民，在中国共产党的带领下革除了背负经年的经济负累与政治压抑，在摆脱沉重的经济剥削和贱民身份的同时完成了对共产党的精神皈依。他们在翻身后获得了主人翁的荣耀感和自豪感，在他们的意识里，世界不再是"老爷"和"大人"们的，自己不再是任人驱使的工具，他们成了历史的主体，他们在创造历史，他们可以自己决定自己的现在和未来。在这个意义上，"翻身"对农民的意义就不仅是经济剥削关系的去除和政治地位的翻转，更是一种世界观的转变和主体性的确立，也是"心理尊严"的获得。他们对党一片赤诚，对革命的成功深信不疑，对党的事业倾尽全力，甚至自我牺牲也在所不惜。这不是传统"知恩图报"观念的现代显形，而是农民作为新的历史主体对于新世界的责任感与使命感的具体呈现。

《暴风骤雨》中的赵玉林在旧时代当过长工，也被抓过劳工，终年卖力干活却依旧无法摆脱赤贫的状态，"赵光腚"这一戏谑外号的背后更多的是无奈和凄凉。工作组的到来使赵玉林觉醒，认识到世界还有其他可能的存在方式，背负多年的苦难与愤懑逐渐转化成了革命的动力和激情。在斗争韩老六的过程中，他从犹豫和迟疑转变为坚定和决绝，从一个备受压迫的穷苦人成长为有胆识、有魄力、威武雄浑的革命者，在人格长时间受压抑后终于寻求到了有尊严的存在方式，这使他在应对敌人的疯狂反扑的过程中表现出了英勇的大无畏精神，为了革命和群众的利益献出了自己宝贵的生命。赵玉林参与战斗固然意在维护革命后既得的物质利益，但更多的是为了维护革命带来的新的身份认同和"心理尊严"，而这使得赵玉林的行动区别于传统的血亲复仇和农民起义而具有了现代意义。郭全海的性格和作风是赵玉林人物精神的延续，他有着和赵玉林一样贫苦的出身和对"翻身"的热情，而作者主要突出其对于物质诱惑的超越和对革命前途的信念。在"分马"的情节中，郭全海听从了"行家"老孙头的建议领取了一匹怀孕的青骒子，之后发现王老太太因为领取了一匹不称心的热毛子马而闷闷不乐，为了使王老太太满意他主动提出换马，而王老太太却没相中郭全海的马，后来郭全海答应贡献出青骒马肚子里的小马驹，促成了老田头和王老太太马的互换，他牺牲自己的物质利益换取了群众的团结与和谐。而在"参军"一节中，由于分得了房屋和土地，农民恋着家，不愿报名参军。为了完成区里的征兵计划，刚结婚二十多天的郭全海主动要求参军，成了区里年轻人的表率。在他的带动下，大量青年踊跃报名，顺利完成了征兵计划。郭全海不执着于对物质财富的占有，不贪恋幸福美满的家庭生活，也不留恋自己在屯中的领导位置，他不顾自身安危，义无反顾地投入到解放全中国的战斗当中，体现了他已摆脱旧式农民的自私与狭隘，将个人价值的实现和"心理尊严"的获得与共产党的解放事业紧密相连，以主人翁的使命感和责任感参与到对新世界的创造过程中来。

在周立波构建的文学世界中，社会主义新人在土地革命时期获得"心理尊严"的方式主要是实现自身的"翻身"以及参与到面向全国的解放事业中来，而在社会主义革命时期，革命的对象由压迫者和剥削者变成了人们自身的私有观念，新的革命目标要求每个人向自我宣战，只有摆脱根深蒂固的利己观念才能满足时代政治对于革命主体的要求，要将个人追求与建设社会主义新世界的历史进程相同步，才能获得社会的认可并实现个人价值。

在周立波的作品中，个人参与社会总体进程的方式是参加"集体劳动"。"集体"是国家意志建构的、取代"家庭"进行组织劳动和生产的基层单位，"'集体劳动'主要是指劳动管理单位统一调配管理范围内的劳动力，组织他们共同进行农业生产劳动"①。这种"集体劳动"并不是"中国乡土社会传统的'互惠互利'的劳动形式，而是一种崭新的现代劳动方式，也可以说，它既是社会主义借用城市工业化组织方式的一种乡土性改造，也可以说是中国革命实践对苏联'集体农庄'的另一种创造性想象"②。以家庭为单位组织进行的劳动意在实现家庭财富的积累和个人幸福的实现，而通过生产资料的合作化和农民的组织化，以"集体"为单位组织的劳动，其目标是国家的发展和社会的进步。周立波笔下的社会主义新人在"集体劳动"中意识到自己的劳动和国家的建设以及社会主义事业的进程密切相关，每个人都在推动国家发展和创造历史进步的想象中感受到了个体存在的意义和价值，在最大限度上获得了存在感、自豪感和荣誉感，所以周立波作品中的"集体劳动"场面总是充满了愉悦和欢快的气息，人们总是在嬉戏和竞赛中将劳动任务完成。在《山乡巨变》中的"双抢"一节中

---

① 刘金海：《农民的"集体劳动"：缘由、规范及实施》，《中共党史研究》2010年第2期。

② 蔡翔：《革命/叙述——中国社会主义文学—文化想象》，北京大学出版社2010年版，第248页。

对集体抢收的场面进行了描绘："将近中午，太阳如火，田里水都晒热了。人们的褂子和裤腰都被汗水浸得湿透了，妇女们的花衣自然也没有例外，都湿漉漉地贴在个人的背上。她们拖着草，相互竞赛，又打打闹闹，快乐的精神传染给后生子们，他们也说笑不停。"① 而在"女将"一节中，有对"集体劳动"中捉泥鳅这一细节的描写："'看，好大一条泥鳅子'，陈雪春撂下耙头，扑过来了。两个女子都弯下腰子，去捉泥鳅。那家伙一滑就钻进了泥里。大家边捉边笑，盛淑君笑声最响亮，完全忘了自己是妇女主任。"②

"集体劳动"不仅使青年男女锚定了生活的"意义"，也让青年在其中找到了生活的乐趣。私有制的瓦解必然带来"门第"观念的淡化和消失，青年们平等、自愿地共同劳动，在劳动中相互交流、相互帮助、相互竞赛，"集体"的组织形式使得繁重的体力劳动成了一件趣事。同时，在"集体"中共同劳动的男女青年有了更多的交流和了解的机会，"集体劳动"为自由恋爱的发生提供了更多的可能，促进了青年选择婚姻的自主和自由，从而对青年构成有力的吸引。正如蔡翔所言："众多的作品都不约而同地将这一'集体劳动'描述为爱情产生之地，并不是一种偶然。一方面，它固然继承了左翼文学中'革命＋恋爱'的变体叙述，通过对集体的深度描绘，加深了对青年的情感乃至婚姻的'归属地'的强调。这一强调使得合作化这一'集体劳动'的方式对青年产生出一种强大的'召唤'力量。"③

反观拒绝"集体劳动"的以王菊生为代表的单干户，其耕作劳动却是另一番景象。王菊生领着老婆和女儿从事生产劳动，忙碌而疲惫地料理各种农事，在农忙时节他请不到帮工，拼尽全家的力气也难完

---

① 周立波：《周立波文集》第三卷，上海文艺出版社 1982 年版，第 599 版。
② 同上书，第 442 版。
③ 蔡翔：《革命/叙述——中国社会主义文学—文化想象》，北京大学出版社 2010 年版，第 249 页。

成地里的农活儿。过重的劳动负担使其妻女难以承受，她们先后病倒，王菊生便成了名副其实的"光杆司令"，即使其身体强壮如牛且勤劳肯干也只是孤胆英雄，难以有所作为。同时，王菊生一家的劳动过程寂寞又乏味，他们因其特殊的劳动和生活方式又不可避免地遭到合作社社员们刻意的疏远，这势必造成其精神的空虚和失落。个人目标与时代精神的背离使得王菊生一家陷入被孤立的境地，无法赢得社会的认可，也难以获得自我的满足。

第三节　革命时代里的自由追求

"自由"是近代由西方传播至中国的概念，维新派思想家第一次将"自由"思想引入中国。康有为作《大同书》，提倡"人人平等"，主张打破封建伦理对人的束缚，以"独人"作为构成社会的基本单位；梁启超将"自由"视为生而为人的天然权利，尤其强调思想的自由，视之为精神的生命；严复翻译了约翰·穆勒的《论自由》，提出真理的获得须通过思想的自由交流；章太炎肯定个体的价值、支持个人的独立，强调个人"非为世界而生、非为国家而生、非为他人而生"[①]。

作为近代中国自由思想的主要倡导者，严复深受古典自由主义思想家约翰·穆勒的影响。穆勒认为，个人自由是人类追求的终极价值，只要不妨碍他人的自由，社会或他人无权干涉个人的自由。但是，严复在介绍和引进穆勒的自由思想时，并没有严格地复述穆勒的

---

　① 　章太炎：《章太炎全集》第四卷，上海人民出版社 1985 年版，第 444 页。

原意，而是进行了加工。严复将"论自由"译为"群己权界论"，主张放弃个人自由的终极意义，提倡个人的自由从属于集体的自由，主张通过开民智、鼓民力、提升民德，以达到扶危救亡的社会目的。在山河破碎、国将不国的绝境中，严复将国家利益和民族利益确立为其思考的出发点，他认为一切的思想引进和观念传播都应该围绕这个中心任务，所以"假如说穆勒常以个人自由作为目的本身，那么，严复则把个人自由变成一个促进'民智民德'以及达到国家目的的手段"①。梁启超赞赏西方的自由观念，认为自由是使西方进步与强大的重要观念，是国人应有的品格，中国要想改变积贫积弱的状态，就必须向那些已经迈入资本主义社会的民族学习。在他看来，这些民族之所以能把自己的民族国家建成世界强国，是因为他们具备一种"近代精神"，具体包括国家至上的集体意识，敢于冒险的竞争思维，权利与义务相统一的法制观念，以及自由、自治的公德概念。而只有学习这些新思想，中国才有出路。他提倡不妨碍他人自由的个人自由，对自由精神不吝称赞："于戏！璀璨哉，自由之花！于戏！庄严哉，自由之神！"②可是，他进一步将自由区分为"野蛮自由"和"文明自由"，"野蛮时代个人之自由胜，而团体之自由亡；文明时代，团体之自由强而个人之自由减"③。梁启超将高扬"自由"视为其"新民"的重要手段，而"新民"的目的在于重振邦国，和严复一样，他们的自由观念的终极指向是国家而不是个人，这种功利主义的自由观念是维新一代思想家的共同特征。

五四一代思想家接续并拓展了近代思想家对于自由的认识，在一定程度上淡化了功利主义的诉求，"'五四'启蒙家不同于近代启蒙家

---

① ［美］本杰明·史华兹：《寻求富强：严复与西方》，叶凤美译，江苏人民出版社1996年版，第128页。

② 梁启超著，宋志明选注：《新民说》，辽宁人民出版社1994年版，第58页。

③ 同上书，第61页。

的地方在于康梁严启蒙为政治，功利色彩极浓，'五四'启蒙并无直接的近期政治目标，更带文化自身的意味，因而也为自由主义文学的发展提供了更广阔的空间"①。五四新文学的贡献突出地表现在"人的发现"，五四一代学者将个体的"人"从君臣、父子、夫妻等伦理关系中抽离出来，建构一套全新的关于"人"的思想和话语体系，充分尊重"人"的价值。郁达夫说："五四运动最大的成功，第一要算'个人的发现'，从前的人，是为君而存在，为父母而存在的，现在的人才晓得为自我而存在了。"② 但五四时期思想界的活跃与驳杂决定了思想界对于"人"的意义与价值认识的多样与复杂。周作人认为"人的文学"就是个人主义的文学，强调将个人从家庭、国家、民族中解放出来，在他看来，文学的目的在于个人解放，反对将文学用作国家和社会完成其目的的工具。"我现在讲文艺，第一重要的是'个人的解放'，其余的主义可以随便；人家分类的说来，可以说这是个人主义的文艺。"③ 他坚持极端的个人主义立场，将个人和集体相对立，以追求绝对的个人自由。胡适致力于抬高个人的重要性，倡导个人对于国家和民族具有根本性，国家和社会都是由无数的个人构成，个人并非社会的附属物，个人具备主体性，因此他说："争你们个人的自由，便是为国家争自由！争你们自己的人格，便是为国家争人格！自由平等的国家不是一群奴才建造得起来的。"④ 鲁迅认识到国民的个人素质决定着国力，西方国家之所以强盛在于其有强民，中国的状态如沙聚之帮，分裂而涣散，中国要进步和发展，必须提升国民素质，也就是"立人"。"立人"的重要步骤就是塑造国民的独立精神和健全人格，所以他说："国人之自觉至，个性张，沙聚之邦由是转入人国。人国

---

① 刘川鄂：《自由观念与中国近代文学》，《社会科学战线》1999 年第 1 期。
② 郁达夫：《中国新文学大系》散文二集导言，上海良友图书印刷公司 1935 年版。
③ 周作人：《周作人文类编》第三卷，湖南文艺出版社 1998 年版，第 65 页。
④ 胡适：《胡适文集》第五卷，北京大学出版社 1998 年版，第 512 页。

既建乃始雄厉无前，屹然独见于天下，更何况有于肤浅凡庸之事物哉。"① 鲁迅的"立人"思想承接和延续了近代思想家的强民理路，强调国家和民族的终极性。早期的陈独秀和李大钊并不反对英美自由主义思想对于个人价值和自由的肯定，并将西方个人主义视为对抗中国传统的家族中心观念的利器，对个人的自由不乏溢美之词："举一切伦理、道德、政治、法律、社会之所向往，国家之所祈求，拥护个人之自由权利与幸福而已。思想言论之自由，谋个性之发展也，法律面前个人平等也。个人之自由权利，载诸宪章，国法不得而剥夺之……此纯粹个人主义之大精神也。"② 但是，随着社会现实的恶化，他们逐渐不满英美自由主义对于政治民主和个人权利的追求，进而追求"人民自治"以超越代议制，实现政治、经济、社会的全面民主。李大钊将强国的愿望置换了追求个人幸福的目标，将"自由"纳入规范和秩序的轨道之内："我们所要求的自由，是秩序中的自由，我们所顾全的秩序，是自由间的秩序。只有从秩序中得来的是自由，只有在自由中建设的是秩序。个人与社会，自由与秩序，原是不可分的东西。"③由此可见，除开周作人的"彻底的个人主义"，五四一代思想家宣扬的个人价值和个人自由都指向国家的富强和民族的解放，正如林毓生所言："中国接受西方思想和价值观念，主要是以中国的民族主义为基础的。"④

五四的众声喧哗并没有持续很久，随着时局的持续动荡和民族危机的加深，左翼文学应运而生，革命的强力使启蒙暗淡和褪色。在左翼文学理论家那里，"个人"被"阶级"取代，"人的文学"让位"无

①　鲁迅：《鲁迅全集》第一卷，人民文学出版社 1981 年版，第 56 页。
②　陈独秀：《陈独秀著作选》第一卷，上海人民出版社 1993 年版，第 166 页。
③　李大钊：《李大钊文集》第四卷，人民出版社 1999 年版，第 63 页。
④　[美] 林毓生：《中国意识的危机——五四时期激烈的反传统主义》，穆善培译，贵州人民出版社 1986 年版，第 14 页。

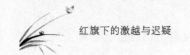

产阶级文学",和自由主义文学针锋相对。在 20 世纪 30 年代,自由
主义文学阵营还可以和左翼文学分庭抗礼,二者间有过激辩和争论,
而到了 40 年代,一体化的文化策略逐步鲸吞了自由主义文学的生存
空间。

然而,"自由"是周立波终生的事业理想和人生追求,他以"立
波"(英文 Liberty,意为"自由")为名,将"自由"锚定为自己的
精神旗帜和思想标的,在其构建的新世界中,"自由"始终作为一个
核心价值而使他的创作与众不同。

在周立波早期的文学创作中,有一组反映他当年牢狱生涯的短篇
小说(后收入短篇小说集《铁门里》),最早表达了周立波对于"自
由"的渴求与赞颂。小说中缺乏革命经验的革命者落入了敌人的陷
阱,监狱的围墙将革命者囚禁在狭小的囚室内,但身体的禁锢和行动
的受限并没有使革命者丧失革命的动力和生存的信心,绳子和枷锁只
能增添他们对于生的渴望和冲破牢笼的决心,他们团结起来,在狱中
开辟了一个特殊的战场,和敌人斗智斗勇,为争取自由而不懈战斗。
《麻雀》就是其中非常精彩的一篇。《麻雀》的故事很简单,监狱中的
革命者小陈有一天捉住了一只飞进囚室的麻雀,对于麻雀的去留革命
者们各抒己见,有人站在无产阶级革命战士的立场上要求马上"释
放"麻雀,也有人出于对排遣同志们寂寞情绪的考虑主张将麻雀留下
几天,后来大家达成共识,决定在第二天中午将麻雀放飞,同时让它
带走一封信,向世界传达出革命者们的心声。但是在当天夜里,狱卒
二十七号发现了小麻雀,并残忍地将它踩死,将一个自由的生命无情
地扼杀。随处可见的普通小鸟在这与世隔绝的囚室中成了自由的符
号,因为"它是自由的飞鸟,就在这天的上午,它还浴着阳光,也许

还沾着草上的露水，在广阔的天空中飞翔，在街树的密叶里跳跃和啼叫"①。对于麻雀是放还是留，革命者们起了争执，有人主张让麻雀留下来三天，帮助大家排遣无聊而寂寞的生活，小柳却表示应该直接将麻雀放走，这种停留对麻雀来说是一种囚禁和绑缚，崇拜小柳的小陈更是用"革命者的信仰""共产主义真理"这些巨型语言和时代真理支持小柳的观点。而阿金从实际生活状况出发，认为麻雀的到来带给了大家久违的欢乐，在丰富大家沉闷而枯燥生活的同时带给了大家获得自由的希望，他试图说服小柳让麻雀留下来。在这里，小柳和阿金的争论正是"革命话语"和"个人话语"的冲突，"革命话语"肯定了自由的价值和意义，为了维护自由的理念，不惜放弃个体对自由的体验，"个人话语"更是传达出对于自由无限的渴望，而"个人话语"更注重个体对于自由的实践。周立波笔下，他们对于"自由"的追求并无本质的不同，论争过后，他们各让一步，获得了和解，达成了共识。在小说中，"革命话语"并没有对"个人话语"进行压制和胁迫，"个人话语"可以和"革命话语"平等对话，并且对话的氛围轻松而愉悦，操持不同话语的争论者甚至可以在论辩过程中收获快乐，正如小说中所叙述的："这样热烈地继续争辩着，两方面都用许多漂亮的理由进行厉害的攻袭，想战败对方，但是双方面都很快乐。"② 这种平等的思想交锋本身即是自由精神的典型呈现。

随着 1942 年延安文艺座谈会的召开和《在延安文艺座谈会上的讲话》的发表，新的文艺体制和文化策略在解放区正式确立，文学被视为革命事业的有机组成部分，是负有历史使命的、推动历史进步的重要力量，知识分子被要求承担服务革命、促进革命的责任。在时代的召唤下，深怀历史使命感的知识分子自觉将文学视作促进社会实践

---

① 　周立波：《周立波文集》第二卷，上海文艺出版社 1982 年版，第 262 页。
② 　同上书，第 264 页。

的方式，在文学创作中，"个人的自由"被置换为"阶级的翻身"，"个体生命的偶然遭遇"被改写作"典型人物的必然道路"，人物被要求具有典型特征从而获得感召意义，有关"自由"的话题在很长一个历史阶段内被冷藏和回避。在这样的政治语境中，周立波在创作中将个人的自由诉求融入民族解放的追求当中去，让人物在获得政治翻身的同时实现个人的自由追求。

《暴风骤雨》中的刘桂兰，由于父母无力还账，被送给了债主小老杜家当童养媳抵债。她从 11 岁起就给婆家干活，辛苦劳动换来的却是公公和婆婆的虐待，"五年没有吃一顿热饭，没有穿件囫囵个衣裳"①。她常年忍受着公公的无礼和婆婆的恶毒，每天的生活剪影都是她生活境遇的形象写照，"一天下晚，刘桂兰的婆婆叫醒她来，叫她给公公捶腰，刘桂兰不肯，婆婆不吱声。第二天，杜婆子说刘桂兰偷鸡子儿吃了，她气得直哭……就在当天下晚，外头下着雨，屋里灭了灯，炕上黑漆寥光的，伸手不见掌。有个什么人爬到她炕上，把她惊醒，她叫唤起来"②，饱受欺侮和惊吓的刘桂兰光着脚丫冲出了小老杜的家门，却在风雨交加的夜里不知投奔何处，只得伏在苞米堆上，哭了一整宿。在旧社会，这种饱受压迫却无处诉说的生存状态是童养媳们的生活常态。但革命思想的输入使得妇女们生成了反抗意识。在赵大嫂子和白大嫂子的支持下，刘桂兰和婆婆杜老婆子针锋相对，让她从一个唯唯诺诺的受压迫者成长为一个自主、独立的女青年，杜老婆子的封建宗法观念在她的革命话语面前不堪一击。刘桂兰在反抗封建宗法观念的过程中获取了精神的独立，而和小丈夫离婚，又使她的身体摆脱了压抑和束缚，从而让她获得了个人的解放和自由。然而，刘桂兰不仅要摆脱束缚，更要追求幸福。她虽然腼腆，却对爱情主动追

---

① 周立波：《周立波文集》第一卷，上海文艺出版社 1981 年版，第 421 页。
② 同上书，第 293 页。

求。在旧社会，妇女没有追求爱情的自由和权利，正如老孙头所说："还是翻身好，要是在旧社会，你们这号大姑娘，门也不能出，还挑嫁妆、相姑爷呢，啥也凭爹妈，凭媒婆。媒婆真是包办代替的老祖宗，可真是把人坑害死了，小喇叭一吹，说是媳妇进门了，天呐，谁知道是个什么，是不是哑巴，聋子？罗锅，鸡胸？是不是跛子，瞎子呢？胸口揣个小兔子，蹦蹦地跳着，脑瓜子尽胡思乱想，两眼迷迷瞪瞪的……"①　而在革命之后，她获得了人身的解放，充分享受追求爱情的自由和权利。她在找萧队长申请离婚的同时大胆地表露出自己的心意。在郭全海成功领导完成抓捕韩老五的任务后，她不避讳众人的目光，主动给熟睡的郭全海盖被子。在取得萧队长、白大嫂子、老孙头等人的支持后，由老孙头和老初共同保媒，终于使自己和心上人喜结连理，完成了自己的心愿。在这里，刘桂兰的个人追求和时代政治的目标相一致，刘桂兰的生活轨迹具有了象征的意义，代表了中国人从旧社会的奴役状态下解脱出来，在革命的引领下扫净心灵的委屈、摆脱身体的束缚，自由追求个人目标并终会获得幸福的必然过程。这是广大革命群众生活经历的真实写照，也是革命党给待解放群众的政治承诺。然而，当个人的生活目标与时代政治的要求相抵牾时，如何拿捏自由的限度，如何安排这样的个性强烈的追求个人自由的人物的命运，就成了对热爱自由的周立波的考验。

《山乡巨变》中的刘雨生一心投入社会主义事业当中，他积极服务群众，很少有时间和精力顾及家庭生活，家庭的重担都落在了妻子张桂贞一个人的身上。而张桂贞不是一个生活能力强且为了丈夫的事业甘愿奉献的女性，相反，她是一个渴望正常家庭生活、依赖丈夫的弱女子。她对丈夫的抱怨表达出了她的生活境况："你太好了，实在

---

① 周立波：《周立波文集》第一卷，上海文艺出版社1981年版，第443页。

太好了！一天到黑，屋都不落。家里烧柴都没得。我为么子要做牛做马，替你背起这面烂鼓子？……这一向，你越发不管理家里了。我一天到黑，总是孤孤单单地，守在屋里，米桶是空的，水缸是空的，心也是空的。伢子绞着我哭。他越闹，我心里越烦，越恨。"① 张桂贞无法独自承受家庭生活的重担，也不愿继续忍受生活的清贫，更不能接受丈夫对待家庭生活的态度。她对生活有自己的期待和要求，当刘雨生不能满足她的期许也无法给她提供希望时，她选择了离开。张桂贞游离于时代确认的共同目标而追求个人的幸福，在这里，私人生活目标和公共生活目标产生了分歧，个人的生活逻辑和时代的精神要求发生了冲突。对于这种与一体化的时代精神相背离的行为观念的评价，周立波的叙述传达出了他的犹豫和为难。作品中，以邓秀梅为代表的意识形态话语，对张桂贞进行了批评和抨击："其实，这号婆娘，离了也好，省得淘气。她仗着有几分墨水，嫁给一个黑脚杆子，总以为埋没了人才。看她再挑一个什么人？"② "走了算了，这号堂客勉强留在屋里，始终是个害。"③ 进而，邓秀梅从政治的角度怀疑张桂贞的离婚动机："依你意见，离婚是她自己做主，还是她哥哥插了一手？""他要是主张他老妹离婚，为的是什么？抱的是什么目的？……他是不是想用离婚的手段，来挫折老刘的情绪？"④ 但是，处理张、刘离婚一事的李月辉并没有对张桂贞提出批评，他只是循着传统的对夫妻"劝和不劝分"的思路劝说张桂贞，当说和不奏效时，他只好安慰刘雨生："你们离开了，我才敢说，张桂贞漂亮是漂亮，也有美中不足的地方，鼻子太尖了一点。况且，一个人，不论男人和女人，要紧的

---

① 周立波：《周立波文集》第三卷，上海文艺出版社 1982 年版，第 148 页。
② 同上书，第 147 页。
③ 同上书，第 151 页。
④ 同上书，第 147 页。

是心，她心不在你。你肚里有她，她心里没你，有么子味?"① 在这里，以邓秀梅为代表的意识形态话语和以李月辉为代表的民间话语相抵牾。对于张桂贞的离婚选择，邓秀梅以政治觉悟为依据，以贬低张桂贞人格的方式做出明确的否定评价，而李月辉则从个人情感出发，以默认的姿态表现了他的无奈。邓秀梅以政治标准评价个人情感生活，以公共生活干涉私人生活，无视个人的情感选择，而李月辉尊重个人的情感选择，使个人生活和公共生活保持适当的距离，尊重个人在这一私人领域的自由。根据小说后面的叙述，张桂贞选择的符贱庚确实是一位体贴的丈夫，相对于刘雨生，在家庭生活方面他可以给张桂贞更多的照顾："她是有个最爱素净的脾气。身上衣服，床上铺盖，常要换洗，穿着稍微有点邋遢的衣裳，睡在略略有点不洁的被里，她都不舒服。浆洗衣裳是她天天必作的功夫。这就需要大量水。她家里的饭甑、大锅、锅盖、提桶、马桶、桌椅板凳、篮子和箩筐，只要落了一点点灰土，她都要用水来冲刷和抹洗。符贱庚在家，这都不成问题的。她要好多水，他挑好多水。"② 周立波对于挑水这一生活细节的描述，暗示出了张桂贞再婚后幸福的家庭生活，体现了他对这种私人领域中的个人选择自由的尊重和宽容。

第四节　会议叙事中的民主观念

在社会实践和学术研究中，存在着各种各样的"民主"概念，政治学者从不同的角度提出诸多的民主模式。在政治学的领域中，"民

---

① 周立波：《周立波文集》第三卷，上海文艺出版社 1982 年版，第 151 页。
② 同上书，第 433 页。

主”是一个既丰富又复杂的概念。但是无论如何，"民主"这一概念总是和民众的广泛参与密切相关。在古希腊城邦，民主意味着公民对公共事务的直接参与管理。作为古典民主理论的代表人物，卢梭的政治理论始终关注政治决策中个体公民的参与，他声称，公民的参与不仅使民主制度成为可能，参与决策的过程也是民主教育、民主训练、共同体整合的过程。① 在卢梭的理论中，民主意味着公民对政治决策的直接参与，但在现实的大跨度的时间和空间的制约下，公民直接参与决策丧失了有效性，也就是说，在规模较大的国家中，直接参与式的民主难以实现。针对直接民主理论的局限性，斯图亚特·密尔提出，在宏观政治层面上用以"代议制"为代表的间接民主取代直接民主，民众选取可以代表他们利益的代表组成代议机构，代议机构代表广大民众行使国家权力。密尔之后的现代民主理论，主要分为自由主义民主理论和共和主义民主理论两个流派，前者主张通过民主选举产生公职人员，由公职人员行使公共权力，并制定法律制约公职人员对公共权力的使用；后者倡导公民直接参与公共事务的决策，以体现主权在民。在现代国家的政治实践中，自由主义民主以其有效性和可操作性成为民主政治的主流，但倡导公民参与的民主理论一直暗流涌动，生生不息。1960 年，阿诺德·考夫曼提出"参与民主"（participatory democracy）概念，随后，佩特曼、巴伯等众多学者参与到阐释和丰富这一理论的行动当中，汇集成一个影响越来越大的民主理论流派。进入 20 世纪 90 年代，"协商民主"（deliberative democracy）理论兴起，可视为"参与民主"的重要发展，罗尔斯和哈贝马斯等学者分别对其进行过理论阐释。协商民主理论的支持者或是将"协商民主"视为一种民主的决策体制，或是将其认作一种民主的治理形式，

---

① 参见［美］卡罗尔·佩特曼《参与和民主理论》，陈尧译，上海人民出版社 2006 年版，第 24—26 页。

他们认为所有受政策影响的公民都应参与集体决定，自由地表达看法和意见，同时倾听他者的不同观点，在理性的讨论和协商中处理和解决涉及共同利益的公共事务。深受五四文化影响的周立波深知民主的价值与意义，他的作品中满载着这种以平等协商为核心的民主理念。

在周立波的文学作品中，充满了对各种"会议"的描写。在周立波所描绘的新社会中，"会议"以其广泛的参与性和频发性成为新时代的一种重要的集体生活方式，作品中的"会议"是一个众声喧哗的公共空间，在会议中，参会群众一改过去被动接受的地位而被赋予了自我表达的权利，他们通过参与会议的方式参与政治，严肃而负责任地参与讨论，自由表达各自的意见，在论辩和协商中达成共识，实践"人民当家做主"的民主政治，真切地感受作为国家政治主体的荣誉感和尊严感。

小说《暴风骤雨》描述的会议多达四十余场，《山乡巨变》中的会议描写也有二十余场，大小会议作为人物的行动准备和行为总结，推动情节的发展。尽管各种会议的主题不同、目的不同，但都强调集体的参与。群众在会议中从畏惧和沉默到自信和踊跃，他们从被安排与被决定的沉默的大多数变成了决定历史走向的能动的历史主体，会议不仅是他们诉说个人冤屈、寻求正义与慰藉的公正空间，更是他们行使公民权利、实践协商民主理念的政治场域。

在小说《暴风骤雨》的开端，由萧祥领导的工作队进驻元茂屯，针对工作的方针与策略，工作队内部开了一个小会。会上，工作队员刘胜主张立即组织召开群众大会，号召群众发起对地主的斗争，而萧祥认为盲目而草率的鼓动未必会起到显著的效果，应该先摸清情况，做好前期宣导，再开群众会议不迟。年轻的刘胜并不认同萧祥的看法，固执地与其争辩。作为领导的萧祥面对下属的抗辩心中不悦，但却并没有发作，而是耐心地阐述自己的观点。二人观点针锋相对，却都理性面对，二人在工作中是领导和被领导的关系，但在会议上对具体问题的讨论中，二人平等交流，自由对话，工作队会议充满了融洽而和谐的气氛。二人讨论过后，工作队集体表决，以投票的方式决定了工作的策略。无论是工作队的讨论还是决议，处处透露着民主的气息，这预示着，工作队的到来，不仅要领导元茂屯的广大群众进行一场暴风骤雨般的分地运动，更要带来一场以民主意识为代表的现代精神洗礼。

工作队的任务是对村民进行政治动员。蔡翔认为，"'动员'并不仅仅是寻求一种人力和物力的支持，就中国革命而言，更重要的，则是如何让人民'当家做主'，也即成为政治主体或者'国家主人'，起码，在叙述层面，这一设想，开始成为一种主要的想象方式"[①]。通过"动员"，工作组要让群众建立起自身和革命的联系，建构起对现代民族国家的集体想象，让革命成为群众自己的事情，进而推动革命的发展。会议是《暴风骤雨》中一种重要的政治动员方式，在会议中，群众成了主角，每个受压迫和被剥削的个体都被赋予了自我表达的权力，通过集体的诉苦使群众明白，每个人的苦难遭遇都不是由于运气不佳或是命运捉弄，不通过自己的双手改变世界，苦难的生活将没有尽头。会议中的集体诉苦成为一种仪式，人们在诉苦与倾听中确认了自己的阶级身份，形成了对未来新世界的集体想象，也点燃了心中革命的火焰。在工作队长萧祥组织的唠嗑会上，萧祥只是作为一个策动者和组织者，真正的主角是元茂屯的群众，饱受苦难的群众踊跃地倾诉过往的悲苦遭际，"会场里面哗哗地热闹起来了，不止一个人说话，

---

① 蔡翔：《革命/叙述——中国社会主义文学—文化想象（1949—1966）》，北京大学出版社 2010 年版，第 76 页。

而是二十多个人，分做好几堆，同时抢着说"①。花永喜回忆当年被迫出劳工，病重的妻子因无人照顾离他而去；老田头遥想曾经在三棵树当劳工，工友们不但忍受着饥饿，还要承受着监工的棒打，每天都有十几个人因此丧生；刘德山诉说当年在煤窑挖煤，生命毫无保障，整日徘徊于生死的边缘。最积极和踊跃的是赵玉林，他讲述自己一家在旧社会的不公遭遇，他与妻子二人终年勤奋劳动，却始终衣不蔽体，他们的女儿在饥寒交迫的生活中活活饿死。就连谨小慎微的老孙头也被热烈的会议氛围所感染，回忆了自己在东宁煤窑做苦力时的惨痛经历。在会上，每个受压迫者的叙述都被集体充分重视，人不再因为贫穷而受到鄙视，大家在倾诉和倾听中感受着革命带来的民主的社会秩序。个人的苦难历史经过会上的集体交流汇聚成了集体记忆，个人对地主的仇怨也因此集聚成了阶级间的血债。经过会议的动员，群众对于压迫阶级从惧怕和隐忍变成不屑和愤怒，革命成了广大群众的集体选择和迫切需要，革命行为成了群众集体意志的表达和民主决议的实践。唠嗑会后，元茂屯的积极分子们集结了起来，带上武器，揭开了斗争恶霸地主韩老六的序幕。会议不仅是阶级斗争的武器，也是阶级团结的工具。在《暴风骤雨》中，工作组利用会议教育并改造落后群众，使其摒弃落后思想，动员其加入积极、先进的群众队伍当中。工作组组织了两场针对落后群众的座谈会，一场针对不务正业的"屯溜子"，一场针对村里不积极的老人。会上，落后分子并没有因为缺乏政治积极性而受到歧视，他们同样被赋予了充分地自我表达的权利，"屯溜子"们诉说自己的无奈，老人们谈论各自的家事，人们在交谈和沟通中进行了批评和自我批评，并最终取得共识，那就是要以新的面目和新的状态进入新社会，积极配合革命工作。

---

① 周立波：《周立波文集》第一卷，上海文艺出版社 1981 年版，第 51—52 页。

　　逮捕韩老六后，工作组召集了三次针对韩老六的公审大会，会场上各种曾经被压抑和遮蔽的声音此起彼伏，广大群众畅所欲言，历数恶霸地主韩老六的恶行劣迹及其给村民造成的伤害。赵玉林控诉韩老六为催收地租对其造成的身体伤害，以及逼其服劳役造成的家破人亡；郭全海状告韩老六用工不给钱，还阴谋让其服苦役；老田头指控韩老六不但强占其新屋，还害死了他的丫头裙子；张景祥控告韩老六陷害其母坐牢并致其死亡。公审大会的民主氛围一度被反革命分子所利用，韩老六的亲信在前两次公审大会中混迹于受迫害的群众队伍当中，借助民主发言的机会避重就轻或是故意跑题，转移群众的视线，掩盖韩老六的罪恶，利用群众的善良包庇罪犯，一度让韩老六逍遥法外。但法网恢恢，疏而不漏，工作组接受群众的举报，甄别了混进群众队伍中的地主亲信，"净化"了群众队伍，终于在第三次公审大会中剔除了广大群众对恶霸地主的畏惧，让群众倾诉了心中的冤屈，对韩老六进行了公正的审判。审判和处决恶霸地主韩老六，使广大群众认识到了集体的力量，体会到了新社会和新时代所带来的民主和正义，增强了对革命的认同。

　　会议不仅是周立波小说中进行群众动员的有力武器，也是处理人民内部矛盾纠纷的重要工具，每当群众之间发生冲突，都会在会议中以平等协商和集体表决的方式达成共识。在小说《暴风骤雨》中，由于元茂屯地主唐抓子在民信屯也拥有大片土地，多年来剥削和欺压了当地的村民，在批斗地主运动的高潮中，民信屯的二百多个男女打着旗子驾着爬犁来到元茂屯"扫堂子"，也就是帮助元茂屯的村民批斗还没有彻底被批倒的地主，"扫荡本屯的封建"。而这种主动的"帮助"事实上却并不受欢迎。元茂屯的积极分子老孙头认为外屯人来本屯扫堂子代表了对本屯政治工作的怀疑，元茂屯的干部郭全海认为民信屯的村民进入元茂屯"扫堂子"，有可能扰乱本地的斗争秩序，也容易和当地村民产生纠纷。但民信屯来访群众的斗争情绪很高,在郭全海和老孙头对他们的到来表示不欢迎后依然没有表现出撤退的动向。在双方都不让步的情况下,双方的负责人决定通过会议进行协商。会上,双方在分配地主浮财方面产生了分歧,元茂屯的老初认为元茂屯的地主和民信屯没什么关系,打算给他们两丈桦子了事,而民信屯的村民却认为元茂屯私吞了地主的细软,只留给他们点儿柴火是对他们的敷衍,双方互不相让,会议气氛一度紧张。关键时刻,元茂屯的干部郭全海呼吁元茂屯的村民以群众间的团结为重,决定拿出农会的谷草和豆饼,帮助缺少牲口草料的民信屯村民,民信屯的负责人对元茂屯的帮助表示了感激,并表示不能要元茂屯村民的斗争果实,民信屯的村民对负责人的观点表示赞同。如此一来,彼此相争的来自两个屯子的村民变得互相谦让起来。民主协商的方式不仅化解了群众间的冲突,还增进了群众间的友情,曾经对立的两个村子的村民变得其乐融融。周立波在小说《山乡巨变》中也描写了一场群众间的冲突。在小说中,上村和下村同属常青合作社,下村产茶油而上村没有,社长刘雨生主张合作社内统一分配茶油,得到了上村村民的支持,下村村民却觉得吃了亏,充满了抵触情绪。代表上村的李永和与代表下村的谢庆元因为茶油分配问题进行了激烈的争吵,李永和认为茶子山归合作社,茶子树又不用人工照料,平均分油理所应当,并且威胁说,如果下村不同意分油,合作社将封了油榨,让下村无法榨油。而谢庆元认为下村人在拣茶子的过程中付出了劳动,不同意平均分油,并表示即使自己吃不上油也不把茶油分给上村。双方互不让步,矛盾升级,竟闹到要动手打架的地步。紧要关头,社长刘雨生劝住了激动的双方,并召集党员开会。会上,刘雨生提出了解决分歧的方案,承诺下次分配油菜时多补偿下村,这次分茶油上村和下村按照四六开进行分配。经过集体表决,党员一致通过了刘雨生的四六开分油方案。随后，社员扩大会议也通过了这一方案，平等的民主协商和集体表决再一次化解了群众间的冲突。

在《暴风骤雨》中，元茂屯的群众斗争过地主之后，对地主的财产进行了重新分配，群众按照在革命中的贡献和家庭出身、生活水平等指标站队排号，从高到低依次领取生活和生产物资。在革命运动中积极踊跃者自然获取了更大的物质利益，这一分配是对革命承诺的兑现，也是对积极分子的奖励，更是对下一步革命行动的群众动员。对于排号的问题，也就是谁有资格获取更多物质奖励的问题，群众间存在分歧。为了使群众对领取物资的顺序达成共识，元茂屯召开了分果实会议。群众在会上畅所欲言，不胆怯也不退缩，客观陈述自己对革命的贡献和在旧社会遭遇的苦难，积极维护自身的利益。老初以三代都是贫苦雇农的"正统出身"和在抓捕韩老六过程中的特别贡献申请一等奖励，得到了很多人的肯定和支持，但也有人对此进行了质疑。有人揭露老初幼年放猪时曾掰过人家地里的苞米，有人检举老初给地主做雇工时曾催促工友、溜须地主。群众的眼睛是雪亮的，每个人的历史都在群众眼睛的照射下变得透明，容不得丝毫隐瞒和欺骗，民主协商的机制使集体监督的作用有效地发挥，正如书中所说："咱们这民主国家兴的办法好，集体查根，比老包还清。民主眼睛是尊千眼佛，是好是赖，瞒不过大伙儿，你不看见，他瞭见，他看不着，还有旁的人。"① 小猪倌吴家富和白大嫂子也分别毛遂自荐，接受群众的评议，争取获得好的排位，获得更多的物质帮助。在分果实会议上，群众不仅为自己的利益考虑，也为没有在场的或是谦虚羞涩的革命功臣谋取福利。群众不约而同地推举为革命献出生命的赵玉林的遗孀赵大嫂为头名，老孙头推举了一心投入革命工作的郭全海，积极支持革命

_____

① 周立波：《周立波文集》第一卷，上海文艺出版社1981年版，第400页。

工作的李常有和为了革命失去女儿的老田头也分别被众人举荐，获得了有利的名次。

从《暴风骤雨》到《山乡巨变》，小说中会议上的民主气氛发生了显著的变化。在《暴风骤雨》中，工作组的干部旨在启发群众理解剥削理论，形成阶级意识，打破封建等级关系，认同共产党的土地改革，群众被认作革命的主体，被赋予了话语权，会议是群众进行自我表达的公共空间。而在《山乡巨变》中，各级干部的中心任务在于打破广大群众的私有制观念。成立合作社，群众从革命的主体变成了革命的对象，群众的话语逐渐从会议中淡出，各种会议成了干部间讨论协商及传达和落实上级会议精神的工具，如果个别人物发出了与上级会议精神相抵牾的声音，则被处理成受破坏分子的指使和蛊惑所做出的蠢事。如在小说开端，在乡支书李月辉主持召开的清溪乡党支部会议上，邓秀梅的报告贯穿了会议的始终，报告传达了县委三级干部会议的精神和县委毛书记的报告要点，与会人员只是就邓秀梅谈到的村中人物说了几句闲话，并没有对会议传达的行动方针进行讨论和协商。在组长刘雨生主持的上村互助组群众会议上，符贱庚对刘雨生传达集体化道路表达了不同意见，立即招致积极分子陈大春的压制，甚至要对其进行暴力制裁，刘雨生也向其施压，让他把背后的"军师"说出来。在这个变化中我们可以看到，随着一体化政治模式的确立，民主的范围逐渐收缩，会上党和上级领导的声音淹没了群众的声音，民主作为一种宝贵的精神财富和思想资源，逐渐被激进的政治所捐弃和遗失。

第二章　革命新人群像的立体描绘

近代中国是一个农业国家,农民是最大的社会群体,农民问题是中国革命的基本问题。以鲁迅为代表的五四一代作家以启蒙立场观照中国的乡土社会,用犀利而敏锐的眼光洞察中华民族的痼疾,用文学的方式对民族文化、民族心理及民族精神进行深刻的剖析,在他们的笔下,中国的乡间充斥着残忍和愚昧,广大农民在帝国主义与封建主义的压榨下痛苦地在死亡线上挣扎,他们的作品展示了中国农民的苦难和绝望,再现了农村社会日益凋敝的状况,旨在引起"疗救的注意"。而毛泽东则根据其对中国革命特殊性的理解和认识,将农民视为中国革命的重要力量,他在实际的调查研究中发现了蕴藏在农民之中的革命潜能:"很短的时间内,将有几万万农民从中国中部、南部和北部各省起来,其势如暴风骤雨,迅猛异常,无论什么大的力量都将压抑不住。他们将冲决一切束缚他们的罗网,朝着解放的路上迅跑。一切帝国主义、军阀、贪官污吏、土豪劣绅,都将被他们葬入坟墓。"① 毛泽东试图通过党的领导,以无产阶级的世界观、价值观和人生观为导向对农民进行教育和改造,提高其政治觉悟、民族觉悟和阶级觉悟,使其为中国的社会革命服务。在毛泽东的影响下,解放区的作家们塑造了一系列活泼健朗的农民形象,展现了一幅广大觉醒农民

---

① 《毛泽东选集》,人民出版社 1964 年版,第 13 页。

投身革命，为中国的解放事业不懈奋斗的绚丽华章，正如杨义所言：
"在中国现代文学史上，很少有作家像解放区作家那样，以无比的向
往和满腔热忱去展示农民的历史主动精神，他们的高贵品质和掌握自
己命运之后的生命活力。"① 周立波是解放区的代表作家之一，他应时
代的要求塑造了大量的农村新人，在他们身上寄托了作家对中国农民
的理想人格的全部想象。

第一节　民族解放的历史使命与硝烟中的战斗英雄

随着 1937 年 7 月抗日战争的全面爆发，中华民族陷入最深重的
历史危机之中，动员一切社会力量抵御外敌、救亡图存成了时人的共
识。中国的作家和文艺工作者积极投入对日作战的大军中，组成了一
支威武雄壮的文艺抗战队伍，冲在抗日战场的最前线。他们以爱国主
义和英雄主义为基调，以教育人民、团结人民为宗旨，将英雄的鲜血
和对光明的向往谱成嘹亮的战歌，在艰苦的岁月里激励和鼓舞苦难中
的同胞，像长明的烛火又像屹立的灯塔，指引民众挨过凄风苦雨，拥
抱胜利和光明，对民族的独立和新中国的建立做出了不可磨灭的贡
献。周立波就是他们之中的一位杰出的文艺战士，在抗日战争的烽烟
中，他写下了大量的报告文学作品，记录了大量抗日前线的英雄事迹
和战斗场景，将抗日前线的实况及时又准确地传给后方，感召后方军
民紧密地团结在一起，为抗日救亡事业共同奋斗。

---

① 杨义：《中国现代小说史》第三卷，人民文学出版社 1988 年版，第 521 页。

　　"七七事变"后，周立波不顾国民党反动派的封锁和阻挠，毅然奔赴坚决抗日的延安，迫切地要求为抗日御侮做出自己的贡献。未及周立波到达延安，恰逢美国进步作家史沫特莱访问中国，周立波被安排作为翻译陪同史沫特莱前去山西前线采访。完成访问山西前线的任务后，周立波准备投笔从戎，参加游击队，上阵杀敌，却遇美国上尉卡尔逊考察晋察冀边区，周立波被任命为卡尔逊的翻译，一同访问边区。在访问前线的过程中周立波写下了大量的战地通讯和战地日记，在完成访问任务后马上将其结集出版，这就是《晋察冀边区印象记》和《战地日记》。1944 年，党中央决定抽调三五九旅主力部队，成立"南下支队"，挺进华南，进入湘鄂赣边建立抗日根据地，周立波随军南征。周立波和战士们一起跨荒山、渡险滩，将三五九旅的战斗事迹写成数篇报告文学作品，结集为《南下记》。1978 年，他又将"文化大革命"后幸存下来的一部分南下日记整理发表，以"万里征尘"为题。《晋察冀边区印象记》和《战地日记》记录了抗战初期华北军民共赴国难、同侵略者血战到底的豪情，《南下记》反映的是抗战后期南下支队开赴华南、创建抗日根据地的壮举，"把这三部作品放在一起读，我们可以比较完整地了解中国人民坚持八年抗战的艰苦卓绝的战斗历程"①。这些作品真实地复现了抗日战争时期中国军民在与侵略者殊死搏斗中的英勇身姿，是"反映解放区军民团结战斗的最初的篇章"②，其对之后的革命文学书写产生了深远的影响。

　　"传统的中国文化中，英雄文化是其中重要、甚至是具有支配性的一种文化。"③ 在英雄文化的支配下，中国传统文学为国人提供了大量的英雄形象，从远古神话中的创世英雄到史传文学中的纵横侠士，

---

① 　胡光凡：《周立波评传》，湖南文艺出版社 1986 年版，第 189 页。
② 　林非：《五四以来散文发展的轮廓》，《社会科学战线》1979 年第 2 期。
③ 　孟繁华：《"英雄文化"的现代焦虑》，《光明日报》2003 年 6 月 4 日。

从传奇中的放浪豪侠到话本中的忠良义士，"每个时代、每个阶级总是根据自己的社会理想和道德标准，通过文学艺术作品来树立自己阶级的'标兵'——理想的英雄人物"①。在周立波创作于解放战争时期的报告文学作品中，充满了形形色色的英雄人物，他们中有指挥千军万马的戎马将军，也有战斗在抗日战场上的普通一兵，他们为了人民的命运和祖国的前途在难以想象的恶劣境遇中与侵略者展开殊死搏斗，用鲜血和生命铸就了一个又一个英雄传奇。通过这样一些英武豪迈的英雄形象，周立波构筑了对无产阶级战士的文学想象，表现了中华民族坚毅顽强的民族气质和革命年代奋发昂扬的时代精神，为战争泥淖中的中国军民提供了必然胜利的精神信念。

在这些英雄形象中，最引人注目的是一批共产党的高级军官。作为随军出征的文艺工作者，周立波得以近距离观察军队中的高级将领，王震、贺龙、徐向前、徐海东、田守尧等人都是周立波观察与描写的对象，他们在生活中的风貌以及在战场上的英姿周立波都尽收眼底，经过周立波的描摹与润饰，他们都成了风姿绰约的文学人物。周立波在作品中有意地介绍了几位将领的出身。徐海东将军在参军前是一个窑工，李先念将军原来是一个木匠，而王震将军以前是一名铁路工人。底层的出身使他们异常了解和熟悉同样是来自社会底层的广大普通战士，使他们在军中拥有非凡的亲和力和号召力。他们拒绝使用等级森严的官僚体系控制军队，而是推崇阶级的友情和同志之爱，让全军上下相信共产党的军队是一个荣辱与共、风雨同舟的大家庭，他们要求军队用家庭般的温暖赢得战士的忠诚。王震将军坐汽车赶路，路遇几个行动缓慢的、掉了队的士兵，王震没有责罚这几个士兵，而是让他们上了自己乘坐的汽车，和自己一同上路（《万里征尘》）。在

---

① 李希凡：《革命英雄典型的巡礼》，《文学评论》1961 年第 1 期。

《田守尧同志》中，田守尧与徐海东会面，并没有急于商讨军事，而是"把时间让与了私情，散漫却是愉快地谈着一些别后两边发生的琐事"①。他们的见面不像军队中高级首长的会晤，更像是本家兄弟互相串门。徐海东将军是位多年驰骋沙场的骁将，他不为自己饱经战火摧残的身体思量，却为一个年轻干部的阵亡而终日悲痛和忧伤（《徐海东将军》）。王震将军是一位饱经战阵的宿将，多年的戎马生涯练就了他刚毅和强悍的性格，即使中弹受伤也从不呻吟，从不叫痛。但部属朱阳新的死却带给了他深沉的悲痛，而陈宗尧同志的牺牲更是使他这个从不流泪的大丈夫号啕痛哭，像失去了一个重要的家庭成员一样（《王震将军记》）。将领们以身作则，对同僚和下属施以兄弟般的关爱，军中上行下效，家庭般的温馨与融洽在军中沁润、弥散。战友间亲如手足，极大地提高了军队的战斗力，以致有些部队的战斗欲望过于旺盛，需要督战队用军法来抑制他们过盛的战斗热情（《北冶里夜谈》）。

当然，并非所有革命将领都是贫苦出身，他们参加革命的动机也不是为了换取优渥的物质条件和改善经济地位，建立一个新世界的革命理想始终是他们奋发前进的不竭动力。在物质的利诱下，他们没有低头，他们宁愿在艰苦卓绝的环境中冒着枪林弹雨和战友们并肩作战，也不愿在宽敞明亮的厅堂里享受锦衣玉食。例如田守尧，"他的家庭似乎并不是贫穷的"②，但他为了追逐革命理想，从小就离开了安稳舒适的家，参加了革命。他的一个叔父是国民党的将领，曾用诱人的职位劝说他归顺国民党，却遭到了他的严词拒绝（《田守尧同志》）。贺龙在南昌起义之前还不是共产党，而是担任国民党第二十军的军长，丰沃的物质条件和显赫的地位并没有禁锢他向往革命的雄心，在"四一二"反革命事变后，他毅然参加了南昌起义，踏上了革命的旅

---

① 周立波：《周立波文集》第四卷，上海文艺出版社 1984 年版，第 57 页。
② 同上书，第 55 页。

程（《晋西旅程记》）。

周立波笔下的革命将领们不但为革命拒绝了高官厚禄，还为革命付出了血的代价。他们的家人为了他们的事业惨遭荼毒，他们的身体为了他们的追求饱经磨难，他们为了人民的幸福放弃了自己的幸福，为了人民的利益放弃了自己的健康，他们为了祖国的前途和民族的解放义无反顾，将生命献给了革命事业。徐海东将军的家人因他参加革命而全部被杀，他本人曾在战斗中八次中弹负伤，一次次和死神擦肩而过。饱受伤病折磨的身体常年得不到好的休息，接连吐血他也坚持随军出征（《徐海东将军》）。国民党为了报复，将贺龙将军一家三十余口尽数杀害，将他的妻子在上海法租界西牢囚禁了七年（《晋西旅程记》）。战场上的革命将领永远身处战场的最前线，和士兵们在一起，为了革命事业，他们顾不得自己的安危。王震将军在作战前，总是借着黑夜的掩护，亲自考察敌军附近的地形，任凭敌人的枪弹在耳畔呼啸而过，他也要用望远镜观察敌人的阵地，他要在战前完全掌握战场地势，用精心的备战换取最少的伤亡（《王震将军记》）。他们藐视敌人的枪炮，在枪林弹雨中依旧谈笑风生，有一次贺龙将军在火线上指挥战斗，一枚敌人发射的哑弹正好落在了他的脚边，他没有惊慌甚至没有躲闪，而是将哑弹视作酣睡的小猪，还拿它打趣"你炸不炸？不炸吗？不炸我就失陪了"[1]（《再过封锁线》）。在一个敌情危急、枪炮声稠密的夜里，战士们紧张得难以入眠，而王震将军却不以为然，他对将士们说："好好睡觉。他妈的，他打他的枪，我睡我的觉。"[2]（《王震将军记》）

在将领们大无畏的革命精神的感召下，周立波笔下的战士们将个人的生死置之度外，将打击侵略者、守护祖国和人民认定为生命的价

---

[1] 周立波：《周立波文集》第四卷，上海文艺出版社 1984 年版，第 141 页。
[2] 同上书，第 244 页。

值，为了国家的前途和民族的未来，他们不顾母亲的呼唤和妻子的泪水，投身枪林弹雨的战场，甘愿遭受战火的炙烤和饥饿的煎熬。他们忘却了疼痛与畏惧，为了心中的新世界，以鲜血和生命谱就了一段又一段英雄传奇。他们的装备是如此简陋，游击队员们没有制服，有什么穿什么，有人穿着从日本士兵那里缴获的日军大衣，有的还穿着自己女人的红棉袄（《娘子关前》）。擅长白刃战的部队却缺少刺刀，战士们只能用梭镖来代替刺刀。战士们也舍不得用手榴弹，他们舍不得让手榴弹爆炸，他们在近身搏斗时将手榴弹当作铁锤，以便反复利用（《聂荣臻同志》）。他们的枪由于射击次数太多，枪管内的来复线都被磨光了，子弹发射后不能旋转，没有力量（《一个没有爆炸的炸弹及其他》）。就是在这样的作战条件下，战士们依然保持旺盛的作战热情，他们缴获敌人的武器来武装自己，将敌人的后援看作自己的补给。在战斗中他们常常显露出惊人的勇敢，战场上处处是他们奋不顾身的身影。连长朱阳新在和日寇的一场恶战中，他冲在冲锋排的前面，挥舞缴获得来的日本战刀和日军展开肉搏，接连砍杀数个敌人，之后身中七刀英勇牺牲（《王震将军记》），战士张振海为了保护全班战友的生命，扑向一个没有爆炸的炮弹，他想趁炮弹没有爆炸时将它扔掉，但炮弹却在张振海扑来的瞬间爆炸了，张振海用自己的生命换取了战友的平安（《平原上》）。身处后方的战士按捺不住上阵杀敌的热望，他们不留恋后方物资的充裕，不惧怕前线战况的凶险，他们自告奋勇，坚决要求上前线，有时上级领导都不能阻止他们冲锋陷阵的决心。南泥湾的生产英雄刘顺清，在部队开拔前一连打了五次报告，要求随三五九旅南下，都未得到批准，在丰沛的战斗热情的支配下，他竟开了小差，脱离后方根据地追赶出征队伍（《万里征尘》）。

　　相对于描写战地英雄们的勇武，周立波更着意突出他们的智慧。在物质极端匮乏，军事装备与敌人相差悬殊的现实境况下，他们灵活地使用运动战和游击战，利用有限的人数和简陋的装备对敌人施以沉重的打击，令其闻风丧胆、胆战心惊。共产党的军队善于运用奇袭和伏击，常常在敌人大意和疲劳的期间以最小的代价对敌人施以致命的打击。在阳明堡一战中，八路军的将士们奇袭了敌人的机场，以损失七十个人的代价摧毁了敌人二十架飞机。在柏木井伏击战中，陈团长指挥队伍在敌人运输车队必经的路上进行了埋伏，在敌方车队行经包围路段时将车队拦腰截断，使车队首尾不能相顾，陈团长指挥有限的部队对车队施以集中打击。此战摧毁敌军汽车六辆，获取了敌人的大量物资（《几个战斗的例子》）。有些军民还发挥想象力，屡施奇招，令敌人匪夷所思，有力地打击了敌人。河北某县的农民不堪日军压榨，自发组织起游击队对抗日军，他们的装备不够，为了扩充武装，他们想方设法缴获敌人的武器，他们利用敌人荒淫的弱点，派两个农民穿上女装引诱放哨的士兵，将其引至设有埋伏的树林里歼灭，获取其枪支（《洪子店的劫火余烟》）。在昔阳县下属的某村，当地百姓在山头上架设了一口无甚威力却能发出巨大声响的土炮，每当敌人入侵村子，他们就施放土炮，发出雷鸣般的巨响，敌人闻声以为山上有重兵把守，不敢接近，只得漫天散射枪弹，应对"伏兵"，且战且退，最终落荒而逃（《晋北途中》）。一个名叫易文举的班长，带领几个战士在晋西一带组织游击队，开展游击战争，在短时间内发展了大量的游击队员，他们缴获日军的武器和服装，假扮成日军偷袭日军据点，让敌人防不胜防（《晋西旅程记》）。

在塑造战地英雄人物的过程中，周立波多次运用了民间英雄传奇的书写方式。民间英雄传奇这一书写方式虽然一直没能进入主流文学史所规定的写作主脉，但却是一股历史久远的以"俗文学"的形式在民间广泛流传的写作潜流。左联时期对"文艺大众化"的提倡和毛泽东"民族形式"和"民族气派"文艺主张的提出，使民间英雄传奇这一叙事模式从民间进入了"庙堂",甚至在一个历史阶段内成了传播革命浪漫主义政治信仰的主要书写方式。周立波报告文学中所书写的英雄,很多具有传奇色彩。在平型关战役中,一粒子弹正中田守尧的胸部,子弹射进他制服左面的胸兜,发出了可怕的碎裂声,但田守尧却并没有受伤,原来在他的胸兜里面装有一个笔记本和一个小镜子,子弹在洞穿笔记本、打碎镜子后停了下来,发出碎裂声的不是田守尧的骨骼,而是那块小镜子(《再过封锁线》)。徐向前将军常年驰骋在战场上,也经常身处枪林弹雨的战争前线,他却从未负伤,他告诉别人他的秘诀,在大炮轰鸣、枪弹稠密的战场上,他不断挥手,像驱赶苍蝇那样驱赶呼啸而过的子弹和流弹,还连连说:"唉,讨厌得很,讨厌得很。"① 这种驱赶像是法术或是咒语,保护他免受弹片的伤害(《战地日记》)。

伴随着无产阶级解放运动在中国的蓬勃兴起,马克思主义的集体主义价值观在解放区被选定为主导的社会价值观,集体主义价值观作用于周立波的创作,使得周立波对英雄集体给予了热情洋溢的赞美。在周立波的报告文学作品中,一个个特色鲜明的战斗集体闪亮而耀目,他们团结而勇敢,坚毅而智慧,有热血青年也有妇女儿童,有冲锋陷阵的战士,有守卫后方的民兵,有普通的村民,有走出书斋奔赴战场的师生,甚至有走出尘世但不忘民族大义的和尚。在周立波的笔下,战争中的军民不分阶层与身份,不计个人的利害与安危,团结一致,奋勇杀敌,让敌人落入人民战争的汪洋大海之中,逐渐毁灭。在《自卫队》中,周立波描写了维护后方秩序的华北农民自卫队,他们不再怨恨人生的无常,不再甘做命运的囚徒,他们拿起了长矛,检查行旅的路条,他们推起板车,为作战部队运送伤兵和物资。他们不是

---

① 周立波:《周立波文集》第四卷,上海文艺出版社 1984 年版,第 165 页。

异族铁蹄下的奴隶，他们是威武庄严的民族战士。在《沁源人民》中，周立波记叙了沁源县的百姓在共产党的领导下，利用坚壁清野的策略对抗日军的"三光政策"，他们搬走了所有的生活用具，毁弃了水井，不留给敌人一粒粮食。百姓组成的民兵还不时破坏敌人的补给，让敌人在沁源的据守变得异常困难。在他们坚决的斗争下，敌人选择了放弃，他们在无奈中退出了沁源。在《师生游击队》里，太原成成中学的师生们在太原陷落后满怀悲愤，决心用生命捍卫祖国和家乡，他们走出了教室，拿起了武器，唱着沉郁却嘹亮的救亡歌曲，奔赴抗日救国的战场。《他们出了家，但并没有出国》记录了五台山僧人的抗日佳话，他们为了抵御残暴的侵略者，不惜破戒杀敌，他们组织起僧人动员会和自卫队，"用钢刀来保证'如来'的爱"[1]。

　　周立波笔下的战斗英雄没有显赫的家世也没有非凡的武艺，他们是和最广大的人民群众一样的普通人。胡克认为："一个民主社会应该那样来设计他的事业，即绝不是只让少数人有机会取得英雄的地位，而宁可把那句'人人皆可为英雄'的口号作为规范的理想。"[2] 平凡出身的英雄形象对广大群众具有非凡的亲和力和感召力，群众在阅读或倾听无产阶级英雄的故事时不会觉得那是与己无关的诸神之战，这些英雄就像他们的兄弟姐妹或是街坊邻居，每个英雄的流血和牺牲都与己相关。周立波通过这样的方式让作品的受众认同中国的革命，并激发他们参加现实斗争的热情。是英雄们坚定不移的斗争意志和火热而崇高的爱国心令他们与众不同，他们坚强、勇敢、无私、善良，在他们身上寄托了周立波对于无产阶级战士理想人格的全部想象，这些想象与后来毛泽东发表的集中讨论无产阶级人格精神的"老三篇"

①　周立波：《周立波文集》第四卷，上海文艺出版社1984年版，第94页。
②　[美]悉尼·胡克：《历史中的英雄》，王清彬译，上海人民出版社1986年版，第166页。

（《为人民服务》《纪念白求恩》《愚公移山》）所宣扬的精神不谋而合，这些人格特征在后来逐渐成为革命文学塑造英雄人物的标准范式，对之后的革命文学创作产生了深远的影响。

第二节　基层社会的重建与英姿勃发的基层干部

"当知只要有组织，便可有力量。"[①] 高度的组织化是现代社会区别于传统社会的一个重要特征，无论是夺取国家政权还是领导国家进行现代化建设，建立一个高效的高度组织化的基层政权都是必不可少的。而中国的传统乡土社会在事实上游离于国家的权力链条之外，不受国家权力的直接控制。费孝通认为中国乡土社会的社会秩序依靠"礼治"，"礼"是"社会公认合式的行为规范"[②]，维护"礼"的规范不需要有形的权力机构，也就是不需要国家权力的直接干预，维持"礼"的是传统，所以"乡土社会里的权力结构，虽则名义上可以说是'专制''独裁'，但是除了自己不想持续的末代皇帝之外，在人民实际生活上看，是松弛和微弱的，是挂名的，是无为的"[③]。关于中国传统社会的治理结构，张静认为分为上、下两层，上层是设置了自上而下的官制系统的中央政府，下层是乡绅、族长所掌握和控制的地方性管制单位，表面上中央政府管控下的官制体系维持着整个帝国的秩序，实际上，地方的权威把持着其管辖区域内的具体事务，中央权威难能触及基层的治理。在长期的政治实践中，中央政府与地方权威形

---

①　钱穆：《中国历代政治得失》，生活·读书·新知三联书店 2001 年版，第 172 页。

②　费孝通：《乡土中国》，北京出版社 2005 年版，第 71 页。

③　同上书，第 91 页。

成了默契，"双方都默认并谨慎对待管制领域的边界"，这就造成了"文化、意识形态的统一与管辖区域实际治理权的'分离'"①。由此，张静认为传统中国社会实际上是国家权威和地方权威并置的社会。近代以来商业的繁荣、城市的发展及科举制度的改革打破了这一传统的政治结构，大批的士绅子弟选择了进城，乡村被知识精英所遗弃。及至清廷覆灭，国民党建立的代表官僚资本主义利益的"城市政权"加紧对乡村的剥夺与榨取，乡村世界日益衰弱和孤立，"自科举制度终结、乡绅制度解体、传统的整治整合解构以来，乡村社会除了日益凋零之外，别无任何发展，晚清如此，民国亦不例外"②。然而，政治上"脱序"的乡村世界是尚处弱势的革命政权理想的栖息所与繁衍地，借助乡村的滋养和庇护，革命政权得以发展和壮大。但革命政权的政治理想并非雄踞一方、称霸一隅，而是要推翻反动政权在全国的统治、引领中国走向现代化的发展道路，这就要求革命政权重整中国的基层社会，以获得广泛的政治动员能力。要在中国进行基层社会的重建，首先要获得农民的支持，而土地改革是获得农民支持的有效方式甚至是不二选择。杜润生认为"要求农民起来支援革命，就不能不考虑满足他们的物质利益"，而土地改革更重要的意义在于，"中国共产党的土地改革，不讲政府恩赐，而是要推翻封建统治，树立农民群众在农村中的政治优势，提高农民阶级的自觉性，发动阶级斗争，使群众自求解放，实现'土地还家'。这就要求不同于旧时代的'改朝换代'，不同于某几个皇帝君王用恩赐的办法，'均土地，抑豪强'，实行'让步政策'。而是要粉碎旧的反动政权，代之以人民政权，彻底推翻乡村的旧秩序，使中国借以完成20世纪的历史任务：'重整基

① 张静：《基层政权：乡村制度诸问题》，浙江人民出版社2004年版，第18页。
② 胡位钧：《中国基层社会的形成与政治整合的现代性变迁——中国社会整合模式的政治沟通》，《制度建设与国家成长》复旦政治学评论第二辑，上海辞书出版社2003年版，第58页。

层'，使上层和下层、中央和地方整合在一起，使中央政府获得巨大的组织动员能力，以及政令统一通行等诸多好处。这对于一个向来被视为'一盘散沙'的农业大国来说，意义尤为重大"①。在"重整基层"的意义上，新中国成立后的合作化运动是土地改革运动的发展和延续，面对百废待兴、物质匮乏的现实处境，新政权以集体化的方式对中国的基层社会进行重组，其用意是"加强国家对各项资源的统一支配，以便快速实现工业现代化，以'富国强兵'弥合民族的心理创伤，并以此应对危机四伏的国际局势"②。"重整基层"的历史使命和"政治动员"的政治任务要由具体的基层干部承担和执行，基层干部是中国革命的基层领导者，它不同于宗法制度下的地方权威，也不同于旧时官制系统中的官僚，对于这种新型的地方领导者的想象与建构，是当代文学重要的任务之一。

"地方权威的公共身份虽不由官方授予，但也不是继承的，更不能由财产权获得，它需要通过个人在地方体中的实际行动获得……对社会提供各种'关照'和'保护'显然是地方权威的义务。"③ 虽然革命政权要以推翻传统封建秩序的方式重塑中国的基层社会，但在实践中，农村的基层干部依然要效仿传统地方权威获取权力的途径在群众中赢得威望，正如汤森所说："叛离过去从某些方面说也许仍是传统所致，从而代表了与中国历史的联系，而不是决裂。"④ 在《暴风骤雨》中，赵玉林和郭全海通过带头斗争地主以及重新分配地主的财产

---

① 杜润生：《杜润生自述：中国农村体制变革重大决策纪实》，人民出版社 2005 年版，第 20 页。

② 胡位钧：《中国基层社会的形成与政治整合的现代性变迁——中国社会整合模式的政治沟通》，《制度建设与国家成长》复旦政治学评论第二辑，上海辞书出版社 2003 年版，第 60 页。

③ 张静：《基层政权：乡村制度诸问题》，浙江人民出版社 2004 年版，第 22 页。

④ ［美］詹姆斯·R. 汤森、［美］布兰特利·沃马克：《中国政治》，顾速、董方译，江苏人民出版社 1992 年版，第 32 页。

而惠及乡里，得到基层群众的普遍好评，又通过积极参与抗击土匪和追捕逃犯的行动，保障了一方的平安，从而获得了乡民的信任和尊重，取得了其作为农村基层领导人的政治合法性。在《山乡巨变》中，作为农村基层干部的李月辉和刘雨生不但要宣传和推行作为国家意志的农业集体化方案，也要处理村里夫妻吵架、男婚女嫁等私人事务，不但要领导和组织生产，也要协调和处理民事纠纷，当溪水暴涨，群众的生命财产安全受到威胁的危急时刻，他们更是不顾个人安危，带头抢险，将自然灾害的危害降到最低。他们接替和延续了传统地方权威的职能，通过为乡村提供不可或缺的公共服务，获得了乡亲们的支持和信赖。

虽然基层干部获得威望和权力的方式和传统的地方权威并无二致，但他们的出身以及对于权力的态度却和传统的地方权威截然不同。根据杜赞奇的研究，在传统的中国乡村，"血缘和经济状况是选择领导人的主要标准……掌权人往往出自富裕之家，富有几乎成为掌权人的先决条件"[1]。而周立波笔下的农村基层干部没有煊赫的背景和富裕的家室，他们都是饱受贫穷折磨的底层劳动者。周立波对基层干部的书写与中国的革命实践密切相关，也与革命领导者对中国革命的想象与设计密不可分。马克思认为社会主义应当建立在高度发达的资本主义所创造的物质文明和精神文明的基础之上，由先进社会阶级生发出改变不合理的生产方式与分配方式的革命愿望，进而领导落后阶级进行革命实践、实现对资本主义的超越。他强调对于既往文明成果的利用和吸收，以促成社会的进化。而毛泽东却"把他对于未来的信念置于落后状态和落后的潜力中……把农民和年轻人视为社会主义和共产主义的承担者"，他不注重革命者对于传统文化的传承和对现代

---

① ［印］杜赞奇：《文化、权力与国家——1900—1942 年的华北农村》，王福明译，江苏人民出版社 1996 年版，第 167 页。

观念的认同，他更强调革命者应具备的革命精神和道德觉悟，他相信"在创造历史、实现共产主义理想方面起关键作用的，只是那些富于固有的革命精神和道德观念的人"①。周立波笔下的基层干部满怀对于新社会的美好憧憬和旧社会带给他们的伤痛记忆，最重要的是他们拥有对于革命政权的无限忠诚和与旧的社会秩序斗争到底的决心。对于革命政权所宣扬的道德理念的接受使他们形成了新的观念和作风，在乡土中国，"权力之所以诱人，最主要的应当是经济利益"②。地方权威以赢取并把持乡村权力的方式巩固和增益自身的经济优势，为的是实现私人利益的最大化，对社会提供的各种"关照"和"保护"不过是其为了获得权力付出的筹码。私欲的膨胀加之权力的无约束自然会引起腐败的发生，晚清以降，专制政权的吏治腐败愈演愈烈，严重侵蚀和消损了清王朝的统治力，是王朝覆灭的重要原因之一。及至民国，国民政府依然没能解决官员的腐败问题，各级官吏鱼肉百姓，中饱私囊，最终使国民政府丧失民心，被革命政权所取代。如费孝通所说："腐败的乡土上什么新鲜时髦的外国好制度都建立不起来的。"③腐败会导致基层行政的僵化和群众的不信任，会直接威胁革命政权的执政根基，更会阻碍新的基层秩序的建立，这就要求革命政权领导下的基层干部要一改旧社会官吏贪污腐败的形象，树立起清正廉洁的新风。周立波以文学的方式创造了众多两袖清风的基层干部形象，他们拒绝敌人的诱惑，也不接受群众的馈赠，表现了革命者坚定的政治立场。在《暴风骤雨》中，地主韩老六的狗腿子韩长脖曾拿着大卷的钞票去贿赂时任农工联合会副主任兼分地委员的郭全海，想让他在分地运动中手下留情。郭全海常年遭受着贫穷的煎熬，面对送至眼前的大

---

① ［美］莫里斯·迈纳斯：《毛泽东未来观中的乌托邦成分和非理想化成分》，萧延中《思想的永生》，中国工人出版社1997年版，第109页。
② 费孝通：《乡土中国》，北京出版社2005年版，第88页。
③ 费孝通：《乡土中国与乡土重建》，风云时代出版公司1993年版，第172页。

把现金他却没有表现出丝毫的贪欲，他举起了锄头，冲着韩长脖大喝："谁要你这个臭钱。"① 在《山乡巨变》中，单干户王菊生在见识了集体的力量后也想入社，但他之前坚决单干的态度使他磨不开面子提出入社申请，于是拎着一对猪腰子和一条猪舌头去找社长刘雨生，希望得到刘雨生的通融和照顾。刘雨生欢迎王菊生的加入，但坚决拒收王菊生的礼物。同样是在《山乡巨变》中，和孙子相依为命的盛家大翁妈申请加入合作社，入社后她这一户没有劳动力的家庭就有了保障和指望，为了表达对于合作社干部的感激之情，她打算献出她的那只能生蛋的母鸡，给干部们打牙祭，但合作社的干部们没有接受她的这份礼物，盛家大翁妈深受感动，自言自语道："鸡都不要，真是杯水不沾的清官。"② 周立波笔下的农村基层干部秉持革命政权所宣扬的集体主义道德价值观，将"群众"这一集体概念认作理所应当的革命受惠主体，他们不屑于囤积私产，他们将服务群众认作实现个人价值的途径。在《暴风骤雨》中，郭全海在"分马"一节中的无私表现展示了基层干部不与民争利的良好作风，而赵玉林为保护群众，在与土匪作战的过程中英勇牺牲则代表了坚守集体主义革命理念的最高形式。新中国成立后，这种在战争年代形成的强调自我牺牲和自我克制的集体主义价值观念并没有成为过去，在《山乡巨变》中，刘雨生忙于村中的公共事务而无暇顾及家务，将繁重的生产任务和家务都抛给了他的柔弱的妻子，最终他的妻子因不堪重负而与其分手，刘雨生虽然伤心难过却并没有后悔，他为了坚守了集体主义的价值理念不惜放弃个人的家庭生活。

费孝通称传统社会中掌理乡村事务、在基层拥有特权的地方权威为"绅士"，绅士受官方权力的庇护，以收取农民的地租为生，是维

① 周立波：《周立波文集》第一卷，上海文艺出版社1981年版，第105页。
② 同上书，第119页。

护帝国统治以及协调中央与地方利益的重要力量。他们不事生产，嫌恶体力劳动，将生产看作农民的事，他们只需收取地租、坐享其成，所以他们不关心农业技术的发展和科技的进步。工业革命开始后，欧洲的中产阶级积极推动工业的发展和技术的革新，将西方引领向了现代化的发展道路，而作为中国的中产阶级，绅士们却流连于闲适而精致的古典生活，面对西方的工业文明的挑战表现得迟缓而冷漠，这在很大程度上导致了中国在西方武力的威逼才被动地开始现代化的发展进程。① 革命政权将社会的工业化和现代化作为革命的目标，始终坚持对于生产的重视，这要求革命政权所领导的基层干部不但要履行昔日地方权威的社会职能，还要将促进生产纳入自身的工作范畴，这一要求经由周立波的文学表述，便是基层干部形象对于"劳动"的重视和在行。周立波所创造的基层干部形象都是劳动的能手，在《暴风骤雨》中，赵玉林、郭全海等人在"翻身"之前都是普通的农民，常年从事传统的农业劳动。小说中有对郭全海劳动能力的展示："回到屯子里，他只得从农会搬回分给他的西门里的破马架，正逢下雨，屋顶上漏，可炕没有一块干地方。天一放晴，郭全海就借一挂小车，一把镰刀，整一天洋草，再一天工夫，把屋顶补好。他又扒炕，抹墙，掏掉烟筒里的黑烟，三五天功夫，把一个破马架子，修成一个新房子。"② 工作组的到来提高了他们的政治觉悟，点燃了他们参与革命的热情，他们的革命行动不是为攫取权力的野心家式的冒险，而是通过与地主的斗争赢得属于自己的生产资料，进行农业生产。参加革命和领导革命只代表了其政治地位的变化，并没有改变其劳动者身份。在《山乡巨变》中，清溪乡的乡支书李月辉经常参加集体劳动，在"雨里"一节中，雷声滚滚，大雨滂沱，这本是个农人休息的日子，但节

---

① 参见费孝通《中国绅士》，中国社会科学出版社 2006 年版，第 125—126 页。

② 周立波：《周立波文集》第一卷，上海文艺出版社 1981 年版，第 256 页。

气不等人，为了不错过耕作的时令，刘雨生带领合作社的劳力们冒雨劳动，李月辉在大雨中戴着斗笠使着牛，默默地做着榜样。干部参与劳动有效地带动了群众的劳动积极性，原本不情愿雨天出工的社员在他们的带领下也鼓足了干劲儿，争先恐后地干活儿。在"双抢"一节中，为了抢收庄稼，常青社的社员们顶着太阳在田里劳作，李月辉也拿起镰刀、卷起裤腿加入了收割的队伍。他的劳动赢得了群众的赞誉，亭面糊说："要在从前，为官做宰的，鞋袜都不脱。'一品官，二品客'，都是吃调摆饭的。如今呢，你这样子舍得干，一点架子都没有，完全不像从前的官宰。"① 李月辉参与劳动提高了社员们的劳动热情，使他们感觉到国家对于生产的重视，也让他们感觉到作为一个劳动者的意义和价值，更重要的是，劳动拉近了干部和群众的距离，有助于融洽的干群关系的养成和新型的基层秩序的建立。

旧中国的政治系统中向来没有向民众开放的政治参与机制，旧社会的百姓也缺乏表达自我政治诉求的意识，在传统政治文化的浸染下，广大群众习惯于逆来顺受，听从政治权威的安排与摆布。革命政权深知依靠广大人民群众的意义和价值，将"群众路线"作为其根本的政治路线和组织路线，在革命实践中形成了"从群众中来，到群众中去"的工作方式，试图打通上层和基层的隔阂与界限。通过上层与基层的反复沟通，实现政策在实践中的不断修正和完善，将基层群众的要求与意见反映到政治决策中来。基层的广大群众在革命政权的政治格局中占据重要的位置，这就要求在革命政权所构建的新社会中，对政府与群众、官与民的关系进行重新定位，在叙述的层面，要对这些关系进行重新建构和想象。周立波在其文学作品中，刻画了多位和蔼可亲、平易近人的基层干部形象，他们不是旧社会脱离生产、凌驾

---

① 周立波：《周立波文集》第三卷，上海文艺出版社 1982 年版，第 598 页。

百姓之上作威作福的老爷、大人，也不是冷漠、阴险的资产阶级官僚，他们的贫苦出身使群众与他们天然地亲近，而他们对于劳动的熟悉和在行又使他们可以获得群众发自内心的尊重，更重要的是，他们并没有因为自己的干部身份而自认高人一等，他们用劝谕和开导的方式执行国家的政令，以温和的工作作风争取群众的广泛支持，他们和善如父兄，亲切似姐妹，在他们身上呈现的是乡村社会的脉脉温情，而不是强力而冷酷的国家权力。《山乡巨变》中的乡支书李月辉是个成熟稳重、性情温和的人物，"清溪乡的人都晓得，随便什么惹人生气的事，要叫李主席发个脾气，讲句重话，那是不容易的"①。他的沉稳与平和使他在乡里赢得了广泛的爱戴与支持。合作社社长刘雨生同样有个好脾气，他做事既认真又耐心，全村的百姓都信任他，他不仅要安排全社的农事生产，还要处理村中的家长里短，他刚担任合作社的社长，就有无数的村中琐碎事务等着他去处理："这时候，围上一大群妇女……有的抱着孩子，有的拿着针线活，吵吵闹闹，对刘雨生提出各色各样的要求和问题。'社长，你说怎么办哪？我又丢了一只鸡。''社长，我那黑鸡婆生的哑巴子蛋都给人偷了，偷的人我是晓得的。他会捞不到好死的，偷了我的蛋会烂手烂脚。社长，帮我整一整这个贼古子吧。''刘社长，我们那个死不要脸的，昨天夜里又没回来，找那烂婊子去了。'"② 合作社俨然就是一个大家庭，而刘雨生就是这个家庭的家长，正如小说中盛家大翁妈所说："刘社长，你如今是一家之主，吃饭的一屋，主事的全靠你一人。"③ 在《盖满爹》中，周立波塑造了盖满爹这样一个父亲般的乡干部形象，他对乡里每家农户的情况了如指掌，甚至农户家中的存粮他都一清二楚，他对辖区内

---

① 周立波：《周立波文集》第三卷，上海文艺出版社 1982 年版，第 24 页。
② 同上书，第 365 页。
③ 同上书，第 364 页。

的管理事无巨细，从组织生产到分销粮食，从批准杀猪砍树到调解家庭纠纷，他对乡里事务的认真负责，赢得了普遍的尊重。《张满贞》中的主人公是一个生性宽和、善于和各种不同性格和不同作风的同志和睦相处的女厂长，她的随和与宽厚让群众愿意与她接近，附近的妇女都习惯来找她诉说心事，把她当作知心大姐，人们丝毫感觉不到她代表和掌握的权力，感觉她"好像就是大家中间的一个"①。这种亲善而平易的领导方式，正是周立波对于新社会基层管理的理想化的想象。

第三节 传承百年的启蒙理想与阳光下的妇女儿童

在传统中国的等级秩序中，妇女和儿童处于社会的最底层，鲁迅曾在《灯下漫笔》中谈到，在古代社会中，"天有十日，人有十等"②，这十等人一级压迫一级，处于最下一级的是"台"，"台"在外没有地位，受人役使，但回到家里，他却可以行使"父权"和"夫权"，驱遣他的妻子和孩子，如果说中国的旧社会是一个"吃人"的社会，那么旧社会的妇女和儿童无疑处于社会食物链的最末端。近代以来，企望挽救危国、唤醒国民的进步知识分子纷纷将目光投向处于社会底层、受压迫和残害最为严重的妇女和儿童。在戊戌维新运动中，康有为、梁启超、谭嗣同等维新派思想家将解放妇女和儿童看作救亡运动的重要部分，对男女平权及保护儿童提出了多方面的见解。康有为从"强国保种"的角度出发，号召革除妇女缠足的陋习："血气不流，气

---

① 周立波：《周立波文集》第三卷，上海文艺出版社 1982 年版，第 435 页。
② 鲁迅：《鲁迅全集》第一卷，人民文学出版社 1973 年版，第 200 页。

息污秽，足疾易作，上传身体，或流传子孙，奕世体弱，是皆国民也，羸弱流传，何以为兵乎……今中国两万万女子，世世永永，婴此刖刑，中国四万万人民，世世永永，传此弱种，于保民非荣，于仁政大伤。"① 梁启超认为缺乏教育是中国落后的重要原因，而对女子教育的忽视是导致中国积贫积弱的首要因素："吾推及天下积弱之本，则必自妇人不学始。"② 而要扶危救亡、整饬危局，他认为必须从重视妇女教育开始："故治天下之大本二，曰正人心、广人才。而二者之本，必自蒙养始，蒙养必自母教始，母教之本，必自妇学始，故妇学实天下存亡强弱之大原也。"③ 谭嗣同对于中国传统的重男轻女思想痛心疾首，在《仁学》中表达了他对男女不平等现象的憎恶和诅咒："故重男轻女者，至暴乱无礼之法也。男则姬妾罗侍，纵淫无忌；女一淫即罪至死。驯至积重流为溺女之习，乃忍为蜂蚁豺虎之所不为。中国虽亡，而罪当有余矣。"④ 同时他认为中国传统的等级文化对妇女儿童的压迫至深，"父以名压子，夫以名困妻"⑤，而纲常伦理长期绑缚国人，导致中国人形成了具有奴性的文化性格，是阻碍国人觉醒的重要原因："三纲之慑人，足以破其胆而杀其灵魂。"⑥ 他认为，只有破除封建等级秩序对人的束缚，才能实现平等的社会秩序的建构，达到新民救国的目的。

五四时期，宣扬平等、自由等启蒙理念的新文化运动对长期以来统治传统中国的以儒家思想为核心的等级制度发出了最激烈和彻底的批判，"人的解放"成为时代的精神焦点，致力于推动民族觉醒的启蒙者将关注的目光投向了受压迫最深的妇女和儿童，因为"一个民族

---

① 汤志钧编著：《康有为政论集》上册，中华书局 1981 年版，第 336 页。
② 梁启超：《饮冰室合集》饮冰室文集之一，中华书局 1989 年版，第 38 页。
③ 同上书，第 40—41 页。
④ 加润国选注：《仁学——谭嗣同集》，辽宁人民出版社 1994 年版，第 24 页。
⑤ 同上书，第 17 页。
⑥ 同上书，第 85 页。

的觉醒，'人'的觉醒，归根结底，是要看处于社会结构最底层的'人'——妇女、儿童、农民的觉醒"①。鲁迅在发表于1918年的《我之节烈观》中揭示了封建伦理对中国女性的荼毒和戕害，又指出了中国妇女数千年来集体沉默、任由男性书写和编排的命运："历史上亡国败家的原因，每每归咎于女子。糊糊涂涂地代担全体的罪恶，已经三千多年了。"② 在作品中，鲁迅塑造了祥林嫂、单四嫂子等众多饱受欺凌与压迫的底层妇女形象，鲁迅在记叙她们悲苦命运的同时也表现了她们在压迫处境中的麻木与不觉悟，她们或是甘心隐忍、逆来顺受，或是寄希望于来世，在苦痛的境遇中自我麻醉，鲁迅企望以此唤醒民众，激发受压迫妇女的自觉。关于儿童，鲁迅在《新青年》上首先发出了"救救孩子"的呼声，在其后的《我们现在怎样做父亲》中，鲁迅揭示了纲常礼教对人伦的扭曲，抨击了传统父权对子女的压制，同时肯定了年轻生命的价值："后起的生命总比以前的更有意义，更近完全，因此也更有价值，更可宝贵。"③ 他认为父母不应视子女为牛马，而应为子女做出牺牲。周作人在文章《人的文学》中特别关注了文学中的妇女和儿童，对于有关妇女的文学，他主张摒弃对畸形妇德的鼓吹，提倡表现男女平等的文学；对于儿童的描写，他认为应当除去纲常伦理对儿童的奴役，倡导表现亲子之爱的文学，他认为儿女不是父母的财产和"所有品"，他们互有权利和义务，然而在人格上，他们是平等的。④ 在《祖先崇拜》一文中，他从进化论的角度驳斥崇拜祖先的传统观念，认为国人不应留恋于祖先创造的辉煌，应该把希望寄托于子孙、寄托于将来，甚至应该改"祖先崇拜"为"子孙

①　钱理群：《论五四时期"人的觉醒"》，《文学评论》1989年第3期。
②　鲁迅：《鲁迅全集》第一卷，人民文学出版社1973年版，第113页。
③　同上书，第119—120页。
④　参见中国现代文学馆编著《周作人文集》，华夏出版社2000年版，第228—231页。

崇拜"。①

　　晚清的知识分子关注妇女和儿童以寻找古老帝国积贫积弱的症结进而探寻新的政治出路，五四的启蒙者注目妇女儿童以解构父权统治的文化根基而促发民族的觉醒，妇女和儿童始终被视为被侮辱的和被损害的弱势群体。而在解放区，妇女和儿童经过革命的拯救，在政治上实现了翻身，摆脱了家庭的父权结构对其的压迫与虐待，告别了祥林嫂式的凄苦命运，而且被认作实现民族解放和建构现代民族国家的不可或缺的革命力量。早在 1929 年，毛泽东就发觉了妇女对于中国革命的意义："妇女占人口的半数，劳动妇女在经济上的地位，和她们特别受压迫的状况，不但证明妇女对革命迫切的需要，而且是决定革命胜败的一个力量。"② 在寻乌的调查使毛泽东发现妇女巨大的生产能力："寻乌的女子与男子同为劳动的主力。严格说来，她们在耕种上尽的责任比男子还要多。"③ 而 1930 年在兴国调查期间，他又欣喜地发现了儿童在革命过程中所发挥的作用："有一个赤队及少年的地方，就有一个劳动童子团……童团的工作，第一是放哨，第二是检查烟赌，第三是破除迷信打菩萨。童团查烟赌打菩萨很厉害，完全不讲人情，'真正公事公办'。开民众大会，他们也要去。"④ 这些能生产、能战斗的妇女和儿童与旧社会那些受欺压的柔弱妇孺形象具有天壤之别，他们无疑是其在日后《在延安文艺座谈会上的讲话》提出"新的人物"与"新的世界"的重要依据。作为解放区的代表作家和毛泽东文艺思想的践行者，周立波始终关注妇女儿童的境遇和命运，他将妇女和儿童高涨的生产热情和丰沛的战斗愿望纳入书写的范畴，塑造了一

---

　　① 参见中国现代文学馆编著《周作人文集》，华夏出版社 2000 年版，第 4 页。
　　② 转引自中华全国妇女联合会编著《毛泽东周恩来刘少奇朱德论妇女解放》，人民出版社 1988 年版，第 30 页。
　　③ 同上书，第 31 页。
　　④ 同上书，第 36 页。

系列新世界的妇女和儿童。在周立波的笔下，妇女和儿童不再是旧社会里任人宰割的羔羊，觉醒了的他们不但摆脱了被奴役的命运，还因参与革命而获得力量，他们一手握着锄头，另一手还攥着梭镖，生活和战斗在充满希望的解放区的土地上。

周立波在"战地三记"（《晋察冀边区印象记》《战地日记》《南下记》）中塑造了数个勇敢坚强、深明大义的"红小鬼"形象，他们有的和成年战士一样，在艰苦险恶的自然环境中与敌人周旋和战斗，有的面对敌人的屠刀丝毫没有畏惧，为了保护革命队伍而慷慨赴死。他们不是父母庇佑下撒娇的孩童，他们是战斗在抗战前线的红色少年。在《娘子关前》中，只有 14 岁的四川"小鬼"却是个已经参军 6 年的老战士，经历过长征的他"把艰险当成了家常"①，身为无线电台工人的他在深夜也不忘念诵电码，他为了革命离开了家、离开了妈妈，他年龄虽小，却志向远大，他不仅要救自己，他还要救中华。在《晋北途中》，一个十一二岁的小红军被俘虏了，他毕竟还是个孩子，当敌人问起他远方的母亲时，他哭起了鼻子，但当敌人质疑革命的领袖时，他立即开口怒骂。他主动放弃回家的机会，他要回陕北，继续他的革命生涯。在《白塔村的刘福娃》中，日本宪兵将村中的百姓集合在打麦场上，想逼问出谁是民兵，当逼问到只有 13 岁的刘福娃时，死亡的威胁没能使他怯懦和低头，他守住了秘密，敌人残忍地将他提起，一把将他摔下山崖。他的右臂被摔断，他的稚嫩的小脸被荆棘扎烂，他却并没有死，他顽强的生命力让他还留有一丝微弱的气息，但凶狠的敌人连这样重伤的儿童也不放过，拔出尖刀指着刘福娃继续逼问他，气息奄奄的他依然没有妥协，他为了保护村中的民兵，将秘密坚守到了最后，他的坚强使敌人恼羞成怒，残忍地将他杀害。刘福娃

---

① 周立波：《周立波文集》第四卷，上海文艺出版社 1984 年版，第 23 页。

的勇敢让村中老少为之动容,当故事进行到这里时,就是故事的叙述者周立波也按捺不住,发出了他的感慨:"一个身体很差的孩子,却有着勇壮山河的气魄,伟大的中华民族的好孩子!"① 周立波在作品中不仅塑造了能战斗的个体英雄儿童形象,还描绘了儿童英雄群像。在《小哨兵》中,在壮丁不够的乡村,孩子们都被动员起来,在路上放哨。他们手持刀矛,盘问每个路过的陌生人,严防奸细和特务,遇到拿不出"路条"的人,他们就会包围他,将其扭送到村里的自卫队去。在路旁,小哨兵们用土块和石头盖起小房子,那是他们的哨舍,在北方的寒冷冬夜,小哨兵们就蹲在这野外的哨舍里站岗执勤,用自己幼小的身体守卫后方的安宁。

在《暴风骤雨》里,周立波又塑造了众多经由革命唤醒继而投身革命的女性形象,她们在旧社会的遭遇使她们对革命所许诺的新生活充满了热忱和渴望。在解放区的热土上,她们从历史的幕后走向了前台,与男性一同战斗,作为男性的战友和伙伴,共同书写革命的历史。刘桂兰的爹在旧社会受尽地主的盘剥,临死前无奈地将她卖给了杜家做童养媳。刘桂兰在杜家饱受公婆的支使与欺侮,却无处诉说,是革命干属白大嫂子将她救出了火坑,领着她参加了贫雇农大会,从此她昂起了头颅、挺起了腰板,踏上了革命的道路。在挖杜善人浮财的斗争中,她协助白大嫂子搜出了杜家媳妇私藏的金子,表现出了翻身妇女的自信,而当她得知农会主席郭全海私下和地主儿子杜大小子喝酒时,她更是领着十来个与她一般年纪的姑娘和七八个放猪放马的少年直奔农会与郭全海对质,已然表露出了新一代妇女带头人的姿态。经过在农会的锻炼,当她曾经的婆婆再找上门来时,她已不需要别人的保护,她不再惧惮杜老婆子的淫威,她亮出在杜家留下的伤

---

① 周立波:《周立波文集》第四卷,上海文艺出版社1984年版,第235页。

疤，与杜老婆子当面算账。杜老婆子没能讨回自己的儿媳妇，反被刘桂兰一行人扭送去了妇女识字班，替地主私藏的一对金溜子也被搜了出来。经过革命的熏陶，刘桂兰从旧社会受尽压制和迫害的童养媳成长为新时代英姿勃发的新女性，象征着解放区青年女性的新生。

　　白大嫂子在旧社会吃尽了地主的苦头，当年地主韩老六的马祸害白家的庄稼，她的丈夫白玉山去韩家讲理，韩老六却提着棒子冲到白家砸烂了白家的家什。白玉山去县里告状，谁知韩家串通县官，不仅让白家输了官司，还让白玉山蹲了大狱，白大嫂子卖了四垧好地，才把人赎了回来。又有一回白大嫂子养的小猪爬进了韩老六家的菜园，韩老六提着洋炮准备打猪，她看见了赶忙上去相劝，不料被韩老六一把掀翻，她怀里抱着的孩子不幸头部撞破，不久便一命呜呼了。白家在旧的社会秩序下无处申冤，只好含泪隐忍，当革命的浪潮袭来后，革命所描绘的公平和正义的社会新秩序让白大嫂子无比向往，她怀着对旧社会的恨参加了妇女组，投入了革命。她解救了受公婆欺压的刘桂兰，参加了挖浮财、掘黑枪的行动，当农会被张富英一伙篡权后，她又领着几个村里的妇女前去讲理，"她成了元茂屯的妇女组的头行人"①。从忍气吞声到扬眉吐气，革命让她洗涮了仇怨，拾回了对生活的信心，她不再是那个旧社会里软弱又怯懦的旧式妇女，她是解放区阳光下的新女性。经过了革命的洗礼，她的生命重新焕发出了光彩："她的头发也铰了。青布棉袍子上罩一件蓝布大褂，干净利索，标致好看。参加妇女会后，她性情变了，她的像老鸹的毛羽似的漆黑的眉毛不再打结了，她不再发愁。"②

　　1949 年，共产党在大陆范围内的军事胜利迎来了共和国的诞生，但复杂的国际国内局势时时危及新生共和国的稳定，为了巩固和守卫

---

① 周立波：《周立波文集》第一卷，上海文艺出版社 1981 年版，第 367 页。
② 同上书，第 372 页。

新生政权，唯有早日实现国家的工业化与现代化以建设现代化的国防。为将中国建成一个现代化的工业国，毛泽东早在 1945 年党的七大报告中就指出了中国的工业化目标："在新民主主义的政治条件获得之后，中国人民及其政府必须采取切实的步骤，在若干年内，逐步地建立重工业和轻工业，使中国由农业国变为工业国……中国工人阶级的任务不但是为着建立新民主主义的国家而斗争，而且是为着中国的工业化和农业的现代化而斗争。"[1] 由于中国工业基础薄弱，工业的积累必须依靠农业的结余，而中国农业的亚细亚式的生产方式决定了唯有动员更多的劳动力参与生产，才可能收获更多的农业盈余以支援工业建设，作为一个农业生产中重要的劳动群体，女性能否更多地被动员参与农业生产，对于中国的农业的增产及工业化目标的实现，都显得至关重要。新中国成立后，毛泽东曾不止一次提到妇女对于社会主义建设事业的重要性："中国的妇女是一种伟大的人力资源。必须发掘这种资源，为了建设一个伟大的社会主义国家而奋斗……为了建设伟大的社会主义社会，发动广大的妇女群众参加，具有极大的意义。"[2] 面对这样的时代需求，周立波在创作于这一时期的《山乡巨变》中塑造了众多的劳动女性形象，她们青春而充满朝气，健康又充满力量，她们积极响应国家的号召，鼓足干劲以满足时代的需要，她们将人生价值的实现和国家的社会主义事业紧密地联系在一起，是时代所需要的劳动女性的榜样。

　　硝烟弥漫的战争岁月对于进入社会主义建设时期的中国来说已成为逐渐远去的回忆，但战时高度统一的思想以及高度的组织化所产生的高效率却让战争的亲历者们记忆犹新，为了取得生产的高效以在尽

---

① 《毛泽东选集》第三卷，人民出版社 1953 年版，第 1030 页。

② 转引自中华全国妇女联合会编著《毛泽东周恩来刘少奇朱德论妇女解放》，人民出版社 1988 年版，第 64 页。

可能短的时间内满足工业发展的需要，经历过漫长峥嵘岁月的毛泽东用"战争"来定义和要求为实现工业化而进行的生产实践："团结全国各族人民进行一场新的战争——向自然界开战，发展我们的经济。"① 周立波经年的戎马生涯也带给了他挥之不去的战争记忆，当这种战争记忆作用于他的创作时，便促使了他对与战争相关的词汇的征用。在《山乡巨变》中，周立波将集中描写女性参与劳动生产的章节命名为"女将"。在这一节中，乡党委书记朱明号召妇女学习"穆桂英挂帅"和"樊梨花西征"。在同一节中，盛淑君在照顾被蚂蟥蛰了的张桂贞时，看着她柔弱而单薄的脊背不禁暗想："还是个新兵。"②通过对这些词汇的借用，周立波将战争的记忆与生产劳动相对接，把战争的逻辑植入劳动生产的语境当中，把每次劳动都看作劳动者与自然的作战，而劳动者则被视为与自然交战的战士。战士的天职是服从，战士的价值来源于战斗力，优秀的战士必然集合了忠诚的品质与战斗的强力。将劳动视为战斗，则势必要用战士的标准来要求劳动者。对于忠诚这样一种精神品质，男女劳动者都可能具备，男性在这方面并没有性别优势，但决定劳动效果的战斗力（对于劳动者来说意味着体力）的大小却和性别直接相关，男性在这方面相对于女性具有天然的优势，或者说，力量的多寡是一个重要的性别特征，于是，如何在战争逻辑的支配下塑造既充满力量又具备女性特征的女性劳动者形象，就成为摆在周立波面前的一个问题，事实上，周立波对这个问题处理得并不理想。

在《山乡巨变》中，周立波塑造了盛佳秀和盛淑君这两个女性劳动能手，对于她们的劳动，周立波进行了这样的描写："腰圆腿壮的盛佳秀，力气赛男子，一把头下去，挖五六寸深，她捏紧耙头的木

① 《毛泽东选集》第五卷，人民出版社1977年版，第375页。
② 周立波：《周立波文集》第三卷，上海文艺出版社1982年版，第444页。

把，好像毫不费力似的顺势子一拖，面上长着草的黑泥巴和去年冬粘子的禾蔸子，一片一片地翻转来了。她力使得匀，又很得法，不让耙齿根打在泥巴上，泥和水都不溅起来，挖了好半天，她的身上还是没有泥点子。盛淑君用力不匀，泥水溅满了一身，但两个人，力气都足实。"① 透过这样的叙述可以清晰地感受到作者对于劳动中的盛佳秀和盛淑君的嘉许，但这嘉许更多的是来自盛佳秀和盛淑君高人一等的体力，由于优势的体力是显著的男性符号，在这个意义上，可以说她们仅仅是在"像男人"的意义上而得到了肯定。

周立波对女性劳动的描绘，更多的是突出她们参与集体劳动后的愉悦心理及试图与男子一较高下的劳动热情。由于中国的农业合作化运动试图打破传统的一家一户式的小农生产模式，将劳动力从家庭中释放出来进行集中管理从而实现集体生产，所以理论上参加合作化运动的女性可以摆脱家庭的束缚，通过劳动进入社会，以此将个体的劳动和社会主义建设事业联系在一起，以平等的姿态与男性一同书写历史，由此，合作化运动中的女性劳动被赋予了更多的社会价值和历史意义，也令劳动的女性获得了更多的使命感和尊严感。这种女性前所未有的新生感通过盛佳秀与盛淑君的对话反映在周立波的作品中："'从前的女子，大门不出，二门不跨，关在屋里，象坐牢一样，有什么意思？'盛淑君说。'唉，你只莫提起，这个罪啊，我是受过的。'盛佳秀说。'如今都出来了，跟男子一样地劳动，一样也很四海了。''是呀，劳动一天，人都快乐些……'盛佳秀说。"② 然而，劳动女性的新生并不是一蹴而就的，她们经常会受到父权制思维支配下的男性的蔑视和奚落。在"女将"一节中，初事耕作的张桂贞对农具的使用很不得法，遭到了谢晋元的嘲讽："哟，这半天好带劲啊，扶着耙头

---

① 周立波：《周立波文集》第三卷，上海文艺出版社 1982 年版，第 442 页。
② 同上。

好像是扶着拐棍一样。"① 在"双抢"一节中，盛淑君领着一大群妇女准备参加割禾，却遭到了男性领导的阻止，当盛淑君问及原因时，竟得到这样的答复："你们不配。"面对来自男性的藐视，妇女主任盛淑君大胆地与其针锋相对，试图用劳动竞赛的方式挑战男性在劳动中的统治地位，她这样动员社里的女性："人争气，火争烟，既然有人不把我们妇女放在眼睛里……我们要争一口气。跟他们挑战，同志们，你们敢跟男人比吗?"② 妇女们在她的动员下跃跃欲试，打算在集体劳动中与男性一争高下，展示出"新生"女性的魄力与自信。然而，秉承现实主义创作理念的周立波深知，女性与男性因生理差异而形成的劳动能力的差距无法因女性充满劳动热情而弭消，除个别女性强人外，女性终究无法在大体力劳动的竞争中获得优势，所以在《山乡巨变》的"双抢"一节中，高强度的集体劳动使张桂贞病倒了，陈雪春也在劳动中割伤了手指，很多妇女都请了假，男人们依旧劲头十足，而女性劳动者只剩下盛淑君和盛佳秀在坚持劳动。这样，周立波在一片激越的声浪中留下了一片发人深省的空间。

第四节　"改造"话语的确立与蜕变中的广大群众

从五四新文化运动开始，中国的知识分子操持启蒙话语，企望通过揭露社会的黑暗和腐败，革除旧中国子民的落后与愚顽，以达到革新社会、重整中华的目标。他们深信国人在旧社会因袭的劣根性是导致民族危亡的症结，而涤荡掉这些精神污垢、实现个人的自由与解

---

① 周立波：《周立波文集》第三卷，上海文艺出版社 1982 年版，第 441 页。
② 同上书，第 438 页。

放，就会带来民族的新生。中共政权抵达陕北后，适时提出了坚决抗日的主张，赢得了爱国知识分子的拥护与青睐，为了让更多的知识分子为革命政权服务，宣传其方针、扩大其影响，延安制定了开明的知识分子政策，使大量知识分子投奔延安。在延安，他们继续以启蒙者和旁观者的姿态审视和挖掘这个革命新天地里的封建余毒，在他们看来，对现实的批判不仅是知识分子的权利，也是他们对于接纳他们的革命政权的义务，暴露社会的死角、揭示精神的隐疾正是他们关爱革命政权的方式。然而，他们高高在上的批判姿态逐渐引起了延安领导者的不满。毛泽东曾指出："有许多知识分子，他们自以为有很多知识，大摆其知识架子，而不知道这种架子是不好的，是有害的，是阻碍他们前进的。他们应该知道一个真理，就是许多所谓知识分子，其实是比较地最无知识的，工农分子的知识有时倒比他们多一点。"① 以王实味为代表的知识分子相信知识分子天然具有启蒙者的身份和话语权，正如他所说："我们底革命事业有两方面：改造社会制度和改造人——人底灵魂。"② 但对知识分子启蒙姿态和启蒙方式的否定实质上就是对知识分子启蒙者身份的否定。知识分子所持的启蒙话语本质上是一种"改造"话语，他们意图将西方的现代性经验移植进中国的文化土壤，建构起一套以科学、民主、崇尚个性等为核心的价值标准，然而在毛泽东看来，对中国的改造必须是由中国共产党引领和主导的，作为小资产阶级的知识分子，他们只能是被团结的对象而不能成为革命的领导者，同时，他对舶来的外国理论充满了警惕，对知识分子所宣扬的西方现代性道路充满了怀疑。虽然他并不反对借鉴传统的和外国的经验，但他更为倚重的是在革命实践中所形成的本土化经

---

① 《毛泽东选集》，人民出版社 1964 年版，第 773 页。

② 王实味：《政治家·艺术家》，姜振昌编著《野百合花——四十年代延安解放区杂文选》，文化艺术出版社 1996 年版，第 88 页。

验，所以他说："我们决不可拒绝继承和借鉴古人和外国人，哪怕是封建阶级和资产阶级的东西。但继承和借鉴绝不可以变成替代自己的创造，这是决不能替代的。"① 延安的整风运动以政治的强力终结了启蒙话语的政治合法性，而经过延安文艺座谈会的召开和毛泽东《讲话》的发表，一种新的"承担着建构现代民族国家的本土话语体系"②被创造出来，在这种新的话语体系下，启蒙者和被启蒙者的位置发生了反转，昔日引领群众的知识分子如今成了需要接受工农思想改造的对象，而之前被认为藏污纳垢的工农大众此时却成了真理的持有者和智慧的源泉。然而，"工农大众"只有作为一个整体概念时才被认作是理想精神的载体，个体的工农从旧社会走来，不免遭受旧社会不良思想的影响和侵染，如毛泽东所说："无产阶级中许多人保留着小资产阶级的思想，农民和城市小资产阶级都有落后的思想。"③ 所以，不仅作为小资产阶级的知识分子需要改造，具体的工农个体也需要接受改造。由此可见，延安的新型话语本质上也是一种"改造"话语，它要求所有人都要在共产党的领导下接受改造，在这个意义上，党的领导者就成了群众改造的指挥者与设计师，他不仅是中国的政治领袖，也成了中国的精神领袖。

延安的"改造"话语进入文学领域，要求文学讲述广大群众接受改造的故事。毛泽东在《讲话》中对作家提出要求："人民也有缺点的……我们应该长期地耐心地教育他们，帮助他们摆脱背上的包袱，同自己的缺点错误作斗争，使他们能够大踏步地前进。他们在斗争中已经改造或正在改造自己，我们的文艺应该描写他们的这个改造过

---

① 《毛泽东选集》，人民出版社 1964 年版，第 817 页。

② 黄科安：《延安文人：建构现代民族国家的本土话语体系——关于延安文学研究的再思考》，《海南师范学院学报》（社会科学版）2006 年第 4 期。

③ 《毛泽东选集》，人民出版社 1964 年版，第 806 页。

程。"① 作为共产党忠诚的文艺战士，周立波热切地对延安的"改造"话语给出了回应，在作品中描写了大量的群众被改造的故事，刻画了众多接受革命教育后摆脱了旧观念和旧思想，成为自尊自信、积极而有力的劳动者的农民形象。

千年来儒家伦理的侵染使中国农民形成了本分笃实的文化性格，即使遭受压迫与倾轧也习惯于隐忍和逆来顺受，不将其逼至绝路绝难揭竿而起，奋力反抗。然而，毛泽东在中国农民群体中发现了其中所蕴含的巨大的革命能量。他在对湖南农民进行考察后写道："很短的时间内，将有几万万农民从中国中部，南部和北部各省起来，气势如暴风骤雨，迅猛异常，无论什么大的力量都将压抑不住，他们将冲决一切束缚他们的罗网，朝着解放的路上迅跑，一切帝国主义、军阀、贪官污吏、土豪劣绅都将被他们葬入坟墓。"② 当其他的中共领导人将革命工作的重点放在城市和工人罢工上时，毛泽东就多次强调发动农民参加革命的重要性和紧迫性："农民问题乃是国民革命的中心问题，农民不起来参加并拥护国民革命，国民革命不会成功。"③ 在抗日战争和解放战争时期，他又再次强调了农民对于中国革命的重要意义，指出中国的农民是"中国革命的最广大的动力，是无产阶级的天然的和最可靠的同盟军，是中国革命队伍的主力军"④。可以说，毛泽东对中国农民进行了重新想象，他话语中的"革命农民"不畏强暴、勇于反抗，作为革命的生力军而摆脱了"传统农民"软弱、屈从和委曲求全的标签，俨然是战争阶段的理想农民样态。如果说毛泽东以想象的方式建构起"革命农民"这一"传统农民"改造的目标，那么周立波则是以文学的方式讲述了"传统农民"成长为"革命农民"的改造过程。

---

① 《毛泽东选集》，人民出版社 1964 年版，第 806 页。
② 同上书，第 13 页。
③ 同上书，第 39 页。
④ 同上书，第 606 页。

在《暴风骤雨》中，元茂屯的农民经年忍受着地主的盘剥，在地租和徭役的负重下艰难地生活，面对地主的淫威他们敢怒不敢言，社会的空气中充满了压抑，但农民的回应只有沉默。直到工作组的到来才打破了这个传统乡村的沉寂，工作队所推动的土地改革运动不仅要让农民获得土地，更要使其在与地主进行政治斗争后获得阶级身份的认同，确立农民的自我意识以摆脱对地主的依附，作为一个独立的阶级参与中国革命，从而推动中国社会的整体性变迁。经过工作队的宣传和动员，元茂屯的群众逐渐认识到了自身的力量，他们开始从历史的幕后走向前台，从沉默的大多数成长为革命的主体，他们不愿再被地主所摆布，他们要主宰自己的命运。作品中的老田头是在旧社会受尽地主欺凌的贫苦农民典型，恶霸地主韩老六诱骗老田头盖新屋，当老田头用两年的心血盖起新房后韩老六却将其征用作牲口棚，老田头一家被迫和牲口住在一起，被迫忍受牲口的腥臊和蚊虫的叮咬，地主韩老六完全没有把老田头一家当人看待，在他看来，他的佃户与牲口一样，不过是为其创造价值的工具。不仅如此，韩老六还要霸占老田头的女儿裙子，裙子不从，他就让打手将裙子绑起来，"剥了她的衣裳，使柳条子抽她的光身子，抽的那血呵，像小河一道一道的，顺着身子流"①。裙子最终死在了韩老六的手里。面对杀女之仇与夺屋之恨，老田头没有反抗，他将苦楚掩在内心深处，面对韩老六他依旧表现得恭顺和温驯。他认为韩老六的专横和骄纵是因为韩老六"命好"，而他自己的凄苦遭遇必定是源于自己的"业障"。他被这种命定的思想所麻醉，失去了反抗的愿望。同时，作为佃农，他对地主的土地依附关系使他不敢与地主反目，一旦地主不将土地交于他租种，他将面临沦落为流民，靠乞食度日的绝境，所以说经济上的依赖使他丧失了

---

　　① 周立波：《周立波文集》第一卷，上海文艺出版社 1981 年版，第 132 页。

反抗的能力。工作队的到来正是为了打破农民心中地主垄断土地合理这一惯性认识，让农民获得土地，使农民从精神到生活都摆脱地主的钳制，通过这一方式对传统农民进行改造，从而使农民参与革命，推翻地主阶级的统治。对老田头的改造颇费了一番周折。在得知工作队要对元茂屯的农民进行革命动员后，韩老六立即以收回土地为威胁，让老田头与工作队保持距离，这导致了在工作队组织的唠嗑会上，老田头满心顾忌，在看了韩老六耳目的眼色后，立即恢复了缄默。在第二次韩老六的批斗会上，韩家的人和袒护韩家的人被挡在了门外，在主持会议的郭全海以及工作队众人的鼓励下，老田头又控诉了韩老六夺他的新屋以及鞭打他女儿裙子的暴行，但在韩老六的狗腿子李振江上前打了韩老六后，不明就里的老田头欲言又止，他审慎又懦弱，躲到了桌子后面。会后，他见别人斗争热情都不高，他也就随波逐流，准备敷衍了事，直到工作队的队长萧祥亲自上门了解裙子的事，觉得有人做主的老田头才将韩老六殴打裙子致死一事和盘托出。老田头的三次控诉，透露的内容逐渐地具体，揭露的罪行越来越深重，代表了他一步步地觉醒，也代表了他一步步地与地主走向决裂。老田头第一次的控诉只提及了自己无处安身的窘境，并没有道出韩老六劫屋的事实，他将自己的境遇归结为命运的安排，与其说这是一次控诉，不如说这是一声长叹。老田头的第二次控诉已明确地将控诉的矛头指向了地主韩老六，老田头细数了韩老六夺屋的细节，又透露了韩老六鞭打裙子的罪行，对韩老六提出了有效的指控。这些恶行确实对老田头一家造成了物质及精神上的伤害，但这种程度的伤害似乎可以通过韩老六的道歉、忏悔及赔偿在一定程度上得到弥补，也就是说老田头第二次的控诉留有余地，保留了与地主和解的可能；由于工作队持续地动员，老田头的革命觉悟不断提升，在第三次控诉中终于道出了韩老六残杀了他女儿裙子的罪行。对于这样的血债，经济的补偿和空洞的忏悔已经无济于事，肇事者必须付出血的代价，肉体消灭是解决问题的唯一方式。老田头对这笔血债的揭露代表了他与韩老六的彻底决裂，也代表了他从一个逆来顺受的传统农民蜕变成了一个勇于反抗的、对压迫势力不妥协、不低头的"革命农民"。

　　白玉山是另一个成功地接受了革命改造的农民典型。刚搬来元茂屯的白玉山是一个勤快的小伙子，他在这里卖力地劳动，开垦了几垧好地，风调雨顺的年头里粮食丰收，他积累了些许盈余，这让他在元茂屯娶了媳妇、成了家，他本可以凭着自己的勤奋和踏实在元茂屯过上好日子，但仗势欺人的地主韩老六把白玉山的美梦化为了泡影。韩老六让人在白玉山的农田里放马，让白玉山损失了好些庄稼，恼怒的白玉山与韩家人理论，却惹怒了韩老六，导致白玉山家被砸。白玉山企图与韩家对簿公堂，让县衙的老爷给他做主，不料韩老六串通官家，将白玉山下了大狱，他的妻子变卖了家中的田产，才将白玉山赎回了家。出狱后的白玉山丧失了劳动的热情，也失去了生活的进取心，地主的淫威让他成了一个萎靡嗜睡的懒汉。后来他的孩子死在了韩老六的手下，他也没有为自己的孩子报仇，此时的他已然失去了反抗地主的信心，面对以泪洗面的妻子，他选择了委曲求全。是革命又让他寻回了生活的希望，在郭全海和小王的动员下，白玉山参加了革命，农会成立后，他被任命为武装委员。此后，他忙了起来，跟以前判若两人，他不再是那个黏黏糊糊的懒汉，他整天"脚不沾地、身不沾家"，又变回了勤快人。革命使白玉山重拾了生活的信心，更重要的是革命的教育让他在心中生成了对于民族与社会的担当意识，他不再因纠结于痛苦经历而整日郁郁寡欢，经过党校的学习以及在双城公安局的任职，白玉山形成了阶级意识，也掌握了剥削理论，回到家后他开始教育妻子，让她参加革命组织、"整垮封建"，他将个体与历史联系在一起，希望通过个人的实践推动社会的进步，成了一个标准的

"革命农民"。

毛泽东认为，积贫积弱的中国社会唯有通过彻底改造才能实现新生，而社会的彻底改造绝非政治革命和军事暴力所能完成，唯有改造国人的道德和思想才能完成这一根本性的转变，所以他说："当今之世，宜有大气量人，从哲学、伦理学入手，改造哲学，改造伦理学，根本上变换国人之思想。"① 由此可见，培养"传统农民"的反抗热情只是毛泽东改造目标的一个阶段，他最终要实现的是农民的思想体系和道德架构的转换与变更。毛泽东曾多次谈及他所倡导的道德范式："我们历来提倡艰苦奋斗，反对把个人物质利益看得高于一切，同时我们也历来提倡关心群众生活，反对不关心群众痛痒的官僚主义。"② "无论何时何地都不应以个人利益放在第一位，而应以个人利益服从于民族的和人民群众的利益。因此，自私自利，消极怠工，贪污腐化，风头主义等等，是最可鄙的；而大公无私，积极努力，克己奉公，埋头苦干的精神，才是可尊敬的。"③ 他将个人利益服从于集体利益确定为社会主义新社会的道德原则，强调社会集体的价值，认为不可以抛开社会集体的利益而空谈个人的价值和利益。毛泽东设想用这种"从无产阶级利益中引申出来的、适应于以生产资料公有制为基础的社会经济形态的、以忠于共产主义事业的集体主义为根本原则的新型的道德体系"④ 改造中国传统的以私有观念为根基的利己主义，从而将国人凝聚成一个整体，在最大限度上发挥其生产力和创造力，以实现国家和民族的复兴。然而，这样的改造并不是一蹴而就的，在改造的实践中充满了艰难与曲折，周立波用文学的方式表现了这一过程

① 《毛泽东早期文稿》，湖南出版社1990年版，第86页。
② 《毛泽东选集》第五卷，人民出版社1977年版，第272页。
③ 《毛泽东选集》第二卷，人民出版社1952年版，第488页。
④ 孙海义：《毛泽东对社会主义道德建设的主要贡献》，《毛泽东邓小平理论研究》2006年第6期。

的波折与坎坷，在革命理想的烛照下，这样的改造在周立波的笔下最终取得了成功，这是一种理想化的书写，代表了周立波对于领袖的信任，也表现了周立波对于共产党领导的革命事业的信心。

《暴风骤雨》中的老王太太是一个游离于革命浪潮之外固守私利观念的贫苦农民形象，她只关心自家的得失，从来不去参加农会组织的农民会议，对于旨在改变中国农民命运的土地革命不闻不问。领导中国革命的共产党力主推动全社会的整体性变迁，不容这样的革命死角的存在。在书中，代表改造话语的工作队队长萧祥在得知老王太太的情况后，主动对其进行渗透。老王太太的邻居老卢告诉萧队长，老王太太将要过门的儿媳妇家里反悔，想要退婚，他们家以索要麻花被子为由，故意刁难老王太太，老王太太因此愁眉不展，满心不痛快，萧祥闻听后立即决定从斗地主运动中得来的果实中找出一床麻花被子垫付给老王太太，帮助她解决眼前的困难，老王太太得到被子后满心欢喜，即刻对农会和工作队充满了好感，逢人便说："还是农会好，还是翻身好。"① 但这种对农会和工作队的称赞只是由于农会和工作队满足了她的利益和需要，并不代表她认同了农会和工作队所代表的新的价值尺度和道德原则。后来，农会收缴了地主的马匹后将马下发给各户农民，老王太太分到的是一匹不健康的、干不了重活的"热毛子马"，老王太太因此垂头丧气，逢人便说自己的命不好。为了争取和教育这个落后的群众，农会主席郭全海主动提出将自己分到的马让与老王太太，在他的带动下，经过革命教育的先进群众纷纷表示愿意与老王太太换马，而此时的老王太太依然将自己的利益看得最重，虽然嘴上说不能将病马换给别人，经过一番挑选后，还是牵走了老田头的沙栗儿马，将病马给了老田头。元茂屯的耕地和牛马都被分配完毕之

---

① 周立波：《周立波文集》第一卷，上海文艺出版社1981年版，第394页。

后，县里的征兵工作也开始了，为了能完成上级下达的征兵指标，郭全海对有两个儿子的老王太太进行了劝说，希望她能从集体和国家的利益出发，允许一个儿子参军，将个人得失看得最重的老王太太显然不愿让自己的儿子冒险，以大儿子刚结婚、二儿子不符合参军条件为由拒绝了郭全海。之后，新婚不久的农会主席郭全海自己也参了军，发挥了干部的模范带头作用，他参军的消息传出后，元茂屯为之轰动，参军大会的会场上"引起了参军的狂潮"，青年们踊跃报名，当场就有三十多个小伙子前来报名，老王太太的大儿子也在其中。他的参军意味着革命的教育和党的教育胜过了老王太太所代表的家庭的教育，也意味着利己主义在与集体主义的对峙中已然落败。老王太太在得到集体的一次次关爱后，又看到了儿子舍己为人的决心，思想终于发生了转变，她不再顽固地强调自家的利益，她开始考虑和她原来一样的受苦受难的、现在还没有得到解放的农民兄弟，并以支持儿子参军的方式帮助他们脱离苦海、迎接新生，在参军大会上，她以军属代表的身份公开地表达了对她儿子的支持："你只管放心，不用惦念家。房子地有了，牲口也分到手了。啥啥都齐全了，你新媳妇有家里照顾，不用挂心，咱们翻身了，南边的穷人还没有翻身，光咱们好了，忘了人还掉在火坑里，那是不行，你去好好地干吧，孩子。"① 老王太太由一个从来不参加会议的革命局外人变成了积极支持革命的军人家属，老王太太的转变象征着革命对于消极群众的收编，身份的转换代表了思想的变更，更意味着时代的更替，在这个红旗招展的时代里，一体化的政治要求全员的参与，"改造"话语将每个人都纳入需要接受改造的范围，谁都无法拒绝，谁也无法逃避。

---

① 周立波：《周立波文集》第一卷，上海文艺出版社 1981 年版，第 513 页。

第三章　蓬勃时代的现实观照

第一节　中间人物的深度透视

近代以来，清帝国在与列强的一次次交手中屡遭惨败，中华儿女在经历了巨大的物质和精神伤痛之后，从盲目的自我陶醉状态中逐渐苏醒，开始直面中国的落后与黑暗，并试图寻找导致如此落魄境况的历史动因，以发现解决这种历史困局的途径。这种寻找首先从器物开始，而后延伸到制度层面，几经波折才进入深层的自我剖析阶段——对自身文化的质疑和探究。五四时期，以陈独秀、胡适和鲁迅为代表的一批学贯中西的知识分子，在深入研究本国文化的基础上，将中国的文化与世界上其他的异质文明的文化进行比对，在他者的映照下发现了中国传统文化的严重缺陷，也发现了这种文化环境所孕育的中国人国民性的致命弊端。其中，鲁迅对国民性的思考最为用力也最为透彻，在鲁迅看来，国人的愚和弱是导致中国这个老大帝国摇摇欲坠的首要原因："国民性的缺点，乃是中国危机的核心问题，他的这种看法意味着，改变中国人的国民性，才是解决中国各种问题的根本。"①
而要解决中国积贫积弱的问题，就一定要对中国人的国民性进行改
造，让国人摆脱麻木、冷漠和愚弱的状态。鲁迅将劣根性视为国人之
"病"，而意图改造国人的知识分子就是治疗这"疾病"的大夫，这种
批判社会、"以文救人"的思想是鲁迅的根本立场，也是五四一代知
识分子的共识。

　　然而，抗日战争的爆发使中国再次陷入危机，军事上的节节失利
使中国处于亡国灭种的边缘，在这样的危急时刻，"救亡"无疑成了
国家和民族的头等大事。在意图集聚民力、激励斗志的战争动员面
前，被认为有碍民族团结、消解民族自信的批判话语变得不合时宜，
改造国民性这个长期而系统的启蒙工程在效率优先的战争时期被漠视
和搁置。在解放区，革命政权在政治和军事上对普通民众的依赖使得
广大的普通民众在解放区被命名为"人民"和"群众"，在这里，他
们由封建余毒的载体变成了智慧和真理的源泉，他们从需要接受救治
和拯救的对象变成了中国革命依靠和仰赖的历史主体。在这样的历史
空间里，针对广大民众的批判话语在这里显然更不具有正当性和合法
性。毛泽东称 20 世纪 40 年代的解放区正处于"人民大众当权的时
代"②，在这样的时代里，知识分子被要求放弃自身的优越感和启蒙者
姿态，虚心接受劳动群众的"改造"，并且要深入群众、融入群众，
"思想感情和工农兵大众的思想感情打成一片"③。同时，知识分子被
要求发掘群众的优良品质和道德作风，赞美群众的斗争意识和革命精
神，从而起到推动现实斗争的作用。文学生态的变更使得来自大城市
的秉承五四文学精神的知识分子一时间手足无措，创作上陷入低迷，

---

　　① ［美］林毓生：《中国意识的危机——五四时期强烈的反传统主义》，穆善培译，贵
州人民出版社 1986 年版，第 170 页。
　　② 《毛泽东选集》，人民出版社 1964 年版，第 833 页。
　　③ 同上书，第 808 页。

而来自乡土民间的写作者赵树理异军突起，在创作中凭借"强烈的阶级情感""简练而丰富的群众语言"和"高度的革命功利主义"① 而被当时的主流批评界确立为解放区文学创作的方向。在赵树理笔下，中国的农民不再蒙昧和愚痴，他们勤奋而智慧，乐观又阳光，"正是从赵树理开始，在中国现代文学史上才第一次出现了活泼、健朗、正面的中国农民形象，中国最底层的民众才真正成为书写对象"②。为了映衬先进人物，赵树理也创作出了以三仙姑和二诸葛为代表的一批落后农民形象，但赵树理笔下的人物存在着严格的阵营区分，落后农民形象作为"反面人物"始终站在"人民群众"的对立面，对落后农民的描写不会影响"人民群众"的先进与正确，所以赵树理对落后农民的描写并不构成对中国广大农民群体的批判与暴露。而深受五四启蒙话语侵染的、来自大城市的周立波明显与之不同，在拒绝批判、反对暴露的文学大环境中，周立波以自己的方式坚守启蒙话语的批判精神，对农民思想的落后性始终心存警惕。他曾为迎合时代的需要而创作《暴风骤雨》，在其中塑造出以赵玉林和郭全海为代表的毫不犹豫、毫不妥协、充满战斗热情的正面人物形象，但同时，他在作品中也为读者带来了从旧社会走来的、满身缺点、思想摇摆波动却又积极参与革命的老孙头这一农民形象。老孙头并不是与"人民群众"对立的和作为抨击标靶的"反面人物"，他是"人民群众"中的一员，还是民主革命时期村里的积极分子。在创作于左联时期的《文学中的典型人物》一文中，周立波写道："现实中的人物，是包含极复杂的矛盾的，而且，只有体现着这极其复杂的矛盾的典型，才有极大的

---

① 复旦大学中文系编著：《中国当代文学研究资料：赵树理专辑》，内部发行 1979 年，第 171—175 页。

② 孟繁华、程光伟：《中国当代文学发展史》，中国人民大学出版社 2009 年版，第 108 页。

艺术价值，才有极大的社会意义的。"① 周立波在对老孙头这一农民形象的塑造中，贯彻了这一创作理念，周立波不仅描写了老孙头进步的一面，也书写了他的落后与狭隘，他的身上充满了思想的矛盾和观念的冲突，他是新旧时代交替时期出现的农民典型。在20世纪60年代召开的"农村题材短篇小说创作座谈会"上，邵荃麟将老孙头这样的人物命名为"中间人物"，"中间人物"的出现，为"人民群众"这一代表了智慧与正义的高度意识形态化的词汇打开了一个缺口。

老孙头是一个50多岁的老车把式，28年的赶车经历让他见多识广、机敏警觉，常年与不同的雇主打交道让他形成了见风使舵的圆滑性格。作为一个常年受地主压榨的老贫农，他对地主充满了仇恨，深怀反抗的愿望，但懦弱的性格和圆通世故的处世哲学又让他对地主逆来顺受。当地主家的马车无视他的存在，在雨天从他身旁呼啸而过、溅了他一身水时，他对地主悄声咒骂，但当工作队长问起那是谁家的马车时，他立即考虑到他的回答可能是一次政治立场的表态，摸不清楚情况的他"聪明"地选择了保持沉默。当他向工作队诉说当年地主暴力收缴农民捡拾的败逃日军留下的物资时，他也满怀着愤恨，但萧队长向他问起地主的情况时，他又闭口不谈。他没有坚决的斗争精神和英勇的斗争气概，他的斗争热情完全随着革命大形势的变化而变化，在某种程度上来说，他是一个革命的投机者。鲁迅曾对这样的国人做过经典的概括："中国一向就少有失败的英雄，少有韧性的反抗，少有单身鏖战的武人，少有抚哭叛徒的吊客，见胜兆则纷纷聚集，见败兆则纷纷逃亡。"② 工作队入驻元茂屯后，人们普遍感觉到一场政治的暴风雨已然临近，但人们对它的激烈程度和实际效果不得而知，正

① 周立波：《周立波选集》第六卷，湖南人民出版社1984年版，第6页。
② 鲁迅：《华盖集》、《鲁迅全集》（第3卷），人民文学出版社2005年版，第152—153页。

如小说中所说："风是雨的头，风来了，雨也要来的。但到底是瓢泼大雨呢，还是牛毛细雨？还不能知道。"[1] 在斗争形势还不明朗的阶段，老孙头摆出一副积极参与革命的姿态，每次工作组组织的会议他都踊跃参加，还帮工作组吆喝村中的其他农民参加会议，但这时他并没有对革命有实质性的介入，在每次开会之前他都给参会的群众讲笑话，向工作队也向群众宣示他在革命过程中的"在场"，但当会上需要群众代表出来诉苦时，他却"远远坐在一个角落里，也不吱声"[2]。直到看见别人都唠开了，他才偶尔插嘴说上几句。当部分群众对工作队的会议不感兴趣而提前离场时，他虽然嘴上抨击着这些"满洲国的脑瓜子"，但看见没人注意到他时，他也顺势溜走了。由于对革命信心的缺乏和对地主反攻的畏惧，老孙头不敢接受斗争得来的革命战利品，为别人赶了大半辈子车的车夫应该是多么希望拥有一匹自己的马，但老孙头却将工作组分给他的和邻近几户的青骒马退还了回去，当萧队长问起缘由时，他推说自己年岁大了，怕照顾不来，其实是惧怕被地主留下口实，日后遭到报复和清算。直到村里成立了农会，革命的力量逐步壮大和组织化，斗争的局势逐渐明朗，这时老孙头的斗争热情才随之高涨起来，他当起了农会的小组长，还经常向人吹嘘："萧队长和咱们也算有交情。谁不知道工作队是搭我赶的车子来的……"[3]而事实上，作为车夫的老孙头只管载客赚钱，至于谁搭他的车他是不在意的，他之所以多次提及是他驾车载来了工作组，无非是想强调自己在革命过程中的作用，在革命胜利后可以捞取更多的回报。斗争形势稍有波动，老孙头的思想就立即随之波动起来，当韩老六和李振江的苦肉计得逞，韩老六被释放之后，老孙头马上向萧队长

---

[1]　周立波：《周立波文集》第一卷，上海文艺出版社 1981 年版，第 15 页。
[2]　同上书，第 51 页。
[3]　同上书，第 107 页。

提出要脱离积极分子队伍，还做他的普通群众。但老孙头内心中毕竟还存有革命的热望，经过萧队长的一番教育，老孙头勉强答应了萧队长继续坚持斗争。

共产党军事上的胜利再一次点燃了老孙头对于革命斗争的信心，他又开始逢人便讲工作队是他接进村里的。在韩老六审判大会的前夕，老孙头领导起了一个唠嗑会，在会上大力宣扬斗争精神，对审判会的胜利召开起到了一定的积极作用。但是，在完成了元茂屯的土地改革任务之后，工作队撤出了元茂屯，工作队培养的以郭全海为首的农会干部们丢失了在元茂屯的领导地位，农会的权力被张富英为首的一伙混进农会内部的流氓分子篡夺，革命的形势急转直下。这期间，对革命充满感情的老孙头也曾凭着酒劲、仗着胆子去农会为郭全海说过几句公道话，但立即被一帮篡权者连骂带吓地撵了出来，受到打击的他心灰意冷，走出农会继续赶他的车，也不提翻身的事了，回到了革命到来前的状态，直到萧队长又领了一支工作队进驻元茂屯，领导元茂屯的群众继续革命，老孙头才又有了主心骨，再一次向革命靠拢。

老孙头与中国革命的关系忽远忽近，他懦弱和油滑的性格无疑是导致这种情形的重要因素，但还存在着更为深层的原因，那就是老孙头对中国革命的理解和认识。老孙头并没有明确的政治立场，他最关注的是自己的切身利益，至于谁获得中国的政权，他并不关心，在他看来，"咱们老百姓，反正是谁当皇上，给谁纳粮呗"[1]。他之所以同情并支持中国共产党所领导的民主革命，是因为这革命确实给他带来了物质的实惠，也帮他出了心中的恶气。一旦在参与革命的过程中他遇到威胁自身安全和利益的情形，他就会选择做革命的逃兵。反映在

---

[1] 周立波：《周立波文集》第一卷，上海文艺出版社 1981 年版，第 256 页。

作品中，便是他在历次革命行动中的作为。唠嗑会上众多贫农回想起当年被强迫充当劳工的经历而群情激奋，赵玉林带领群众前去韩家大宅捉拿韩老六，老孙头见大伙斗争热情高涨，也加入抓捕的队伍当中，但一见到韩老六怒气冲冲的凶恶样子，老孙头立刻怯懦了，他不敢再上前，他慢慢地走离了斗争的人群，跑回家去了。当土匪围攻元茂屯时，老孙头第一个想到的就是逃命，他劝萧队长乘他的车抓紧撤离，将元茂屯留给武装委员白玉山留守。当然，老孙头在革命斗争的行动中也留下过"英勇"的身影，在韩老六暴打小猪倌之后，全村群众的怒火终于被点燃了，他们集体围捕韩老六，老孙头眼见激动而愤怒的群众，瞅准了革命的行情，也加入围捕的队伍当中，冲进了韩家的宅院，他对着吓坏了的、假装昏厥的韩老六的小老婆子将手中的木棒高高举起，逼着她说出韩老六逃窜的方向。在清缴杜家大院的行动中，老孙头在杜家的内屋看见了杜善人供奉的一尊铜佛，当年就是在这尊铜佛下，杜善人以老孙头"害死马驹，得罪神佛"为由，强扣了老孙头三个月的工钱，想起旧日的冤屈，老孙头怒发冲冠，举起榆木棒子对着铜像就是一顿猛砸。试看老孙头"英勇"斗争的目标："被吓坏的妇女"和"铜铸的佛爷塑像"，都是毫无反抗能力的对象，老孙头尽可以在他们身上发泄愤怒而不用惧怕他们的反抗，也不用承担他们日后复仇的风险，他选择的是一种最安全的参与革命的方式，可以说，老孙头在革命过程中更多的是表露了积极投身革命的姿态，而很少流露出真正的革命勇气。他始终将自己的利益看得重于一切，这在分配革命果实的过程中体现得更为明显，在对韩老六进行审判之后，农会对韩老六的家产进行了重新分配，老孙头分得一条马腿，但他并不知足，他用李大个子农会委员的身份对其进行道德绑架，连哄带骗地把李大个子分得的一只马腿也收入了囊中。农会在没收了地主的浮财后，购置了一批牲口，将其平均分给各家，老王太太分得了一匹生病的热毛子马，她老大地不高兴，为了争取群众，农会主任郭全海主动要把自己的马让与她，群众看郭主任高风亮节，也都纷纷表示愿意和老王太太换马，在场的老孙头无奈周围人的压力，附和着表示愿意换马。他内心中实在舍不得自己精心挑选的优质马，之前还吹嘘他的马是村中的"头号货色"，在老王太太挑马的过程中却不时强调他的马不老实、性子烈，是个"扔货"。老王太太兴许是听了他的蛊惑，跳过了老孙头分的马，老孙头立刻翻身上马，头也不回地跑了，像是躲过了一劫。

在反映农业合作化运动的《山乡巨变》中，周立波又创作出了"亭面糊"这一典型的"中间人物"形象。亭面糊可以说是老孙头的翻版，他和老孙头一样，在旧社会生活困苦、饱经磨难，经由共产党领导的民主革命才得以翻身，过上了新生活。他和老孙头有着一样油滑的性格，一样喜欢插科打诨，也有着一样的私有观念和利己思想，更重要的是，他们看起来都积极地支持革命，都是革命过程中的积极分子。当然，他们所处时代的革命任务迥然不同，老孙头处于土地革命时期，当时的革命任务是剥夺地主的土地所有权，将其发放给农民，这是革命政权为了赢得农民的支持而对农民进行馈赠。在这场革命中，农民是直接的受益者，农民的利益与革命政权的利益相一致，所以农民的私有观念和利己思想并不影响农民参与革命，反而会助长农民的革命热情。而在亭面糊所处的农业合作化时期，为实现国家的工业化与现代化的宏大目标，农民被要求将刚刚分得的革命果实上交集体，对于农民来说，这时的革命对象已不是外在的敌人，而是自己头脑和灵魂当中根深蒂固的"私心"。在新的革命环境中，许多土地革命时期的积极分子变得消极了，甚至成了新一轮革命的阻碍力量。《三里湾》中的范登高、《山乡巨变》中的谢庆元、《创业史》中的郭振山都是这样的形象，他们固守分到的革命果实，生怕被人拿去充公，所以竭力阻挠合作化运动的开展。亭面糊和他们有着一样的"私心"，在第一次遇到邓秀梅时，亭面糊就向她说起了自己当年创业的经历，有好几次都差点发家成了地主，邓秀梅说他"住在茅屋子里想发财，想了几十年"①。他屡败屡战，但对财富充满了向往。亭面糊虽有"私心"，但他却并不排斥抑或阻碍合作化运动的开展，他的心里也满载着矛盾和焦虑，但他却选择积极地支持合作化运动。他是第一批入社的群众，但他的积极并不是来自于他的觉悟，事实上，他对合作化运动的意义不甚了了。他不关心政治，之前村里开会他很少参与，都是支使他的子女前去凑数，县里派来的干部邓秀梅住到了他家，他碍于情面，不得不参与了邓秀梅出席的宣传合作化运动的会议。会上，符贱庚和陈大春就是否办合作社的问题发生了争执，两人吵得火热，都要动起手来，但亭面糊却根本不予理睬，他偷偷溜进了后房，竟在那里呼呼大睡起来。邓秀梅曾问过亭面糊对于合作化运动的内心想法，亭面糊云山雾罩，说的尽是些堂皇的言辞："大家都说好，我也不能另外一条筋，讲一个'不'字"，"政府做了主，还要我们想?"② 他甚至对加入合作社的好处也知之甚少。亭面糊去动员龚子元入社，被问起入社的好处，他竟答不上来，只好说"我看一定不会错，要不，党和政府不会这样大锣大鼓地来搞"，"干部都说好，准定不会差到哪里去"③。实际上，亭面糊对于农业的集体化并非没有自己的认识，他曾加入过陈大春组织的互助组，关于那段集体化的记忆，他颇有微词："我看，不如不办好，免得淘气。几家人家搞到一起，净扯皮。""赶季节，抢火色，都是叫花子照火，只往自己怀里扒，哪一家都不肯放让。"④ 但是土地革命期间的经历使他对党和政府依然十

---

① 周立波：《周立波文集》第三卷，上海文艺出版社 1982 年版，第 40 页。
② 同上书，第 57—58 页。
③ 同上书，第 279 页。
④ 同上书，第 14 页。

分信任，他相信合作社绝对不同于以往的互助组，只要有党的领导，结果肯定差不了。对组织由衷的信任固然是亭面糊参加合作社的重要因素，但根本的原因还在于参加合作社最符合亭面糊的个人利益。在第一次见到邓秀梅时，亭面糊就谈起了自己的家庭情况，"痴长五十二，命不好，抱孙子了。我大崽一死，剩下来的大家伙，都是赔钱的货"，"崽顶大的，今年还只有十五，才进中学，等他出力时，我的骨头打得鼓响了"[①]。可见他的儿子去世，孙子还小，家里没有能帮得上他的劳力，他自己年纪又大了，家里的农业生产很成问题。盛清明也曾向邓秀梅谈起亭面糊家中的现状："他家人口也太多，除开出阁的，大小还有六个人，小的都进了学堂。"[②] 可见亭面糊家里人口众多，都需要他的抚养和照顾，亭面糊背负着生活的重压。合作化运动对于亭面糊来说是一次摆脱生活重压的机遇，他可以通过参加合作社将自己的生存压力转嫁给集体，让其他社员与他一起分担抚养子女的重担，所以亭面糊入社之后如此感叹："这一入了社，我就不怕没有饭吃了。"[③] 在这个意义上，可以说积极支持革命的亭面糊和极力抵制革命的顽固单干户王菊生并没有本质的区别，他们都是从自己的利益出发对革命做出反应，如果再年轻几岁，家里的拖累再少些，亭面糊未必不去执着单干，继续他的发财梦。而且经历了合作化运动的亭面糊并没有受到教育而发生思想转变，在合作化运动开展之前，他听到山林将要归公的流言后立即上山砍了几棵楠竹，拿去卖了换钱，显示了他的私心。在合作化运动开展的过程中，他被派去劝说龚子元入社，龚子元拿出白酒和腊肉，顷刻间就让亭面糊沉醉于美酒佳肴，忘记了前来的使命，因私欲而忘记了公务；合作社的建成标志着合作化运动的

---

① 周立波：《周立波文集》第三卷，上海文艺出版社 1982 年版，第 13 页。
② 同上书，第 40 页。
③ 同上书，第 111 页。

阶段性胜利，这时的亭面糊拿着公款自己去过了酒瘾，他的自私的心态丝毫没有改变。

老孙头和亭面糊的阶级出身以及对于革命的热情决定了他们属于"人民群众"这一革命主体，但他们的精神觉悟和多种行为方式又不符合革命对于他们的要求与期待，当他们的利益与革命相一致时，他们自觉地加入革命，推动革命的发展，当革命的目标与他们的利益相左时，他们又成了革命主体内的颠覆性力量。在阶级论横行的年代，周立波以描写这些"中间人物"的方式在"人民群众"这一被意识形态绝对化的词汇中嵌入了一道裂缝，展示了革命主体构成的复杂，也预示了革命过程的艰难与曲折，这是五四精神在意识形态统摄时代的回响，也是周立波现实主义精神的表达。

第二节　农民心理的细致剖析

1942年的延安文艺座谈会确立了"文艺服从于政治"的文学大方向，使中国的文学步入了助力政治的轨道。革命是当时最大的政治，书写革命历史以构建当下革命的正当性与合法性，描绘革命的远景以鼓动群众参与革命就成了时代对作家的要求。众多作家参与到这一构架革命历史的宏伟工程当中来，力图以文学的方式建构起革命的历史必然性。新的文学道路的确立意味着对既有文学道路的捐弃，五四以来所形成的关注个体、推崇个性的文学理念在新的历史时期显得不合时宜，在宏大的历史叙述面前，个体的感受和体验显得那么的微不足道。作为忠诚的文艺战士，周立波也积极地加入这个队伍中，参与对革命历史的构建，但他在建构革命历史的过程中，始终保有着对个体生命的关注，个体内心的愿望与体认在他的书写中并没有因历史车轮的碾压而灰飞烟灭，而是以"复调"的形式与时代的声音并置于文本之中，表现了他对五四文学精神的坚守和传承。

《暴风骤雨》发表于 1947 年，有的评论者称其"以宏伟的气魄，表现了第三次国内革命战争时期广大解放区农村翻天覆地的土地改革的斗争"①。也有人称其"表现了农民推翻地主阶级统治的斗争。并从此显露出农民——农村新人物，如何在党的领导下，逐渐觉悟起来，以及他们如何组织自己阶级的力量，打倒数千年地主的反动统治，把自己的幸福，命运，前途牢固地掌握在自己的手里，堂堂正正地，做起了农村的主人"②。无论是从真实地反映革命历程的角度对其进行解读，还是将其中的农民新人的崛起作为批评的重心，评论者都在强调作品与时代主流话语的呼应。评论者大都关注作品中的赵玉林、郭全海、白玉山这些充满斗争精神的觉醒农民，认为这些人物显示了中国农民的革命力量，代表了中国农民的成长方向。然而，书中的一些小人物却长时间被人们忽略，鲜有人提起，他们游离于中国革命的主潮之外，固守传统的生活逻辑，代表了安分守己又谨小慎微的一部分普通民众。周立波没有忽略他们的存在，在这些小人物身上，周立波表现出了他对于革命浪潮中普通的生命个体的关注。然而在大多数评论者那里，他们只是被冠以"落后群众"这一称谓而被一笔带过。

花永喜就是这样的一个长期被评论者忽视的人物。他是一个四十多岁的贫农，生活的困顿使他一直无法寻得生活的伴侣，"老光棍"这一身份不仅让他在生活中缺乏温暖，也让他备受他人的嘲笑和白眼。土地改革运动使他开始了新的生活，在土改中，他分得了足以成立家庭的物质资本，这让他鼓起勇气去寻本村的张寡妇求爱。结果让

---

① 李华盛、胡光凡：《周立波研究资料》，知识产权出版社 2010 年版，第 298 页。
② 同上书，第 265 页。

他欣喜，两人一见倾心，共筑爱巢。土匪的反扑使他的新生活受到了威胁，对新生活的珍惜以及保卫家园的热情使他在对抗土匪的战斗中勇猛异常。在与土匪的遭遇战中，他接过负伤的年轻战士手中的步枪，接连结果了几个准备冲锋的土匪，震慑住了进攻的土匪，为等候县里的救兵赢得了宝贵的时间。可以说，是花永喜在战斗中的出色发挥扭转了战局，促使农会武装对土匪形成了有效的牵制，并最终促成了农会武装与县里的增援部队对土匪的合围。他的战斗勇气和战斗能力受到了工作队和群众的一致认可，工作队长萧祥将花永喜在战斗中的优异表现认作政治素质过硬，将其列为入党候选人。然而，花永喜的勇猛战斗并非出于对党的事业的支持和对于革命政权的拥护，他参与作战更多的是为了守卫自己的家园和来之不易的新生活。作战结束后，花永喜回归到家庭生活之中，对农会的革命工作敬而远之。为了避免被人拉去参加农会，他"赶一张爬犁上大青顶子去拉木头、打柴火，回屯就待在家里"①。他也不再积极配合工作组的工作，为了不出官车，他将家里的马换成了乳牛。他与革命有过短暂的交集，但在革命给了他想要的家庭生活后，他立即远离了革命。萧祥认为，花永喜的行为在某种程度上是对革命的背叛。但作为一个顾全大局的领导者，萧祥并没有对花永喜进行责骂或是惩罚，只给了花永喜一句意味深长的警示："老花，不能忘本呵。"② 但周立波在叙述中，对花永喜的选择给予了充分的理解与同情，他先是道出了花永喜遁离革命的因由："老花打算远，学会耍尖头，都是为了张寡妇。"③ 张寡妇死了男人，自己带着一个孩子生活，生活的艰难可想而知，好不容易她有了花永喜，她实在不能失去这个生活的仰仗，所以千方百计地阻止花永

---

① 周立波：《周立波文集》第一卷，上海文艺出版社 1981 年版，第 417 页。
② 同上书，第 274 页。
③ 同上书，第 273 页。

喜参加在她看来充满危险的革命活动，她甚至以分手相逼，这实在让花永喜难以违拗她的意愿。接着周立波又道出了花永喜的内心独白："他是四十开外的人了，要说不老，也不年轻了。跑腿子过了多半辈子，下地干活，家里连个做饭的帮手也没有，贪黑回来，累不行了，还得做饭。自己不做，就吃不上。"① 光棍汉的生活让花永喜饱尝生活的辛酸，他实在不愿意再过一个人生活的日子。对于农会和工作组，他心存感激，但无疑家庭的温暖更令他向往和不舍，所以在只能二者取一的情况下，他无奈地选择了家庭。对于这样的革命掉队者，周立波并没有在作品中对其进行讽刺或者批判，而是耐心地挖掘他内心的动因，仔细体味其在革命浪潮中的感受与体验，体现了周立波对于生命个体的尊重和关爱，以及他对农民真实心理状态的关注。

侯长腿也是作品中的一个被忽略的小人物，在他身上同样可以看到周立波对农民个体精神与心态的注意。侯长腿46岁，也是一个"光棍"贫农，地主被斗倒之后，地主的家眷们纷纷离开地主的大院，各寻出路。死了丈夫的地主偏媳李兰英跑到了侯长腿家，赖着不走，要留下来给侯长腿当媳妇。地主给他的痛苦回忆以及阶级斗争话语的熏陶让侯长腿认为李兰英的到来是地主阶级对他这个贫农的骚扰和挑衅，所以当侯长腿看见出现在家门口的李兰英时，抬手就想搂她，但李兰英柔弱和可怜的样子让侯长腿心软了，他放下手来破口大骂，逼走了李兰英。但李兰英的铺盖和个人用品却留了下来，床上摆着这些女人的物件，让"老光棍"侯长腿一夜无眠。第二天从农会回家，看见李兰英留下来的东西，侯长腿的心理发生了变化，他开始在阶级话语内部为李兰英开脱："听说她娘家兄弟也是个老庄。"② 言下之意是李兰英也有贫农的血统，这血统可以冲淡她地主婆的身份。这样的想

---

① 周立波：《周立波文集》第一卷，上海文艺出版社1981年版，第273—274页。
② 同上书，第407页。

法闪现之后，他的"政治觉悟"马上让他进行了自我批评，他觉得自己不应该朝这个方向思考，但情感和理智这时已开始了碰撞，他在反思过后又开始盼望李兰英的再次出现。第三天在从农会回家的路上，侯长腿就开始惦记起了李兰英。回到家里，他看到李兰英正躺在炕上，他并不惊讶，甚至可能有些兴奋，但嘴上却骂了起来，并质问她又来做什么。李兰英笑着说她要留下来给他做饭照顾他，这触动了侯长腿的神经，使他的思想进一步变化，他嘴上虽然还骂着，但声音越来越小了，他开始考虑接纳李兰英了。当李兰英说到自己娘家是庄家底子以及明确表示要嫁给侯长腿后，侯长腿不再骂人了，他变得温和了。当李兰英表达了宁可睡地上也不想走的决心后，侯长腿彻底心软了，他放弃了阶级话语的规约，开始用传统伦理观念来指导自己的行动："好男不跟女斗，伸手不打笑脸人。"① 侯长腿终于妥协了，他不顾娶地主婆的骂名，大胆地接纳了李兰英这个不幸的女人。在周立波的叙事中，秉持阶级话语的群众对侯长腿进行了批判，而侯长腿也对自己的选择进行了充分的解释，群众并没有由于掌握"理论优势"而强迫侯长腿放弃李兰英，而是在对话中与侯长腿达成了协议，要求李兰英接受劳动锻炼，实现自我改造，通过这种方式，群众事实上接纳了李兰英。在侯长腿的身上，周立波细致地展现了阶级话语和个人欲求在个人内心中的缠斗，实际上表现了时代政治和农民个体的矛盾与冲突。在"文学服从政治"的创作训令下，周立波依然关注和充分展现游弋于时代政治主流之外的农民欲求，不能不说是现实主义文学精神的胜利。

如果说在《暴风骤雨》中，周立波展示了革命所要求的斗争热情和农民的个人欲望的矛盾，那么在《山乡巨变》中，周立波则呈现了

---

① 周立波：《周立波文集》第一卷，上海文艺出版社 1981 年版，第 408 页。

时代政治与小农意识在农民内心中的冲突。所谓"小农",是指传统农业社会中遵循以生产资料私人占有和个体自主经营为特征的生产方式,以及从事自给自足的自然经济活动的劳动主体。而"小农意识"是"小农在以自然经济为基础、家族血缘为本位的环境中形成的并内化于小农头脑中的认知心理、价值观念、思维方式、宗教意识等的总和"①。土地是农民的命根子,土地不仅为农民提供生活和生产资料,是其生活的保障,也是其创造物质财富、实现自身价值和意义的主要资源。此外,农民世代生活耕作在一片土地之上,通过土地农民可以体会和感受到自己和祖先的血脉相连。"对小农而言,土地也不单纯是自然物,而且还蕴含着对家庭祖宗认同的血缘亲情意识,体现着小农的价值信仰、精神寄托和一种源远流长的人文精神。"② 所以,对土地的眷恋无疑是小农意识的重要方面。在土地改革时期,平均地权的土地分配方式迎合了农民的"小农意识",使农民积极助力革命,促成了民主革命的成功。但是到了农业合作化时期,共产党所推行的现代耕作模式旨在替代原有的传统耕作模式,意图将农民的地权统一收回,这无疑会与农民的"小农意识"发生剧烈的冲撞。从社会和历史的角度看,"小农意识是前世界历史封闭孤立形态下的产物,因而作为一种对现代化历史的反动被广泛批判"③。但从周立波的叙事中我们看到,虽然他的创作积极响应"文艺服从政治"的创作规范,力图通过创作推动社会历史变革,但他并没有放弃对个体生命的关注。在《山乡巨变》中,他通过陈先晋这一人物,将现代的政治文明和传统的小农意识在农民内心中的碰撞表现得淋漓尽致。

陈先晋是一个 50 岁开外的老贫农,他 12 岁起就下地干活,每日

---

① 袁银传:《小农意识与中国现代化》,武汉出版社 2000 年版,第 30 页。
② 同上书,第 58 页。
③ 同上书,第 35 页。

披星戴月辛勤劳动，四十年如一日，对于日常消费他极端俭省，结婚时做的棉袍子一穿就是三十年。他的勤奋和节俭赢得了乡亲们的普遍尊重，人们公认他是村里数一数二的"老作家"。几十年来，支撑他不懈劳动和自我克制的是一个对于发家的幻梦，他"天天发狠做，一心想发财"①。在劳动的间隙他总会瞭望对门的场屋，玄想发家之后买地造屋，就连做梦他也会梦见盖新房的场景。这发家梦不仅来自他内心当中的欲望，更关乎他的尊严，因为"小农是小私有者，他们天生有占有财富、获取财富的心理，而且，财富拥有的多少往往是农村家庭是否能获得尊敬的重要标准之一，也是农村社区评价一个人能力大小的尺度之一"②。此外，这发家梦也来自先人的嘱托，他的父亲在世时，领着他们兄弟俩起早贪黑、忍饥挨饿地在山里开荒，总共开得了一亩五分地。老人耗尽了体力，熬干了心神，在临终前给他们俩兄弟留下了嘱托："留给你们的家伙太少了，我有几句话，留给你们：只要发狠做，你们会有发越的。这几块土，是自家开的。地步虽小，倒是个发财的根本。你们把我葬在土边上，好叫我天天看见你们在土里做工，保佑你们越做越发。"③兄弟两人将老父亲葬在了他们开垦的几块土地中央的高地上，在父亲的"监督"下经年地劳作。陈先晋一年又一年地勤奋劳动，但发家致富对于他来说依旧遥不可及，几十年的奋斗经验证明了他单干发家无望。但他依然信老话，认死理，相信凭自己的执着可以积聚财富。尤其妻弟詹永鸣投身革命后不幸被捕牺牲的事例更让他变得抵触任何改变，就连农业技术的革新他也拒绝接受，就更别提共产党所倡导的对于耕作模式的根本性变革。但他的子女陈大春和陈雪春却是两个积极的革命分子，他们将父亲陈先晋视为

① 周立波：《周立波文集》第一卷，上海文艺出版社1981年版，第180页。
② 袁银传：《小农意识与中国现代化》，武汉出版社2000年版，第67页。
③ 周立波：《周立波文集》第一卷，上海文艺出版社1981年版，第179页。

顽固的封建思想的堡垒，每在家里就对其进行无休止的游说，但这些动员对于陈先晋根本不奏效，他依然坚持单干的思路。陈先晋的小儿子陈孟春听他的话，插田打禾、赶季节秋收，要单干的话总要有个帮手，孟春也就成了陈先晋继续单干的指望，但经过朋友盛清明的动员，孟春也放弃了单干的想法，一心想加入合作社，这让陈先晋在家中变得孤立无援。尤其是他所信任的女婿詹继明也明确表示入社，并前来对其进行劝说，这让他彻底地没有了劳动的帮手，单干已经没有了可能。当詹继明明确表示要入社后，陈先晋终于妥协了，他无可奈何，只得同意入社，但他提出条件，希望只将土改中分得的土地加入集体，他和老父亲开垦的那点土地他不想归公，他想为发家的梦想保留一个火种，为个人的创业留下一个可能。可是这种程度的入社并没有让雪春和大春感到满意，他们认为父亲是思想上的两面派，是"脚踏两条船"。年过半百的陈先晋想到自己的奋斗也是为了子女，既然他们如此坚决地要求入社，他又何必与其执拗呢，此时女婿和老婆又在一旁不停劝说，终于让陈先晋同意将所有土地一齐入社。虽然做出了口头的承诺，做了几十年的发财梦依然萦绕在他的心间，这让他辗转反侧，彻夜难眠。第二天，陈先晋去山里干活，遇见了坚决的单干户菊咬筋，菊咬筋先是向陈先晋表达了他对合作社的不信任，这与陈先晋的判断不谋而合。然后菊咬筋又对陈先晋做出了单干互助的承诺，这又让陈先晋看到了单干发财的可能与希望。回到家里，陈先晋的思想发生了反复，他想收回入社的承诺。陈先晋的"落后"表现立刻遭到家人的一致反对，雪春和孟春甚至提出分家，将自己的那一份土地带走入社，这是陈先晋没有料到的，如果这时分了家，他也就不再具有单干的资本了，这激怒了陈先晋，他愤怒于子女的"忤逆"，他大吼大叫，骂散了子女。子女的态度让陈先晋陷入深重的苦闷之中，他一个人在火炉旁坐了一夜，孤独而惆怅，他想起了自家艰难的创业历史，也想起了先父的临终嘱托，进入合作社对他来说不仅意味着终结自己四十年来的幻梦，也意味着割断了与祖先的精神联系。入社后他再没有能力去完成先父的夙愿，所以入社不仅给他带来因物质回报的不确定所引起的思想焦虑，也给他带来因梦想破灭所引起的精神失落。个人的念想终究拗不过时代的风潮，经过痛苦的思想挣扎，陈先晋最终无奈地选择了加入集体。在这里，周立波并没有站在时代政治的立场叙述老贫农陈先晋的改造过程，而是将关注的重心放置在了陈先晋的内心，细致而详尽地展现集体化思想在普通农民内心中所引起的震荡，立体地呈现了变革时期农民内心的悸动和挣扎，通过这种方式展现了农业合作化运动的艰难与复杂。

第三节　干部队伍的冷静审视

1942 年，延安文艺座谈会的召开使中国文学走上了新的发展轨道，在"为政治"的文学旗帜下，"干部"这一群体经由解放区作家的开掘成为一类重要的文学形象。革命政权通过干部管理和领导广大群众，革命政权的意志通过干部得到执行和落实。在普通群众眼里，干部是革命政权的具体形态，干部的形象就是革命政权的形象，当革命政权在全国范围内取得胜利后，干部形象就代表了国家的形象。所以在新中国成立后，对干部形象进行想象也就意味着对国家形象进行想象。在抗战时期，毛泽东曾对他心中的"理想干部"进行过勾勒："指导伟大的革命，要有伟大的党，要有许多最好的干部……这些干部和领袖懂得马克思列宁主义，有政治远见，有工作能力，富于牺牲精神，能独立解决问题，在困难中不动摇，忠心耿耿地为民族、为阶级、为党而工作……这些人不要自私自利，不要个人英雄主义和风头主义，不要懒惰和消极性，不要自高自大的宗派主义，他们是大公无私的民族的阶级的英雄。"① 可以说，这样的干部形象就是毛泽东所构想的政治乌托邦中区别于封建官吏和反动官僚的理想干部形象。他希望通过这样的干部形象表现革命政权的进步面貌，以获得更多群众的支持。可是在生活实践中，由于干部来源的多样化以及干部自身觉悟的差异等因素，干部队伍不可能如毛泽东想象中的单纯和纯粹，了解农村又坚持现实主义创作原则的作家们从生活实际出发，将干部队伍的驳杂呈现于笔端，以凸显中国革命的艰难与复杂，可以说，对于干部形象，在"讲话"发布直到"文化大革命"前的一个历史时期内，作家们是按照生活现实和文学的逻辑而并非政治的要求进行书写和想象的。

赵树理是中国现代文学史上第一个系统反映革命政权基层干部队伍的作家，他在作品中不仅塑造了像金生兄弟（《三里湾》）、老杨（《李有才板话》）这样的站在中国革命前线、推动中国革命进程的先进基层领导者，也描绘了一系列如金旺兄弟（《小二黑结婚》）、阎恒元（《李有才板话》）、范登高（《三里湾》）等混入革命队伍内部、破坏革命进程的异己分子和固守既得利益、不顾中国革命大局的落后干部。周扬对于赵树理深入分析革命干部队伍的做法给予了充分的肯定："赵树理的特出的成功……得力于他对于农村的深刻了解，他了解农村的阶级关系、阶级斗争的复杂微妙，以及这些关系和斗争如何反映在干部身上，这就使他的作品具有了高度的思想价值。"② 这种作品中"高度的思想价值"结合赵树理所运用的简单易懂的文学语言，使周扬认定赵树理的作品就是对毛泽东"讲话"的准确实践。在那个

---

① 《毛泽东选集》第一卷，人民出版社1966年版，第255页。
② 周扬：《周扬文集》第一卷，人民文学出版社1984年版，第518页。

理想文学样态的真空期，中国文学急需找到一个符合"讲话"精神的创作榜样，赵树理适时出现，周扬仅凭赵树理的三篇作品（《小二黑结婚》《李有才板话》和《李家庄的变迁》），就认定了赵树理是"一个在创作、思想、生活各方面都有准备的作者，一位在成名之前已经相当成熟的作家，一位具有新颖独创的大众风格的人民艺术家"[1]。陈荒煤紧随其后，将赵树理确定为新的文学旗帜，提出了"赵树理方向"。但事实上，周扬的阐释和赵树理的创作之间存在着明显的错位，阶级斗争并不是赵树理作品所要重点表现的内容，赵树理在作品中更为关注的是农民的实际利益和农村基层干部队伍的纯洁性问题，也就是说，赵树理创作的出发点是农民而并不是政治，他塑造人物是从现实出发的而不是为了迎合政治的需要，周扬刻意地将赵树理作品的主题做了置换，让其和"讲话"精神保持一致，以便将其阐释为符合"讲话"精神的经典范本。

文艺领导者和主流批评家对于赵树理创作的认同使得解放区的作家开始注意学习赵树理的创作经验。赵树理对于干部队伍的关注引起了众多作家的重视，众人纷纷效法，在作品中将干部作为描写对象。在1948年周扬所主持编辑的收录解放区历年来特别是延安文艺座谈会以来的代表性文艺作品的《中国人民文艺丛书》中，收录有《太阳照在桑干河上》《种谷记》《高干大》等16部小说，这些小说大部分都涉及了对基层干部形象的塑造。周立波深受赵树理文学观念的影响，从战火纷飞的20世纪40年代一直到和平建设的五六十年代，周立波始终秉承现实主义文学理念，密切关注共产党的干部队伍建设，他的作品中包罗了军官、厂长、合作社社长等各色的干部形象。他在作品中塑造了萧祥（《暴风骤雨》）、刘雨生（《山乡巨变》）、刘耀

---

① 周扬：《周扬文集》第一卷，人民文学出版社1984年版，第486页。

先（《铁水奔流》）等一系列为了革命事业鞠躬尽瘁的先进典型，同时也对干部队伍进行了冷静的审视，将干部队伍中的落后分子呈现于笔端。

杨老疙瘩是《暴风骤雨》中的一个混进革命队伍内部、投机革命的基层干部。当郭全海接受了工作队的宣传和教育，被选为农会副主任后，开始积极地发动群众，让更多的贫雇农参与到革命事业中来，杨老疙瘩就是经他发动投身革命的贫农。杨老疙瘩是一个胆小怕事并好占便宜的人，他虽然加入了农会，但这并不代表他对共产党的信任和对于革命理念的认同，他的目的不过是通过混入革命队伍以攫取个人利益。他对于革命的持续性始终心存怀疑，在参加农会之初就疑心八路军待不久。在共产党的军事优势没有确立之前，尽管他接受了组织交给他的任务，却只是敷衍了事。由于他在地主家帮工期间干过半年"打头的"，加上他识得几个字，农会安排他做了分地委员，领导元茂屯一个组的分地工作。他在分地工作中漫不经心，不去带领群众一起去地里插橛子，只是口头做了说明，又给工作组炮制了一份分地名单，伪造分地成果，还叫他组里的群众替他隐瞒真相，共同敷衍工作队。这导致了他组里的群众都不了解自己到底分得了哪里的土地，分地工作不得不重新进行。当农会追究他的责任、要罢免他分地委员职务的时候，官迷心窍的他竟然用泪水恳求组织再给他一次机会。他的贫农身份让他得到了组织的同情，组织保留了他的分地委员的职位。共产党在东北的军事胜利使杨老疙瘩看清了革命的形势，他在工作中开始变得积极，不仅认真完成了分地任务，还领导起一个唠嗑会，帮助其他群众解放思想。他的行为作风经过工作组的教育发生了些许改善，但他重利的性格并没有改变，在他的位置相对稳固后，他就开始借助自己的职位收取有所图谋者的贿赂，并对行贿者做出很多不负责任的虚假承诺。地主韩老六看准了杨老疙瘩见利忘义的本性，用物质诱惑的方式对其进行收买。韩老六的一顿酒肉就让杨老疙瘩丧失了革命者应有的立场，让他对韩老六心生好感，韩老六女儿韩爱贞的肉体诱惑更是让他丧失了理智。谁知这酒局和色诱都是韩老六为杨老疙瘩设下的圈套，为了不泄露自己的丑事，杨老疙瘩答应为韩老六效忠，他就这样被地主俘虏了。

周立波不仅在作品中暴露干部队伍中的异己分子，也用力发掘那些进步干部身上的积习和缺陷。陈大春是《山乡巨变》中积极推动农业合作化的典型，他坚决执行党给予他的任务，身为团支书的他将自己的人生理想和党的政策与号召紧密地结合在一起，他的行动和选择都取决于党的意志。陈大春思想坚定、态度积极，工作认真负责，是一个进步的农村干部形象，但他有着明显的性格缺陷。他鲁莽而冒失，下派干部邓秀梅评价他是个"莽莽撞撞的猛子"。他想一步就跨进社会主义，对于合作化运动所遇到的阻力和困难严重估计不足，在工作中一旦遇到阻碍便灰心和泄气。他曾经发起并领导一个自发的合作社，但这个合作社由于国家政策的调整而被上级领导裁撤，这严重挫伤了他的工作积极性，为了表达他的不满和愤懑，这之后他坚决地拒绝了组织对他的工作任命。

除此之外，陈大春从他父亲陈先晋那里承袭了粗暴的性格和严重的暴力倾向。书中对陈先晋的暴力倾向有过描述："陈先晋是打儿女的好手。他说打，就真的下死劲毒打，不像亭面糊，口里骂得吓死人，从来不下手。"[①] 在父亲的影响下，每当陈大春听到群众发出与自己相异的见解时，就会以武力相威胁。在传达农业合作化精神的群众会议上，符贱庚表达了对农业合作化的不信任。这本是宣传合作化思想的同时听取不同意见的群众会议，符贱庚在会上提出不同看法本无

---

① 周立波：《周立波文集》第三卷，上海文艺出版社 1982 年版，第 170 页。

可厚非，但符贱庚的发言却激怒了陈大春。陈大春没有与符贱庚进行思想论辩，而是发出了武力威胁："你再讲混账话，老子打死你。"符贱庚准备抵抗，陈大春便将威胁变作了行动："陈大春跳起身来，一脚踏在高凳上，正要扑到桌子那边去，揪住符癞子……"① 是刘雨生的及时制止才终止了他的施暴。陈大春没有从思想上教育和引导群众，而是用自己强硬的态度和凶悍的作风威胁异见人士，他的行为构成了对群众的压抑和胁迫。当乡里传起了山林归社的谣言后，怕吃亏的农民纷纷上山砍树，无限制、无计划的砍伐使得乡里的林木遭到了破坏。面对群众的盲动，陈大春不思索如何制止谣言，也不考虑对群众进行规劝，而是准备施行暴力管制。在乡里的紧急会议上，他大出昏招："不捆个把，止不住帐……不动粗，他们会信邪……菊咬筋砍得顶多，我建议，先把他逮起来，宰只鸡，给猴崽子们看看。"② 他将自己想象成手持皮鞭的牧人，而把群众认作任他驱遣的羔羊，他虽然积极地拥护革命，自己却是满脑子封建官吏的思想，是李月辉和邓秀梅的及时劝阻才阻止了他的莽行。

如果说陈大春的行为所体现的是肢体暴力的话，那么邓秀梅的作为则隐含着语言的暴力和情感的暴力，这集中体现在她对刘雨生离婚的态度上。刘雨生是一个任劳任怨的积极推动农业合作化的勤奋干部，但他对工作的全情投入使他无暇顾及家庭。他的妻子张桂贞是一个依赖丈夫的弱女子，刘雨生忙于工作，将生活的重担完全抛给了她，这使张桂贞不堪重负，无奈之下她提出了离婚。刘雨生对张桂贞满怀爱意，他极力地想挽救这段婚姻。他向邓秀梅和李月辉哭诉他的遭遇，得到的却是邓秀梅冰冷的回应："离就离呗，你有了青山，还怕没柴烧吗？"当刘雨生回忆夫妻分手那天夜里，张桂贞跑出家门，

---

① 周立波：《周立波文集》第三卷，上海文艺出版社 1982 年版，第 65 页。
② 同上书，第 289 页。

他怕张桂贞寻短见而紧追不舍时，邓秀梅又抛出了一句无情的评价："你这是多余一虑，这号女子，水性杨花，哪里会去寻短路。"① 当刘雨生婚姻的散场已成定局，刘雨生整天陷入失去爱人的苦闷之中时，李月辉曾邀邓秀梅一同去劝慰心灵受挫的刘雨生，邓秀梅竟不耐烦地拒绝："对不起，我没得功夫。"② 她对于刘雨生在婚姻破碎过程中所表现出来的脆弱不屑一顾，她认为个人的情感在农业合作化伟大事业面前不值一提。在这里，邓秀梅对于刘雨生个人情感的鄙夷展现的不是革命者坚忍的意志，而是一个政治动物的冷酷背影。

周立波通过邓秀梅的塑造反映了个别干部一心投入政治，忽略了关注个人情感的现象，而通过朱明这一人物，周立波表现了干部队伍中的部分激进分子对于人的身体甚至生命的漠视。根据合作化运动时期的历史语境，抗日战争、解放战争及抗美援朝战争使得国内男性劳动力锐减，新中国成立后的国防建设、水利工程建设又抽调了大量的农业劳动力，在农业生产中，男性劳动力的缺乏使得传统上在劳动中处于辅助地位的广大妇女变作了劳动生产中的主力，《山乡巨变》中的"女将"一节即反映了当时妇女被组织起来参加集体劳动的情况。妇女通过参加集体劳动走出闺阁和厨房而进入了社会，这在一定程度上标志了女性地位的提升，但在合作化时期，女性参加集体劳动却并未让妇女实现女性解放的现代性想象，反而使妇女背负了家务劳动和农业生产的双重负担。在作品中，李月辉看到了妇女负担过重的情况，他向上级领导朱明反映："她们是有特殊情况的，要生儿育女，每个月还有几天照例的阻碍，叫她们和男子一样地霸蛮是不行的……这是关系妇女健康的大事，听说别的乡，妇女闹病的很多。"朱明听到李月辉的报告后立即对其进行了批评："我说老李，你又犯老毛病

① 周立波：《周立波文集》第三卷，上海文艺出版社1982年版，第143页。
② 同上书，第152页。

了，婆婆妈妈的。这样的小事也值得操心？……你管这些干什么？你是妇女主任吗？妇女半边天，人家别的乡都在充分地发动女将，而你呢，非但不叫自己的爱人带头出工，还在这里说什么妇女病很多……你想得远，人家都是近视眼，是不是？"① 从朱明的回应可以看出，他丝毫不在意广大妇女的身体健康，他全神贯注于对政治任务的完成和与平级行政单位政绩的比较，他是一个不负责任的领导，也是一个冷漠的官僚。这一点在他对谢庆元自杀这一事件所做出的反应上表现得尤为明显。合作社副社长谢庆元常年背负沉重的家庭负担，在工作中又得不到群众的认可，和自己的老婆又因为误会而大动干戈，四面楚歌的他又遭逢了家中耕牛被砍的意外，在生活和工作中屡屡碰壁的他对生活失去了信心。一日他流连于溪畔，看见了有毒植物水莽藤，竟产生了轻生的想法，经过一番内心的挣扎，他觉得生活无望，死了也好，于是将轻生的想法变作自杀的实践，他吞下了几根水莽藤的嫩芽，等待死亡的来临。谢庆元的儿子发现了濒死的谢庆元，赶忙向乡亲们求助，乡亲们闻听此事后纷纷赶来，商量施救。这一事件迅速地反映到了中心乡党委书记朱明那里，谢庆元的自杀非但没有获得朱明的关切和同情，反而让朱明勃然大怒，他在电话里愤怒地朝清溪乡支部书记李月辉喊叫："去看看情况。不要婆婆妈妈的呵，这是叛党的行为，就是死了，也是个叛徒，要开除党籍。"李月辉觉得应该先进行批评教育，组织处理可以缓一缓，这样充满关怀和温情的处理建议再一次触怒了朱明，他认为必须立即严肃处理，于是在电话里继续冲李月辉发火："什么？你不同意我的看法？他不是叛徒？你去不去？你要不去，我自己来。"② 由此可见，朱明不仅对群众漠然视之，对于组织内的部属同事同样毫不关心，他的心中只有上级的命令和组织的

---

① 周立波：《周立波文集》第三卷，上海文艺出版社 1982 年版，第 430 页。
② 同上书，第 528 页。

纪律，他是一部毫不讲人文关怀的冰冷的政治机器。

周立波对干部队伍的冷静审视没有停留在暴露干部缺陷这一层面，他将书写的笔触深入干部的家庭生活之中，发掘国家政治对干部家庭生活的挤压，借以反思国家的基层治理模式。

在《山乡巨变》中，农业合作化运动期间，清溪乡的已成立家庭的干部们（李月辉、刘雨生和谢庆元）都遇到了棘手的家庭问题，他们的家属不约而同地向他们发难，反对他们推行农业合作化运动。清溪乡支部书记李月辉的反对者是他的伯伯。幼时的李月辉是一个孤儿，是这位伯伯收养了他。为了报恩，在伯伯老了以后，李月辉将他接过来与自己住在一起，让其颐养天年。他的伯伯是个犟脾气，他认准了政府主导的农业合作化是胡闹，认为李月辉把自家的茶子山加入合作社是吃了大亏。他有着火爆的性子，一动起气来什么都骂，总是因为加入合作社的事骂人。李月辉的妻子也是个暴脾气，每当伯伯骂人时，她也发起火来，和他顶撞起来，他们经常因为合作化的事情吵架，有时竟能吵上一个通宵，这让李月辉非常无奈。多亏李月辉有着一个好脾气，不然早就不堪其扰了。合作社社长刘雨生的反对者是他的妻子张桂贞。张桂贞是一个柔弱的女子，在生活中她需要丈夫的关怀与呵护，但作为丈夫，刘雨生整日专注于工作，让家庭生活的重担都压在了张桂贞一个人的身上，这让张桂贞不堪重负，她无奈却坚决地选择了离婚。当刘雨生质问她离婚的缘由时，她吐出了心中的不满："你太好了，实在太好了！一天到黑，屋都不落。家里烧柴都没得。我为么子要做牛做马，替你背起这面烂鼓子？这一向，你越发不管家里了。我一天到黑，总是孤孤单单地，守在屋里，米桶是空的，水缸是空的，心也是空的。伢子绞着我哭。他越闹，我心里越烦，越恨。"① 全情投入工作的刘雨生不仅难让妻子张桂贞体会到丈夫的关爱，更让她陷入生活无着落的境地，这让她忍无可忍，决心放弃这样的婚姻。无独有偶，合作社副社长谢庆元的爱人也经常抱怨谢庆元忙于工作而不顾家庭："不见油盐是常事……这餐不晓得下餐的米在哪里。只怪我的爷娘没有长眼睛，把我许个这号人。"② 刘雨生以组织交给他的任务为生活重心，他没有能力改变家庭的境况，虽然他万分不舍，可也只得同意了张桂贞离婚的要求。谢庆元为了维持自己的婚姻，也为了养活自己的老婆和孩子们，只得考虑通过一些其他的途径增加家庭收入。他借工作之便多培育了一些秧苗，在气温突变、很多农户没能保住自家的秧苗时，他准备将多余的秧苗卖给那些受灾的单干户以获取利益。怎奈合作社上村的秧苗在寒潮中没能保住，都烂了秧，于是合作社为了支援上村便征用了谢庆元预留的秧苗，谢庆元的计划泡汤了，回家后他依旧要面对有上顿没下顿的生活。这些干部家庭出现的矛盾，究其原因，在于"国家权力与基层精英之间存在着制度性的疏离"③，国家利用乡村精英维系基层统治，却不将其纳入国家的官僚体系序列之中，也就不会给其相应的物质补偿，这无疑会使这些作为基层干部的乡村精英因投入工作而影响家庭生产，使其物质利益遭到损害，也会使其因损失经济利益而产生家庭纠纷。由此可见，周立波在作品中不仅表达了他对社会革命和历史进程的关注，也表现出了他对现实人生的关怀，在这个意义上，他的作品不仅是"为政治"的，也是"为人生"的。

---

① 周立波：《周立波文集》第三卷，上海文艺出版社 1982 年版，第 148 页。
② 同上书，第 524 页。
③ 李里峰：《不对等的博弈：土改中的基层政治精英》，《江苏社会科学》2007 年第6 期。

第四节　革命走势的清醒洞察

作为一个秉承现实主义写作传统、心系祖国命运的作家，周立波密切关注中国革命的现实状况，他以宏阔的视野和朴实的文风描画了土地改革以及合作化运动这两场关乎中国历史命运的社会变革的宏观样貌；同时，他力避口号的干扰和旗帜的遮蔽，扒开历史的褶皱，将观察的目光投入历史的细部，以委婉的方式表达了他对革命过程中歪曲现象的斥责和对指导革命的激进政策的质疑。

对于农民来说，拥有自己的土地是他们最大的愿望，拥有土地不仅意味着可以过上丰衣足食的生活，还可以让他们告别被剥削和压迫的生存状态而获得独立的人格。抗日战争时期，为了驱赶侵略者以获得国家的独立，农民接受了减租减息的政策，但在抗日战争取得胜利后，农民已不再满足这种战时的折中政策了，他们期待的是早日实现"耕者有其田"。事实上，"耕者有其田"并非由共产党首倡，而是孙中山在总结自己失败教训的基础上率先提出的。当然，孙中山终其一生也没能获得推动这一农村变革的能力，而他的继任者蒋介石领导的国民政府将工作重心始终放置在城市和军事上，对农村的事物少有关心，"南京把田赋让各省去收，它自己主要靠商业税过活。各省财源是不足的，一般却听任地主去收。中央政府军的军官们很有可能成为大地主"①。可见，国民政府的正常运转在一定程度上要依靠地主的力量，所以蒋介石所领导的民国政府不会从农民的利益出发去主导土地

---

① ［美］费正清：《伟大的中国革命》，刘尊棋译，世界知识出版社 2000 年版，第263—264 页。

改革。作为政治博弈中的弱势力量，我党亟须通过在农村重新分配土地争取广大农民的支持。事实上，经过减租减息，解放区农民对重新分配土地的渴望日益强烈，"山西、河北、山东、华中各解放区的农民，通过清算、减租等形式，实际上已经直接从地主手中取得土地"①。为了满足农民的心理期待以获得农民的支持，中共中央于1946年5月4日通过了《中共中央关于土地问题的指示》（简称"五四指示"）。"五四指示"下达后，各解放区分别组织干部学习"五四指示"精神，并制定配套文件，推动土地改革的开展，就这样，土地改革运动就在"五四指示"的指导下轰轰烈烈地开展起来了。

在土改的过程中，地主面对土改工作组和分地的群众并没有束手就擒，他们知道公然地对抗是枉费心机的，便在私底下巧施手段，破坏土改。如借助亲属、朋友等藏匿财物，借助美色和物质诱惑土改干部，委派爪牙混入农会假斗争等。这些地主的把戏在周立波的《暴风骤雨》中都得到了表现，但周立波更为关注的是土改干部中的坏人问题。东北解放区曾将土地改革中出现的问题比作半生不熟的"夹生饭"，"夹生饭"的表现之一就是"积极分子的作风不正派"②。在中共的领导人中，刘少奇最早发现了土改干部队伍中存在的问题，在1947年8月4日给中共中央的报告中，他将在多个解放区的土改工作中出现的乱打乱杀现象归咎于土改干部的家庭出身和胡作非为，他说："从晋绥到阜平，我即注意考察土地改革不能彻底的原因……干部在乡村中的无限权力，强迫群众到会、付表决、呼口号，在斗争地主和所谓'国特'时，强迫群众打人杀人，并用强迫办法做到形式上的百分之九十，向上级做报告……在土地会议上与各地代表谈话，并听了

---

① 罗平汉：《土地改革运动史》，福建人民出版社 2005 年版，第 5 页。

② 《把夹生饭做熟》，《东北日报》1946 年 11 月 2 日，转引自罗平汉《土地改革运动史》，福建人民出版社 2005 年版，第 76 页。

许多报告后，发现党内及干部中严重的不纯洁状态，作风不正与领导上的官僚主义及缺乏具体思想教育，是晋察冀及其他地方土地改革不彻底与工作落后的基本原因。"① 长期居住在农村，经历了土改现场的赵树理也意识到了干部队伍的不纯洁问题："据我的经验，土改中最不易防范的是流氓钻空子：因为流氓是穷人，其身份很容易和贫农相混……流氓毫无顾忌，只要眼前有点小利向着哪一面也可以。这种人基本上也是穷人，如果愿意站在大众这方面来反对封建势力，领导方面自然也不应拒绝，但在运动中要加以教育，逐渐克服了他的流氓根性，使他老老实实作个新人，而绝不可在未改造之前任为干部，使其有发挥流氓性的机会。可惜那地方在初期土改中没有认清这一点，致使流氓混入干部和积极分子群中，仍在群众头上抖威风。"② 基于这样的认识，赵树理创作了《邪不压正》，在作品中他塑造了小旦这个混入干部队伍的流氓分子。小旦在旧社会给地主当狗腿子，在土改中，他又攀附新晋的得势者，霸占果实、篡夺权力，继续做他的村中恶霸。赵树理塑造小旦这一形象旨在揭示土改过程中流氓分子钻空子混入干部队伍的现象，而周立波在《暴风骤雨》中塑造了篡夺乡村权力的流氓分子张富英这一形象，重点描绘了流氓夺权后基层乡村社会是非不明、黑白颠倒的混乱景象。

张富英本是元茂屯的二流子，被乡邻称为"张二坏"，无节制的生活让他败光了爹妈留下的田产，他结交一些不事生产的乡村闲散分子，自成一派。在土改过程中，他曾收下地主的贿赂，诱使分地委员杨老疙瘩敷衍土改假分地，但这劣迹却未被追究。在工作组移去其他工作不成熟的地方加强工作后，张富英积极参加斗争会，在斗争中逐

① 转引自杨奎松《开卷有疑》，江西人民出版社 2007 年版，第 322 页。
② 转引自黄修己编著《赵树理研究资料》，北苑文艺出版社 1985 年版，第 100—101 页。

渐"崭露头角",他"能打能骂"的流氓习气在斗争中被认作"敢作敢为",正所谓:"革命原则的巨大力量就在于它们放纵了野蛮的原始本能,而在此之前,这些本能一直受到环境、传统以及法律的约束。"① 土改运动让张富英的恶有了用武之地,让他可以借助正义的名义行凶。在砍挖运动中,他在革命的旗帜下公报私仇,"勇斗"崔姓地主,虏获数包衣服和两个金镏子。正如张小军所说:"因为土改是一个建构革命新秩序的过程,一些旧的东西,包括个人的恩恩怨怨,会掺杂进来。这些相对于新秩序属于无序杂乱的东西,然而正是这些看起来不起眼的东西,借新的秩序创造进入新的秩序中,并获得了合法性的外衣。"② 张富英的这段"英勇事迹"让他当选了小组长。为支援其他村屯的土改工作,元茂屯的农会干部大量外调,这造成了元茂屯的权力真空,给张富英的篡权提供了机会。张富英瞅准时机积极表现,夺得了农会副主任的位子,上位之后他把那些跟他要好的流氓无产者都提拔成了小组长,在农会里建构起了听命于他的势力。这之后他们一齐挤兑农会主任郭全海,将其撵出了农会,张富英也就顺理成章地成了元茂屯实际上的领导者。走上领导岗位的张富英开始着手在元茂屯建立他的新秩序,地主的本家、地主狗腿子的侄儿都在他的手下谋得了一定的职位,他们勾结在一起党同伐异,将元茂屯牢牢地控制在手里。在他们的管制下,元茂屯成了一个黑白颠倒的世界。富农李振江,曾经给地主当过狗腿子,但由于他的侄子李桂荣是农会干部,农会只是对他进行了象征性的政治斗争,并没有触动他来路不正的私产,而对于中农刘德山,张富英领导的农会就没那么宽容了,他们不顾中央三令五申的保护中农的指示,硬生生拖走了刘德山家的牲

---

① [法]勒庞:《革命心理学》,佟德志译,吉林人民出版社 2004 年版,第 41 页。

② 张小军:《阳村土改中的阶级划分与象征资本》,黄宗智《中国乡村研究》第二辑,商务印书馆 2003 年版,第 123 页。

口。斗争得来的果实并没有惠及群众，农会将斗争果实出卖，利用卖出的钱进行营利性的经营活动，这样，革命就成了满足掌权小集团利益的工具。正如老田头所说："咱们屯子闹翻身，翻肥了流氓。早先咱们穷人扛把锄头，给地主拉套，如今换颗扎枪，给流氓拉套。"①

　　面对二流子的篡权和倒行逆施，元茂屯原来的农会干部和土改中的积极分子并没有奋起反抗，而是以消极的态度默认了现状。元茂屯农会的老班底是工作组在的时候帮着组建起来的，工作组离开元茂屯后，农会的老班底成员也大都被派去四处支援工作，农会主席郭全海成了农会的"光杆司令"。郭全海是干活的好手，但他缺乏组织管理的能力，面对老班底的离去所导致的工作中的不协调，他唯有脸红脖粗地生气。他爱发脾气这点被张富英一伙抓个正着，给他扣了个乱施淫威的帽子，就逐渐给他排挤出了农会。被逐出农会后，郭全海心灰意冷，也就默认了现状，回到家里过起了自己的小日子。花永喜在与土匪的战斗中表现积极，被吸收为候补党员，但分得土地后他只注重自家的生产，对村中事务不闻不问。老孙头是土改中的积极分子，在张富英一伙排挤郭全海的时候也为郭全海说过几句公道话，但因此而受到威胁后，也就不再坚持斗争了，老田头向他抱怨："这才是一朝天子一朝臣。"他只有消极地对应："唉，别提了，官家的事，咱们还能管得着？咱们老百姓，反正是谁当皇上，给谁纳粮呗。"② 这些情况表明，打倒传统乡村统治者后所建立的由贫农所领导的乡村权力体系并不稳固，虽然经过革命的洗礼，但以元茂屯为代表的乡土社会并不具备自发的反抗压迫势力的能力，一旦放松领导，像元茂屯这样的乡村极有可能立即恢复到原来那种少数人压迫多数人的社会形态。不但如此，周立波还借作品表露出了他对土改后新的社会秩序的关心和忧

---

① 周立波：《周立波文集》第一卷，上海文艺出版社 1981 年版，第 263 页。
② 同上书，第 256 页。

虑。张富英对东门里老杨家的女人小糜子感兴趣,在李桂荣的撺掇下,众人推举小糜子做了元茂屯妇女会的会长,这样,张富英就可以借助工作之便更多地与小糜子私会。张富英和小糜子的私情被小糜子的丈夫发现,他去农会申诉,希望农会为他主持公道,却被李桂荣揪住,"一股劲打了二里地"。周立波对张富英的塑造并非是空穴来风,而是周立波密切关注革命进程的结果。历史告诉我们,在土改中出现的像张富英这样的流氓干部不在少数。在韩丁《翻身——中国一个村庄的革命纪实》一书中,记录了1946年夏季开始在山西长治张庄出现的状况:"在革命队伍内部纪律松懈和对群众的强迫命令——发展到了惊人的地步。随之而来的,是报复主义、宗派主义、徇私枉法以及享乐主义所产生的小偷小摸、逃避公役、乱搞男女关系,甚至持枪强奸妇女等等……在历次运动中负担主要责任的民兵,很快就染上了旧军警的某些习气……要是哪一个标致的女人勾动了他们的情欲,顺从他们的便罢;如果这女的是个'斗争对象'那就不管顺从不顺从,毫不客气。"他在书中还举了这样横行霸道的例子,一个就是身为党员和民兵的王满喜,在反奸和斗争地主的运动中起过重要作用的他开始居功自傲,鱼肉乡里,"王满喜要是单独撞上一个地主家的女人,他是绝不会轻易放过的",他用强奸、轮奸等方式以阶级复仇的名义宣泄着个人的情欲。与王满喜一样蛮横的民兵申玉兴也喜欢占有妇女,他不但强奸了地主的女儿,也强奸过单身的女贫农。而他们的领导,民兵队长李洪恩"对生活的享受和漂亮女人的追求比那些最厉害的部下还要强烈……把晚上的时间花在搞别人的老婆上"[1]。无独有偶,在记录有华北饶阳县土改历程的《中国乡村,社会主义国家》一书中,记录了这样的状况:"在一些村子里,这种阶级斗争时一部分

---

① 参见〔美〕韩丁《翻身——中国一个村庄的革命纪实》,韩倞译,北京出版社1980年版,第254—259页。

人走上领导岗位，他们最具好战精神，反对有威望的前领导人，其中很多新的地方掌权者是年轻的无家可归者，甚至是没文化的恶棍。有些人利用运动攫取权力，嫉妒成性，强奸偷盗，牢固确立自己和老朋友的地位，并表明自己是绝对忠实于阶级斗争的行动者。"① 这样的情况在土改中绝不是个例，在东北局发布于 1946 年 11 月 21 日的《东北局关于解决土改运动中"半生不熟"的问题的指示》中，指出了众多土改运动中所出现的问题，其中重要的一条就是"没有真正的积极分子。或者是没有找出真正正派的劳而又苦的人当积极分子。或者是积极分子的作风不正派，流里流气，不艰苦朴实"。而出现这些情况的土改工作"半生不熟"的地区，在所有开展土改运动的地区中，占多数。② 周立波通过张富英这一形象的塑造，事实上表现出了他对土地改革后乡村秩序的忧虑。中国传统的乡土社会在革命的狂飙刮过后产生了翻天覆地的变化，维系乡土社会稳定的道德伦理以及等级秩序被阶级话语所否定，血缘和地缘都不再是对人的约束性力量，传统乡村的价值标准和行为规范已然失效，失去对恶的"自净"功能，如果没有强有力的行政干预，乡土社会就会变成一个失序的世界。在作品中，工作队走后，元茂屯就立刻起了变化，从一片充满朝气的新天地变成了一个乌烟瘴气、黑白颠倒的独立王国，革命为乡村解除了绑缚的枷锁，却并未给其注入自由的基因。

由于制定"五四指示"之时国内两党战和与否尚未确定，所以"五四指示"并没有明确提出彻底平分土地，其中的条款对中小地主和富农尽可能地照顾，是"一种有限度的土地改革，是从抗战时期的

---

① ［美］弗里曼、毕克伟、赛尔登：《中国乡村，社会主义国家》，陶鹤山译，社会科学文献出版社 2002 年版，第 140 页。

② 参见《中国的土地改革》编辑部编著《中国土地改革史料选编》，国防大学出版社 1988 年版，第 326 页。

减租减息向彻底的土地改革转变的一个过渡性政策"①。在"五四指示"颁布一年多以后，在 1947 年 9 月 13 日召开的全国土地会议最后一次集体会议上，通过了《中国土地法大纲》（下文简称《大纲》），《大纲》第一条就规定："废除封建性及半封建性剥削的土地制度，实行耕者有其田的土地制度。"这是一个意在彻底根除剥削制度的改革法案。《大纲》的本质理念在于诱导和发动群众自我解放，所以其规定将分地的权力下放给广大农民："乡村农民大会及其选出的委员会，乡村无地少地的农民所组成的贫农团大会及其选出的委员会，区、县、省等级农民代表大会及其选出的委员会为土地改革制度的合法执行机关。"不仅如此，《大纲》称为了保证广大农民的"利益和意志"及"民主权力"，规定在土改期间"农民及其代表有全权得在各种会议上自由批评及弹劾各方各级的一切干部，有全权得在各种相当会议上自由撤换及选举政府及农民团体中的一切干部"②。这样，对国家行政系统的监督权甚至对行政体系的人事任免权就以法律的形式都交给了农民。《大纲》的颁布为失去传统约束性力量的乡村解除了行政的干预，让农民尽情地释放他们的仇恨和欲望，在维护了农民的利益、赢得了农民的支持的同时，也在某种程度上使中国的乡村陷入了混乱。1947 年 12 月 6 日，为响应中央的《大纲》的颁布，东北中央局发布了《告农民书》，其中称："彻底打垮地主、彻底消灭地主的封建经济基础，凡属地主，不论大中小地主，不论男的女的地主，不论本屯的外屯的地主，一切土地和财产必须全部没收……彻底打垮地主的威风，凡是汉奸、恶霸、反动的地主，大伙要怎么办就怎么办，顽抗、造谣、狡猾的地主，大伙要斗就斗。"不仅如此，基层干部也被划进了斗争的对象："混进工作队、农会、民兵、基干队的地主，一

---

① 转引自郭德宏《中国近现代农民土地问题研究》，青岛出版社 1993 年版，第 396 页。
② 中共中央委员会：《中国土地法大纲》，渤海新华书店 1948 年版，第 3—10 页。

定要清洗。凡是包庇、掩护、窝藏地主的公家人，也一定要斗。"① 在激进政策的推动下，东北的土改一度出现了混乱的局面，以致在 1948 年 2 月 9 日，中共中央给中共东北局下达了纠正土改政策的指示："东北土改打击面过大，这是非常危险的，必须立即着手改变政策……你们应将打击面大大缩小，弄错了的，必须纠正。"② 在 1948 年 3 月 28 日东北局发布的《东北局关于平分土地运动的基本总结》中也称："这次运动虽然成绩很大，但是有严重的缺点和错误。"③ 在土改中出现的混乱有很多种形式，其中在东北最有代表性的，就是农民自发的"扫堂子"，这在周立波的作品中得到了全面反映。所谓"扫堂子"，就是"让地主、富农'扫地出门，净身出户'，把他们的财物都挖出来分掉"④。经过之前的挖浮财运动，在 1947 年年底，大部分的地主的家产已经被清缴得所剩无几，但由于《大纲》和《告农民书》的"激励"，东北一些地方的农民开始起来"扫堂子"，他们将本村地主的财产"扫"净之后，就成群地去别村扫荡，这样的扫荡行动愈演愈烈，受到波及的范围也越来越广，很多中农都被当作地主和富农而被剥夺了财产、挨了批斗，大量的中农利益受损。这反映在周立波的作品中，便是《暴风骤雨》里民信屯村民集体去元茂屯"扫堂子"这一段情节。

元茂屯的地主唐抓子在民信屯有一块土地租给当地的村民耕种，由此，民信屯的村民认定唐抓子也剥削了民信屯，所以唐抓子的家产也应有民信屯一份，于是民信屯聚集起了两百多人，打着红旗、敲着锣鼓，乘着爬犁浩浩荡荡地开赴元茂屯，意图扫荡唐抓子的家产。他

---

① 《中国共产党东北中央局告农民书》，《东北日报》1948 年 1 月 3 日，罗平汉《土地改革运动史》，福建人民出版社 2005 年版，第 188 页。
② 东北解放区财政经济史编写组编著：《东北解放区财政经济史资料选编》第一辑，黑龙江人民出版社 1988 年版，第 368 页。
③ 同上书，第 384 页。
④ 程中原：《张闻天传》，当代中国出版社 2000 年版，第 602 页。

们刚来到元茂屯，就给元茂屯来了一个下马威："他也剥削过咱们，咱们是来扫堂子的，贵屯革命印象深，请不要包庇本屯的地主。""包庇"一词包含着极大的威胁意味，他们言下之意，谁要是阻挡他们扫荡地主的家产，谁就会戴上"包庇地主"的帽子而成为他们攻击和斗争的对象。老孙头观察，民信屯的人都挎着长枪和扎枪，分明做好了武力斗争的准备。元茂屯的农会主任郭全海是不赞成民信屯来"扫堂子"的，他认为外村人不熟悉本村的情况，任由他们前来扫荡容易闹出乱子。但郭全海只是凭感觉认为"扫堂子"会对元茂屯的秩序造成危害，并不能从理论上阐释"扫堂子"的具体副作用。其实"扫堂子"的真正危害在于"搞乱农村阶级阵线，把土改引向邪路，破坏党的土地政策，影响农民生产积极性，不利生产的发展"①。面对民信屯的威胁，语迟的郭全海气得说不出话来，这时，农会的老初、张景瑞和老孙头都站出来替郭全海说话，张景瑞还向对方展示了从地主老杜家缴获的长枪，表明元茂屯斗地主的决心和实绩，并表示元茂屯的农会可以处理好本村事务，不需要他人干涉，他同时也委婉地向对方展示了武力和强硬的态度。老孙头的内心独白解释了他们拒绝民信屯"扫堂子"的理由。老孙头认为，别村前来扫荡，是由于他们认为本村的农会工作不彻底或是做错了事，如果允许他们扫荡，就是默认了本村农会工作不力。这样看来，民信屯的村民是打着阶级斗争的幌子前来争取本村的物质利益，而元茂屯的农会以维持秩序的名义捍卫本地斗争地主得来的经济果实，是"地方主义"观念引发了双方的对峙。这无疑是危险的，在物质利益的诱惑下，双方极有可能将对峙升级为武装冲突。在作品中，对峙的双方互不相让，顶起嘴来，眼看就要发生冲突，这时郭全海找到对方的带头人，与其共同商议解决纠纷

---

① 张向凌：《黑龙江省志》第二卷，黑龙江人民出版社 1992 年版，第 715 页。

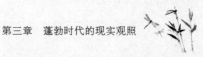

的途径，他们达成共识，决定通过两村村民的集体会议协商解决分歧。这是一种理想化的书写，周立波将两村的村民想象得理性又克制，双方其乐融融地坐在一起，如做生意一般讨价还价，最终元茂屯以较小的代价满足了民信屯村民的诉求，一场危机得以化解。在这里，周立波明显遵照了"讲话"的指示，没有对土改中这一最激进的"左"倾错误进行进一步的暴露，但也通过曲笔记录了发生这一土改运动中的过激革命行为的历史现场，为后世的总结与反思提供了一种参照。

第四章　被批判的冷静与被压抑的激情

第一节　一体化时代的政治规训

周立波早在左联时期就开始参与革命文艺活动，抗战开始后，他来到晋察冀革命根据地，发表过一系列短篇小说、散文和报告文学，但他那时的文学创作没能得到批评界的广泛注意，直到 1948 年《暴风骤雨》的出版，才引起了评论界的广泛关注。当时，经过文艺界的广泛讨论和延安整风，解放区文艺评论界的思想方向已然明确和清晰，毛泽东的文艺思想作为文艺界的创作规范和行动指南，指导和规约着解放区的批评实践。

囿于当时的战争背景和政治格局，毛泽东的文艺批评观不可避免地过多强调政治的标准，它是一套富有时代特征和历史印记的关于文艺批评的观念和原则。在它的指导下，解放区的文学一体化格局逐步形成。毛泽东强调文艺与时代的关系，他并不认为存在一个绝对的、不变的艺术标准，他认为应该从历史的、发展的角度着眼，从社会现实出发来理解和评价文艺。他说："我们讨论问题，应该从实际出发，不是从定义出发。如果我们按照教科书，找到什么是文学、什么是艺术的定义，然后按照它们来规定今天文艺运动的方针，来评判今天发生的各种见解和争论，这种方法是不正确的。我们是马克思主义者，马克思主义叫我们看问题不要从抽象的定义出发，而要从客观存在的事实出发，从分析这些事实中找出方针、政策、办法来。我们现在讨论文艺工作，也应该这样做。"① 从这样的角度认识和理解文艺，文艺对时代政治的作用必然被重视。毛泽东并不掩饰他对文艺的功利态度，他说："世界上没有什么超功利主义"，"我们是无产阶级的革命的功利主义者"。② 他要求文艺为政治服务，服从党在一个历史时期内的革命任务，作为革命机器的一个部分参与到社会革命的进程中来。

在毛泽东文艺批评观的指导下，解放区的批评家多从政治效用的角度对《暴风骤雨》做出评价。发表于 1948 年 5 月《生活报》上署名"芝"的文章最早从政治的角度发现了《暴风骤雨》的意义和价值。文章称《暴风骤雨》"不仅动人地表现了那燃烧起来的复仇的火，也雄浑地表现了那火的伟大气魄，把几千年来阻碍中国进步的封建烧毁了"。显然，作者认为周立波的创作表现了共产党所领导的土地革命的恢宏气势，反映出了革命参与者的不可阻挡的力量和豪情，是革命过程的记录和革命精神的提炼。同时，文章还指出《暴风骤雨》表现了革命所带来的"新的社会面貌"和"新的人物的生长"，认为《暴风骤雨》形象地展示了革命所带来的新的社会景观，也通过人物形象表现了革命中产生的代表历史前进方向的农村新人。周立波以文学的方式表现了政治的许诺经由翻天覆地的土地革命变成了生动的现实，这对于千百万期待或者观望革命的广大群众无疑具有巨大的感召作用，因而作者认为《暴风骤雨》是"这一时期的最鲜明的史诗"③。

---

① 《毛泽东选集》，人民出版社 1968 年版，第 810 页。
② 同上书，第 821 页。
③ 芝：《推荐〈暴风骤雨〉》，《生活报》1948 年 5 月 11 日。

这之后，韩进发表了关于《暴风骤雨》的评论文章，他在文章中指出："我觉得《暴风骤雨》是目前报道农民土地斗争的优秀作品之一。"① 他将《暴风骤雨》看作对土改运动的跟踪报道，这个报道"鲜明"而"真实"，体现了党的政策也展示了革命的进程，写了群众的行动也写了党的领导，韩进对此做出了肯定的评价。

1948年5月，《暴风骤雨》座谈会召开，与会人士在会上畅所欲言，臧否作品。但他们对作品的评价始终围绕着政治的主轴，将作品对政治的作用作为其评价作品的基点。宋之的认为《暴风骤雨》"为将来在空白地区开辟工作，提供了很多经验"，他将《暴风骤雨》看作一本"土改工作指南"，认为作品中的情节就是革命过程的客观呈现，而这一记录着土改经验与方法的小说可以直接被当作教科书，作为革命实践的指导或参考。会上的发言者普遍谈到了作品与政策的关系，他们认为作品与党的政策的切合度是评价作品的重要标准之一。草明、金人、舒群和周洁夫都认为作品里中农刘德山这一角色写得不好，因为周立波只写出了这个中农动摇的一面，却没有表现出他积极革命的一面，没有体现出党的坚决团结中农的政策。金人、舒群和周洁夫还注意到了作品中书写的打人杀人问题，当时的几份中央文件都提出了反对乱打乱杀和禁止共产党员组织打人，而作品为了体现群众的愤怒，写到了群众暴力的释放，评论者对此持批评或保留意见。关于《暴风骤雨》中的人物形象，会上的评论者普遍给出了高度的评价。宋之的认为过去的作品，无论是在蒋管区还是解放区，都是善于对社会黑暗面进行挖苦和讽刺，作家们普遍善于破坏和暴露，而对建构光明的、面向未来的和代表历史方向的文学世界和文学人物却没有多少建树，但《暴风骤雨》却不同，这本书里"正面人物写得很好"，

① 韩进：《我读了〈暴风骤雨〉》，《东北日报》1948年6月22日。

"写工作队长以及农民积极分子等，都很动人，这在过去的作品里是很少看到的"。赵则诚同意宋之的看法，认为《暴风骤雨》是一部"健康"的作品，其中充满了"健康"的内容，而这些"健康"的内容，是"在《暴风骤雨》里，开始得到的"。金人也表达了类似的看法，他说："读后的总的印象觉得这是描写土地改革的一本好书，过去的作品，暴露黑暗的一面较多，而今天写出了这样一本正面的肯定的作品来，这是非常好的。"但谈到作品中的具体人物，与会人士又表现出了对作品的不满。草明表示《暴风骤雨》整体上很好，各方面很匀称，但缺乏突出的人物和事件，作者在作品中将人物平列，并没有重点突出描写几个人物。赵则诚认为周立波对工作队长萧祥的刻画在某些方面"不甚合乎规律"，在实际生活中，干部教育和影响群众，同时也受群众的影响和教育，而书中萧祥对群众的影响是单向的，没有突出群众的觉悟和智慧，不符合党对群众的认识和党对群众的态度。金人认为，萧队长给人的印象并不强烈，在土改的过程中，萧队长的领导作用也不很明显，让人觉得萧祥的领导并不是元茂屯进行土改的决定性因素，这样的结果是淡化了党在土改中的领导作用。黄铸夫也表达了对于萧祥这一人物的不满，他认为萧祥是一个"比较抽象概念的人物"，对他的领导思想、领导方法及工作作风作者都没有把握好，这样的工作方式生硬的人物难以代表党对基层群众的领导，作为指导群众运动的经验，也是有欠缺的；此外，赵玉林死得太可惜，赵玉林的牺牲恐怕在群众中会引起不好的效果。白刃和李一黎同意黄铸夫的看法，认为赵玉林是农民中的积极分子，他的死过于沉重，会引发群众的负面情绪。

无论是对作品整体面貌的肯定还是对作品中具体人物的不满，评论者都是从作品可能造成的政治影响出发来做出判断的，可见在当时的批评实践中政治是衡量文学作品水准最重要的标准。而战争是当时最大的政治，能够以正确的方式宣扬革命和党的领导，进而争取更多群众的支持无疑是战争岁月中最被需要的文学样态，所以文学作品的"思想性"是当时评论者最为关注的方面。当然，一部充满"正确"思想的文艺作品如果缺失令群众喜闻乐见的艺术形式，也绝难被广泛传播，自然也就难以完成助力战争的伟大使命，正如毛泽东所言："缺乏艺术性的艺术品，无论政治上怎样进步，也是没有力量的。"①然而，由于革命需要争取的对象是受教育水平低下的广大群众，所以时代所呼唤和需要的文艺作品势必不能是为了迎合和满足知识分子高雅趣味的阳春白雪，"大众化"的艺术方向就成为革命作家的必然选择，而作品在多大程度上符合"大众化"的审美标准，也就成了当时衡量一部作品艺术价值的重要指标。在《暴风骤雨》座谈会上，评论者纷纷就《暴风骤雨》的"大众化"程度发表看法。草明表达了她对周立波语言能力的惊诧，她认为周立波身为一个湖南人，在东北工作和生活不长时间就能如此娴熟地运用东北的方言进行创作，很了不起，就这一点而言，《暴风骤雨》和周立波之前的作品相比较，是一个"大大的进步"。金人指出，和赵树理比较起来，周立波的创作还存在缺欠，作品还是能让人明显地感觉到知识分子腔调，作品中依稀的"洋气"被金人理解为瑕疵，他认为周立波的作品本土化程度不足，他建议周立波多向中国古典文学学习，在作品中更多地体现出中国的气魄。舒群肯定了周立波在叙述语言方面做出的努力，认为这样富于东北特色的讲述话语是作品的重要成绩，同时他指出周立波的叙述话语并非是完善的，还有进步的空间。周洁夫对此持相同的看法，认为书中"基本上是写了东北农民的语言"，不过，其中也掺杂了些许"欧化语法"，这或许会使习惯中国传统文学表达方式的广大群众

---

① 《毛泽东选集》，人民出版社 1968 年版，第 826 页。

因陌生而产生疏离的感觉，不利于革命精神的传播。

现实主义作为一个概念和一种方法，在晚清自欧洲输入进中国，由于中国特殊的历史文化生态和社会现实语境，现实主义经由历代文艺理论家的传播与阐释，逐渐成为中国现代文学的主流。现实主义在20世纪的中国文学中不仅是一种阐释文学与创作文学的方法，更代表了一种强大而坚定的信念，人们普遍认为在现实主义理念指导下的文学不仅可以反映现实，而且可以通过对现实的揭露和批判而改变现实。"现实主义在中国现代文学理论批评中始终处于中心的位置，与现实主义相关的诠释与争论，构成了中国现代文学理论批评发展的主要历史脉络。"① 现实主义作为一个内涵丰富且极具意义生产性的理论概念，在不同时代风潮的影响下形成了不同的意义侧重，但无论其意义偏向如何变化或其理论外延如何扩展，"真实"始终是现实主义的关键意象。在发表于20世纪30年代的文章中，周扬甚至将真实和现实主义等同起来，他说："对于社会的现实取着客观的，唯物主义的态度……就是到文学的真实之路。从文学的方法上讲，这是现实主义的方法。一切伟大的思想家都是这种现实主义文学的爱好者。"② 《暴风骤雨》座谈会上，与会人士纷纷就《暴风骤雨》所体现的真实性发表了看法。宋之的认为周立波生动地描绘出了东北地方的气息，让他想起了他的家乡，使他感觉格外亲切。草明认为周立波准确地表现出了东北农民翻身后的喜悦，是对时代脉搏的精准拿捏，能够引起读者的共鸣。周洁夫以为周立波的长篇真实地反映了新的革命阶段与农村改革中新的问题，"很好地反映了东北农村的现实"，是对过去较直线地反映农村的短篇作品的超越。但关于作品与历史事实的关系，他提

① 旷新年：《从写实主义到现实主义——中国新文学对现实主义的理解、接受与阐释》，《华中师范大学学报》2014年第4期。
② 《周扬文集》第一卷，人民文学出版社1984年版，第59页。

出了不同意见，他指出在书中情节发生的时间里，我军与国军对峙，并不占据明显的优势，但书中却称这段时间"我军把敌军打得抬不起头来"，与史实不符，难以给人真实的感觉。草明也对作品局部的真实性提出了质疑，她认为工作队第一个阶段的工作开展得过于顺利，在元茂屯的工作过于成功，以致和第二个阶段的工作产生逻辑上的冲突，实质上就是对土改工作的过程叙述得过于简单，没能反映出土改运动真实的曲折情状。马加认为土改过程中由于干部右倾保守主义的思想以及群众中广泛存在的思想顾虑，土改工作进行得"半生不熟"的现象非常普遍和严重，并非像作品上部中所描绘的进行得那么顺利，他认为这是作品的一个不足。有些人还谈到了书中人物的真实性问题。赵则诚谈到赵玉林的性格发展得太快，从一个贫农逐步成长为一个革命战士，需要内心的挣扎和思想的斗争，这需要一个过程，而赵玉林的转变是突变性的，省略了曲折的过程，赵则诚建议周立波要在人物刻画上多下些功夫，让人物的性格发展更为完整，也让人物更真实。舒群对此持同样的看法，认为赵玉林的性格没有什么发展，思想也没有什么波澜，"简单得如同一条直线"①。

党的文艺工作者们在《暴风骤雨》座谈会上对作品进行了初步的探讨，慑于战争造成的紧迫的斗争形势以及毛泽东文艺思想对文艺界所形成的约束性影响，他们更多地将作品看作参与现实斗争的有力武器和工具，所以他们对作品的评价更多是从作品的"思想性"入手，在预估读者接受作品后所产生的效果出发，对作品做出判断或给出意见。其提出的有关艺术的见解也多为政治目标服务，他们对毛泽东的文艺批评思想做出了标准化的实践，这是当时批评环境造就的特有现象，但这次会上针对作品提出的几个重要的批评范畴，在日后对作品

---

① 《〈暴风骤雨〉座谈会记录摘要》，《东北日报》1948年6月22日。

的评论中依然被讨论，甚至可以说在这之后相当长的时间里，对《暴风骤雨》的评论都依然遵循这次会上所形成的批评框架。

1949年7月2日，来自解放区和国统区的两只文艺队伍在京会师，召开中华全国文学艺术工作者第一次代表大会（下文简称"文代会"）。这次会议的目的是确立新中国文艺工作的方针与任务。会上，周恩来、郭沫若、茅盾和周扬分别做了重要的报告，这次会议的基本精神就体现在这些报告之中。这些报告一致将毛泽东的《讲话》认定为今后新中国文艺工作的总方针，并将《讲话》中提出的文学的"工农兵方向"确认为未来中国文学的主导方向。这样，战时局部的文艺管理策略被用作全国文艺工作的指导思想，"'五四'以来中国传统的'诗文评'向现代文艺学转换过程中多音齐鸣、交相辉映的自由局面结束了，毛泽东的文艺思想统一了各种不同的认识，并作为时代的意志得到了普遍的信仰"①，全国性的文学一体化格局随之确立。在这样的文学环境中，文学研究和文学批评的指导思想甚至具体研究范畴都被明确地限定，毛泽东的文艺思想作为唯一合法的阐释准则规约着批评者和研究者的讲述和言说。在毛泽东的文艺思想中，"文艺服从于政治"是毛泽东对文艺活动的基本理解和认识，在第一次文代会后的相当长的一段时间里，从政治的角度评论和研究文艺作品一直是文学评论者和文学研究者的自觉实践或是无奈选择。

对周立波作品的评论并没有随着新中国的成立而被中断，反而是由于革命的成功，像周立波这样积极建构革命历史的作家受到了时代的青睐，批评家们纷纷对周立波的作品做出评论，似乎要通过对作品的言说与阐释证明革命成功的历史必然性，通过文学的方式对新生政权的政治合法性做出解释和说明。蔡天心通过论述《暴风骤雨》中涌

---

① 孟繁华：《中国二十世纪文艺学学术史》第三卷，上海文艺出版社2001年版，第18页。

现的农村新人物，表现土地革命对农村带来的新变，借以展示革命道路的伟大与正确。他认为在周立波描写东北以前，这块土地在文艺上是"一片尚未开垦过的荒野"，即使有的作品写过农民，作品中的农民也多半是被歪曲了的形象，直到周立波的《暴风骤雨》，东北农民抗争压迫与侵略的历史才被正确地反映出来。蔡天心认为作品中老孙头这一形象是作品中被描绘得最为突出的形象，这个见风使舵的老头很会根据革命形势的变化选择自己的行动，当革命形势不明朗时，他就驻足观望，独善其身，但他的内心当中是支持革命事业的，当革命形势好转时，他就积极参与斗争，积极表现。蔡天心认为周立波通过老孙头这一形象真实地刻画了可以反映群众思想动态的贫雇农阶级中的中间分子，将他内心中对革命到来的兴奋与喜悦描绘得分外鲜明。同时，他肯定了周立波对青年农民积极分子群像的刻画，这其中最典型的就是赵玉林。他在革命处于低谷的阶段就忠实地跟随党的脚步，"打击盘踞在广大农村里的封建势力，配合主力部队消灭流窜各地的国民党建军土匪"，在斗争地主韩老六的过程中他发挥了先锋和模范的作用，在抵御土匪反扑的战斗中英勇牺牲，他的勇敢与忠诚标志着"农民觉悟性的提高"。此外，蔡天心也肯定了周立波对郭全海的塑造，他认为郭全海在土改胜利后告别新婚不久的妻子而带头参军、奔赴战场，形象地展示了土改和解放战争的关系，高扬了舍小家而为大家的这种奉献精神和牺牲精神，蔡天心称这样的精神是新的时代精神，也是"崇高的新的道德"，而《暴风骤雨》就是这种新道德的赞美诗。同时，蔡天心也在文中对《暴风骤雨》的缺欠处提出了批评。他从"革命现实主义"的概念出发，认为周立波对"革命现实主义"的理解存在偏差。周立波曾在文章中提到他对"革命现实主义"的认识："关于题材，根据主题，作者是要有所取舍的。因为革命的现实主义的反映现实，不是自然主义式的单纯的对于事实的摹写。革命的现实主义的写作，应该是作者站在无产阶级立场上，站在党性和阶级性的观点上，所看到的一切真实之上的现实的再现。"① 基于这样的认识，他对土改实践中出现的很多偏差采取了回避的策略，正如他自己所言："北满的土改，好多地方曾经发生过偏向。但是这点不适宜在艺术上表现。我只顺便的捎了几笔，没有着重的描写。没有发生大的偏向的地区也还是有的，我就省略了前者，选择了后者，作为表现的模型。"② 蔡天心并没有否定周立波所遵循的"革命现实主义"创作方法，但他认为周立波只是把"革命现实主义"作为一个和自然主义相对立的概念去理解，"没有充分理解和掌握党的政策和精神"，因此，他不赞同周立波对情节的处理方式，他认为土改过程中出现的偏向可以在艺术上得到反映，他认为忽略掉这些"现实斗争中丰富而生动的内容"③ 不利于真实地描写出人的成长，而周立波如此的处理方式直接导致书中人物内心的思想斗争不明显，对人物的思想成长表现得不够。显然，蔡天心和周立波一样，都遵循那种在政治倾向上自觉接受共产党的领导、在创作方法上倾向于写实的"革命现实主义"，但他们对"革命"（或者说"理想"）和"现实"在这一概念中所占比重的理解明显不同。在"革命现实主义"盛行的年代，这样的分歧并不是一个孤立的现象，因为"革命现实主义"本身就是一个充满模糊性和理论张力的概念形态。

　　陈涌将《暴风骤雨》和《太阳照在桑干河上》两部作品对举，称它们是"中国反映农民土地斗争的代表作品"。陈涌认为，这两部作品的成功来源于作家与实际生活的结合，而他们的成功对于其他的作家有着某种"深刻的示范意义"。陈涌指出，周立波创作《暴风骤雨》

① 周立波：《周立波文集》第六卷，湖南人民出版社 1984 年版，第 248 页。
② 同上书，第 248 页。
③ 李华盛、胡光凡：《周立波研究资料》，知识产权出版社 2010 年版，第 264—271 页。

取得成功，主要来源于他所具有的"强烈的政治热情"，这种热情不是造作的或虚饰的，而是真实的和发自内心的，周立波在这种政治热情的推动下投入和参与到群众的生活和斗争中去，而不是作为旁观者进行记录和观摩。陈涌强调，书中的人物和情节并非来自作者的刻意虚构和编排，而是源自周立波在参与斗争实践过程中的切身体验，周立波在叙述的过程中表达了他对这些人物的爱，所以他笔下的人物不是自然主义式的对现实人物的复制式的摹写，而是对理想农村人物的集中表达，这在某种程度上填补了现代文学缺少理想人物这一空白。陈涌还从文艺大众化的角度谈到了《暴风骤雨》所取得的艺术成就，他认为，作品从人物到情节都比较单纯，没有冗长和沉闷的论述，也没有复杂和充满纠葛的人物关系，从而比较容易被普通读者所理解和把握，也有利于作品的大范围传播。但陈涌同时指出，《暴风骤雨》的缺点与优点伴生。他认为，作品对于农村新人美好品性的赞扬和艺术表现方式的单纯直接导致了其对农村复杂阶级关系表现得不足，农村各个阶级之间的矛盾与纠葛在土改时期社会剧烈变革的背景下本应构成一幅内容丰富的画卷，但这样的画幅在周立波单线条的单纯的叙述中没能得到充分的展开，所有的困难都被轻易地解决和克服，险峻而曲折的实际斗争过程被简化和删减，这使读者不能充分认识农村阶级斗争的激烈与复杂。陈涌将《暴风骤雨》的缺欠看作周立波"放松了现实主义"[①]的结果，也就是"理想"的成分盖过了"现实"的成分，在这一点上，他和蔡天心的观点趋同。

自新中国成立一直到"文化大革命"前夕，各种版本的对中国现代文学进行梳理和经典化的"中国现代文学史"陆续出版，在各种声音的历史叙述中，周立波和他的《暴风骤雨》始终是一个不可忽视的

---

① 李华盛、胡光凡：《周立波研究资料》，知识产权出版社 2010 年版，第 272—280 页。

存在。但这一时期的文学史对于《暴风骤雨》并没有多少新鲜的见解，多是对前期研究成果的整理和收录。王瑶在《中国新文学史稿》中评价《暴风骤雨》"通过了生动深刻的描写，使读者看到了农村阶级斗争的激烈的图景"，王瑶认为周立波在作品中描写了地主阶级狡猾而邪恶的嘴脸，也描绘出了贫雇农阶级的高贵品质，还塑造出了以萧祥为代表的生动的革命干部形象。同时，他认为周立波十分注意作品和政策的联系，他在作品中自觉通过情节展示党在土改运动中的政策，作为一种示范或是警醒促进现实中的土改实践。关于作品的语言，王瑶认为读起来生动活泼，接近农民的语言，是作品"比较成功的原因之一"①。丁易的《中国现代文学史略》多采取了陈涌的观点，认为《暴风骤雨》和《太阳照在桑干河上》一样，是"中国反映土地改革的代表作"，他指出，周立波的成功在于周立波有着"强烈的阶级感情"和"强烈的政治热情"，这使他全心全意地投入群众的革命浪潮之中，参与革命实践，从而真正地理解他们，对他们充满了"无比的热爱"②。他认为作品结构和语言的简单与明快有利于群众的接受，因而具有很强的吸引力。但他同时指出，作品的单纯也给作品带来了缺点，那就是让作者难以在简单的故事结构中表现复杂的社会情态，也难以深入地分析人物，复杂的阶级斗争关系和人物内心的纠结与冲突就在简单的情节与结构中被简单化了。刘绶松的《中国新文学史初稿》对《暴风骤雨》采取了更为政治化的叙述，在书中，刘绶松几乎完全在阶级斗争的框架内阐述《暴风骤雨》的内涵，对于作品的艺术特征只谈到了所谓"单纯性"，此外，其对《暴风骤雨》下部结构的臃肿以及过多的方言词汇的运用表达了不满，并无更多创见。

从 20 世纪 50 年代末开始，陆续出现了一批高校师生集体编写的

---

① 李华盛、胡光凡：《周立波研究资料》，知识产权出版社 2010 年版，第 292—294 页。

② 丁易：《中国现代文学史略》，作家出版社 1955 年版，第 405—409 页。

"现代文学史"教材,在这些教材中,周立波和他的《暴风骤雨》始终是一个被讲述的重点。这些教材普遍强调《暴风骤雨》和毛泽东的文艺理论的关联,强调《暴风骤雨》是《讲话》指导下的创作实践以及作品主要体现了党在土地改革中的地位和作用。吉林大学编写的《中国现代文学史》在提及周立波的创作成就时明确说道:"作品所以取得如此巨大的成就,首先是和作者周立波同志忠实地实践了毛主席的文艺方向分不开的。因此,也可以说,《暴风骤雨》的伟大成就证明了毛泽东文艺路线的正确。"[①] 中国人民大学编写的《中国现代文学史》的相关章节明确说明"长篇小说《暴风骤雨》,就是作者遵循毛泽东同志的英明指示,经过深入实际斗争,有了深厚的生活基础之后的产物。它的问世,标志着作者在创作道路上进入了一个崭新的阶段,也显示了毛泽东文艺思想的新的胜利",将《暴风骤雨》所取得的艺术成就归因于革命领袖的英明指引。针对作品中出现的农村新人形象,该书认为:"它说明了文艺的工农兵方向,已经开始给文学艺术开辟了新的天地,使作家找到了新的主题,新的表现对象。"[②] 这一叙述将《暴风骤雨》对革命文学的独特贡献理解为实践革命领袖伟大理论的必然产物,将周立波独特的艺术创作处理为伟大理论在实践环节的必然呈现,在某种程度上遮蔽了周立波的个人创造。

周立波的《山乡巨变》自 1958 年 1 月在《人民文学》上连载,从此共和国文学史上又多了一部不可多得的优秀长篇小说。针对《山乡巨变》的出现,评论界及时地发出了声音。王西彦率先对作品做出解读。他认为《山乡巨变》和《暴风骤雨》一样,表现了农民在巨大的革命运动中的思想观念的转变,农业合作化运动是比土地改革更为

---

① 吉林大学中文系中国现代文学史教材编写小组:《中国现代文学史》,吉林人民出版社 1962 年版,第 188 页。

② 中国人民大学语言文学系文学史教研室现代文学组:《中国现代文学史》,中国人民大学出版社 1964 年版,第 469—474 页。

深刻的革命，它要触及的是农民头脑中根深蒂固的私有制观念，这样的转变对农民来说更为深刻，因此转变的过程也就更加艰难和曲折，周立波能够"通过农村社会复杂的阶级关系，反映出农民们思想感情的细微曲折的变化"，这点最能吸引读者。此外，他认为周立波写出了清溪乡在合作化运动中遇到的各种困难和阻力，凸显了运动中两条线路斗争的尖锐性和复杂性，这些构成了作品另一方面的成就。关于作品中的人物，王西彦也给出了的肯定的评价，他认为周立波在作品中塑造了特征鲜明的邓秀梅和李月辉这样的党的好干部，也塑造了留有旧习惯的却真实可爱的旧式农民亭面糊，朴实、保守却令人尊敬的陈先晋、狡诈、贪婪的中农菊咬筋，周立波通过这些人物的书写表现出了他观察现实的深刻，也显示出了他作品的思想深度。最后他谈到作品中的语言，他认为周立波除了一些夹杂其中的知识分子腔调和一些未经提炼的土语，总的来说，他作品中方言的运用是"相当成功的"[①]。可以说王西彦对周立波的创作给出了高度的评价，但随后，对作品批评的声音接踵而至。

肖云首先对《山乡巨变》提出了批评意见，他将《山乡巨变》和《暴风骤雨》对比，指出前者过分追求艺术技巧，"不能给人一些更深刻的东西"，对于作品中的人物，肖云认为周立波"不遗余力地渲染人物性格特征"，却"忽略了文学作品中人物性格特征所应该赋有的社会意义"，他举例称周立波将陈大春塑造成了一个火气大、性子直的莽撞人物，将李月辉刻画成一个慢慢腾腾的右倾分子，看似形象生动，实则遮蔽或是漠视了他们作为共产党员的"心灵的美"，也就没有反映出他们"对党的事业的态度"，从而未能让他们的形象投射出给人以鼓舞的力量。另外，肖云对《暴风骤雨》在反映现实的深度和

①　李华盛、胡光凡：《周立波研究资料》，知识产权出版社 2010 年版，第 339—345 页。

广度方面表示了不满，他认为作品中的情节发生在我国社会主义改造的高潮当中，但小说只注重表现农村社会主义改造的艰难与复杂，并没有反映出当时社会中那种"轰轰烈烈蓬蓬勃勃的气象"①，也没有表现出那种农民对合作化运动的迫切需要，未能呈现出当时真实的社会气息。唐庶宜在这之后表达了相似的看法，他认为《山乡巨变》未能让读者看到"农村中轰轰烈烈的合作化场面"，也没有反映出农民对合作化道路的热情，作品中叙述的仅仅是几个干部的活动和一些落后分子的作为，这种忽视时代精神的写作安排是一个"较严重的缺点"。另外，唐庶宜认为周立波在作品中只是着重描写了几个干部的活动，没有表现正面的农民形象，也没有突出贫农在合作化运动中所起到的作用，这说明周立波"没有鲜明、准确地体现党在农村中的阶级路线和政策"。同时，唐庶宜就"写真实"发表了自己的看法，认为周立波对"现实主义"的理解存在缺陷，他认为文学作品所需要的不只是"个别的真实"和"细节的真实"，更要考虑到符合"时代的真实"和"历史的真实"②，周立波只抓住了生活的细节，却漏掉了生活的"本质"和"主流"。从人物创造的角度对《山乡巨变》提出批评的有姚承宪的文章，在文章中姚承宪指出，文学创作的根本目的是通过教育读者来为政治服务的，而对作品中人物形象的描写是为了"帮助群众推动历史的前进"，从这个角度出发，姚承宪认为周立波创作的人物没有体现出为政治服务的立场，反而是体现出了为艺术而艺术的倾向。他举例书中的人物陈大春和李月辉，一个"'左'得可怕"，一个是"有着较严重的'小脚女人'似的右倾保守思想"，周立波在作品中并未对其展开斗争和批判，反而表现出了对他们的喜爱和"歌颂"，

---

① 李华盛、胡光凡：《周立波研究资料》，知识产权出版社 2010 年版，第 339—350 页。
② 唐庶宜：《对〈山乡巨变〉的意见》，《人民文学》编辑部《评〈山乡巨变〉》，作家出版社 1959 年版，第 52—55 页。

这在姚承宪看来无助于"揭示和深化作品的主题思想","不仅没有积极意义，而且还流露出一些不健康的倾向"。① 这之后，朱寨发表了对《山乡巨变》的评论文章，在文章中，朱寨肯定了周立波对合作化运动的表现方式，因为朱寨认为合作化运动和土地改革运动虽然都是深刻的社会革命，但合作化运动在表面上未必像土改运动表现得那样激烈，作为一种观念和价值体系的变更，合作化运动深入每个家庭和每个人的内心，"在那里展开'复杂和微妙'的斗争"。而周立波正是从合作化运动所掀起的生活波澜的角度来反映和理解这场运动，通过人际关系的变化、家庭矛盾的发展以及人们内心的波澜来显示这场运动的"深刻和深入"②。但他同时也指出，《山乡巨变》着重表现这些生活中细微的变化，但在整体上对这场席卷全国的革命浪潮的宏伟气势表现得不足，作品对革命的阻力和困难描写得很充分，但对贫农极力摆脱贫困、积极参加合作化运动的热烈情绪表达得不充分。在《山乡巨变》的续篇完成后，朱寨再次撰文评论，这次他着重谈论了作品下部中人物的成长与人物性格的发展。朱寨认为周立波通过描写年轻一代新人的成长和老年一代由旧向新的变化，使人们看到"新生活的阳光怎样照入人们的精神世界"，《山乡巨变》的续篇也就是通过这样的方式，展示了合作化运动对于农村改造的深远意义。接着他强调，一部长篇作品，不仅要具备"精细的细节描写"和一些"个别有趣的情节"，还必须具备"令人精神神往、激动人心的重大矛盾斗争"，对人物的摹写也不能停留在使其栩栩如生上面，更重要的是突出人物的"本质的特征"，"使人物的精神面貌更加集中提高"。从这样的观点出发，朱寨对谢庆元这一角色的塑造提出了质疑，认为周立波对这一人

---

① 姚承宪：《从〈山乡巨变〉中的几个人物谈人物形象的创造》，《山东大学学报》（中国语言文学版）1959 年第 1 期。
② 朱寨：《谈〈山乡巨变〉及其他》，《文学评论》1959 年第 4 期。

物的书写没能体现出其应有的社会意义。他认为作家在写作中应该对人物的错误思想进行深入的挖掘，并与当下的斗争实践相联系，这样才能给人以更多和更深刻的精神启示。同样，朱寨也表达了他对王菊生这一人物的不满，朱寨认为王菊生在村中已经基本实现合作化的情况下执意单干，这不应被理解成是他个人的顽固和落后，而应将他处理成"农村私有制度和旧生活势力的具体代表者"，他的认输不应只代表他个人和家庭的落败，而应代表走个人发展道路的失败。显然周立波没能完成这样的任务，这"减弱了这条线索和王菊生这个人物在作品中的意义"。朱寨用"社会主义现实主义"的标准审视周立波的作品，使周立波的《山乡巨变》表现出执着于"体察入微"，但欠缺"高瞻远瞩"①的特点。

1960 年，黄秋耘著文讨论周立波作品美学风格的转变。他用"阳刚之美"和"阴柔之美"两个范畴区分革命文学作品的美学风格，将《山乡巨变》视为具有"阴柔之美"的代表作品。黄秋耘认为周立波用纤细的笔墨描绘日常生活和风土人情，透过平常的生活事件从侧面反映时代的风貌，通过个体人物日常生活中的言行揭示其中所蕴含的深刻的社会内容，这样"朴素平易，不加雕饰"的笔墨继承了陶渊明诗歌或是柳宗元散文的内在意蕴，达到了"貌似平易实隽永"的艺术境界，他指出"这才是真正高明的技巧，真正到家的功夫"。但是，在政治优先的时代氛围和批评环境中，黄秋耘不得不在文章的尾部谈及作品的思想价值，他借用周立波自己对《山乡巨变》的评价，指出作品的"气"不够，也就是其对中国农业社会主义改造这一伟大的社会变革中出现的复杂又剧烈的斗争表现得不足，因此作品中的时代气息和时代精神不够充分和突出。文章还指出，作品对农村群众在党的

---

① 朱寨：《读〈山乡巨变〉续篇》，《文学评论》1960 年第 5 期。

领导下的生发出的那种"全心全意为集体事业奋斗到底的革命精神"也表现得不足，黄秋耘认为这是因为周立波没有将"深入生活的深度"和"视野的广度"及"思想的高度"有机地结合起来，周立波专注于眼前和局部，却没有放眼全国，对全国的局势和时代的主流把握不清，所以没能对生活进行"更集中、更高度、更全面"[①] 的概括。

朱寨和黄秋耘等人对周立波《山乡巨变》的艺术表现力和审美创造力赞不绝口，但在"政治挂帅"的年代，作品的"思想意义"在批评家看来无疑是作品更重要和更有价值的方面，作品的艺术创造唯有服务于"思想"的表达才具有意义。周立波在《山乡巨变》中秉承现实主义的创作立场，更倾向于对真实的生活细节的展示，他以审美的姿态审视和表现家乡的风物和人情，在某种程度上简省或者说淡化了对思想或意识形态的表达，这种政治上的放松遭到评论家的一致的批评。事实上，从《暴风骤雨》到《山乡巨变》，周立波对"社会主义现实主义"（或者称"革命现实主义"）的理解发生了一些变化，这表现在作品中就是在创作中更注意表现他接触到的生活实际，"现实"的比重明显增多，而对表现"理想"的热度有所降低，这是周立波从"革命现实主义"向"现实主义"的回归，是在日益高涨和激进的时代政治浪潮中难得的冷静和克制，但在当时的评论者看来，这是对"革命现实主义"的疏离，是政治上的不成熟。在政治不断激进进而演变为狂热后，周立波的这种体现在文学创作上的冷静被当作政治上的背叛，他和他的作品遭到了长达十年的打压和批判，成为中国文学史上的一个冤案。

---

① 黄秋耘：《〈山乡巨变〉琐谈》，《文艺报》1961 年 2 月 26 日。

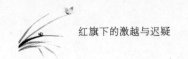

第二节　开放时代的全面讨论

关于真理标准的讨论为新时期的思想解放运动揭开了序幕，而十一届三中全会的召开明确了改革开放的大政方针，谱写了中国社会的发展蓝图，也为徘徊和犹疑中的中国文学指明了前进的方向。会议认为，只有在解放思想、破除"左"倾思想迷信的基础上，才能使党的工作重心转移到社会主义现代化建设上来，所以，在开展新的工作之前，势必要对固有的老旧思想进行革除和清理。事实上，文艺界的拨乱反正从 1976 年 10 月就已经开始进行了，在"文化大革命"结束后的头两年，文艺批评界对"四人帮"进行了集中的政治批判，一是批判其以文艺为工具进行篡党夺权活动的"阴谋文艺"，二是批判其为推行文化专制主义而炮制的"文艺黑线专政"论。通过对"四人帮"的批判，文艺界为在"文化大革命"中受到诬陷和迫害的作家和作品翻案。"文化大革命"期间，"四人帮"对周立波及其作品的污蔑和凭空捏造的罪状也在这样的时代氛围下得以洗刷和清除。拨云见日，时光大好，面对崭新的时代，周立波重新燃起了创作的热情，他计划在有生之年分别以三五九旅南下抗日和农业现代化为题材，创作两部长篇小说。然而，多年的政治迫害让他的身体受损和憔悴，使他没能完成他的宏愿，在他创作完作为练笔的短篇小说《湘江一夜》后，他便身染绝症，不久就溘然长逝了。

周立波的逝世是中国文艺界的重大损失。他逝世后，文艺界人士纷纷撰写回忆和悼念文章，纪念这位将毕生精力贡献给无产阶级文艺事业的革命战士和革命作家。这些文章从不同侧面立体地展现了周立波的革命履历和创作经历，展示了周立波对中国革命和中国文学的多方面贡献，将一个完整而立体的周立波展现在世人面前。吴黎平是当年周立波的"狱友"，1932 年年初，他和周立波一同因参与革命活动被关押在上海的西牢。吴黎平在纪念文章中写到，周立波在牢狱之中并没有因为自由的受限而放弃革命活动，他积极配合狱中革命同志组织斗争活动，除了参加政治学习外他还给同志们朗诵诗歌，让狱中的同志们在枯燥而沉闷的服刑岁月中感受文学的沁润。他还在生活上帮助他人，将本不够吃的牢饭分给饭量大的工人同志。敌人的镇压和囚禁并没有让周立波丧失斗争的意志，囚徒的生涯使他的革命信念更加坚定，他将在狱中所经历的斗争活动诉诸笔端，后来辑录成册，这就是短篇小说集《铁门里》。这样的作品不是书房中雕镂出的细腻精工之作，却是饱蘸革命者血泪的艺术珍品。艾芜与周立波熟识于 20 世纪 30 年代的上海，在纪念文章中，他回忆了周立波 30 年代在上海的生活与创作经历。在狭窄而简陋的亭子间里，除了一桌一凳就是堆满房间四角的书籍和杂志，周立波就在这样的地方坚持文艺评论的写作，这些论文在新中国成立后结集出版，这就是论文集《亭子间里》。当时他还同时进行着外国文艺作品的翻译工作，基希的报告文学作品、肖洛霍夫的《被开垦的处女地》都是那时被翻译出来的。周立波的作品不仅凝结了革命者的血泪，也蕴含着黑暗时代进步文人的穷困和酸楚，但这都被周立波化成了他文艺创作的精神资源，使他的作品更为丰富和厚重。作为周立波的学生，葛洛和陈涌著文回忆了当年在延安"鲁艺"周立波对他们讲授世界名著阅读课程的情形。他们都佩服周立波精致的艺术品位和深厚的文化修养，对于周立波精当而充满魅力的讲解更是难以忘怀，他们都谈到周立波讲授课程的出众，以致其他专业的学生也都来旁听周立波的讲课，总要把窑洞门前的空地挤得满满当当。周立波之所以能给"鲁艺"的同学们带来如此精彩的课程，一方面，是由于他个人卓越的艺术修养和多年的知识储备；另一方面，也由于他在讲授前的精心准备。周立波为了这门世界名著阅读课程，准备了大量的讲授提纲，这份遗稿在 20 世纪 80 年代初由周立波的夫人林蓝整理发表，这些讲授提纲中不仅涵盖了对西方经典作家作品的介绍与解读，还充盈了大量他个人的真知灼见，他站在马克思主义的立场上褒贬作品、臧否人物，在一个闭塞的环境中为"鲁艺"的同学们打开了一扇观察世界文学的窗子。作为周立波的战友，王首道和肖林达在悼念文章中记述了周立波随三五九旅南下抗日的事迹，回忆了周立波随军征战途中的点滴。由生活细节织就的回忆篇章如纪录片般真切而翔实，在他们的笔下，周立波是自愿放弃军官待遇甘愿像普通战士一样和人民部队一起跋山涉水、披荆斩棘的革命文艺工作者，身体单薄并高度近视的他在恶劣的战争环境中饱受伤病的考验，但他却丝毫没有犹豫和彷徨，他始终坚持心中的革命理想，怀着革命者必然胜利的信念，以惊人的毅力在战火和硝烟中进行写作。在冬日行军的间歇，其他战士活动取暖或是原地休息，周立波就随便找一个地方坐下来，用哈气把手捂热，继续着他的创作，《南下记》和《万里征尘》就是这样创作出来的。创作于"文化大革命"之后的《湘江一夜》也是以那时的经历为基础写出来的，这些作品不是小说家的虚构和杜撰，而是作家在枪林弹雨中记下的战场实录，正如肖林达所说："立波同志写的是日记，是小说，也是革命回忆录。"①

众多的悼念和回忆文章不仅从各个侧面勾勒出了作家生前的音容笑貌，更是将周立波的创作经历和对文学多方面的贡献展现了出来。在这之后，学界对周立波的研究不再局限于他所创作的反映中国民主革命和社会主义革命的长篇小说，周立波每一个阶段的创作和各种体

---

① 李华盛、胡光凡：《周立波研究资料》，知识产权出版社 2010 年版，第 150 页。

裁的创作都被研究者纳入研究的视野，对周立波的研究全面展开。

　　"文化大革命"之后对周立波的研究是从在文学上为周立波平反开始的。随着"四人帮"的覆灭和新时期的到来，"四人帮"在"文化大革命"中对周立波的政治毁谤得以清除，接着，文坛通过一系列的评论文章为周立波及其作品恢复名誉。当时的批评界注目于对现实主义理论的重新认识，特别是对现实主义概念所包含的真实性的重新厘定，尽管每个批评家和作家对真实性的理解不尽相同，但他们都把恢复文学的真实性视作恢复现实主义传统的重要途径。正如洁泯所说："文学只要离开了现实的真实性，也就失去了现实主义，失去了艺术的生命力，文学的认识作用以及它的反映现实的功能等等，就将无从谈起。"① 批评家和研究者依照对现实主义的反思重新审视周立波的创作，发掘其价值与意义，借以反驳"四人帮"对其的污蔑。1978年3月，肖枚发表文章《重读〈暴风骤雨〉》，充分肯定《暴风骤雨》的思想内涵和艺术成就，他认为土地改革是中国共产党领导下的新民主主义革命的一个重要组成部分，土地改革打破并摧毁了依附于帝国主义势力之上的中国封建势力，是中国革命反帝反封建的重要环节，《暴风骤雨》"正是从这方面真实地生动地反映了这一历史时期的战斗任务"，"艺术地记录了彻底推翻几千年封建势力的中国革命的历史性的伟大胜利"。基于此，他得出结论，"四人帮"将作品称作"大毒草"，"完全是彻头彻尾的捏造和诬陷"②。随后，叶胥、庄汉新发表《根植于沃野的鲜花——谈〈暴风骤雨〉、〈山乡巨变〉的人物形象塑造》，文章认为周立波在人物形象的塑造上坚持现实主义的方法，特别关注现实生活中勤勤恳恳埋头苦干的人，他笔下的人物"忠心耿耿、淳朴踏实"，表现了现实生活中普通劳动者的风姿。但这样的人

---

　　① 洁泯：《文学是真实的领域》，《文学评论》1979 年第 1 期。

　　② 肖枚：《重读〈暴风骤雨〉》，《北京师院学报》1978 年第 1 期。

物缺少"雷厉风行的作风"和"叱咤风云的气魄",没有体现出"革命的浪漫主义"①,因此在"四人帮"实行文化专制的时期,在"高、大、全"的人物充斥作品中的时候,周立波根据现实主义和真实的法则创造出来的人物就被称作"中间人物"被打入了另册。他指出,在恢复了正常的政治秩序和文艺秩序的新时期,对周立波和他笔下人物的"冷漠"不应该继续了。刘锡诚的《谈〈暴风骤雨〉及其评价问题》认为,一般情况下,作家观察某一重要的历史事件,要在事件结束后甚至结束若干年之后才能根据事件呈现出的概貌做出判断、得到结论,而周立波在土改进行的过程中就以文学的方式对这一伟大的历史事件做出了判断,在刘锡诚看来,周立波在土改的过程中就"正确地把握住了现实生活的本质特征,历史地真实地再现了震撼中国大地的伟大土改斗争"。因此他说《暴风骤雨》是"至今出现的反映党领导下的民主革命时期斗争运动的重要文学作品之一"②。就此出发,文章对"文化大革命"时期"四人帮"强加在周立波身上的不实言论一一进行了驳斥,称赞了周立波从生活实际出发的创作理念和坚持深入生活的创作态度。

对"四人帮"所提倡的"主题先行"和"从路线出发"等鼓励杜撰和编造的写作方式的反思和对现实主义理论真实性内涵的再认知,使批评家们不约而同地将目光投向现实生活,将现实生活视作文艺创作的源泉。研究者发现,周立波的创作都源自他真实的生活体验,周立波丰富的人生经历造就了他丰富而多样的文学创作,他作品中的各种场景和故事都是他生命履历的复现,但同时,周立波并没有以自然主义的方式在作品中复述自己的生命历程,而是将其以审美的方式展

---

① 叶胥、庄汉新:《根植于沃野的鲜花——谈〈暴风骤雨〉、〈山乡巨变〉的人物形象塑造》,《徐州师范学院学报》1979 年第 4 期。

② 刘锡诚:《谈〈暴风骤雨〉及其评价问题》,《社会科学战线》1979 年第 4 期。

现出来，他以"生活之美"来呈现"生活之真"。田美琳的《略论〈暴风骤雨〉的创作特色》发掘了《暴风骤雨》所蕴含的"鲜明的地方色彩"和"浓重的生活气息"。① 田美琳认为，周立波深刻地认识和把握了东北地区的政治环境和经济形势，并将之完整地呈现在了作品之中，这对理解生活在其中的人物的生活处境和精神面貌极有帮助；同时，周立波还在作品中体现出了东北地区特有的风土人情和风俗习惯，这种养成人物性格的文化环境对于读者把握人物的精神状态无疑十分必要。这样的地方色彩和生活气息也会给人带来审美的愉悦，有利于增进读者的情感认同。研究者的聚焦点从政治定性、思想辨识逐渐过渡到美学分析，这是周立波研究在 20 世纪 80 年代的重要转向，这在对《山乡巨变》和创作于新中国成立后的一系列短篇小说的研究中体现得更为充分。

　　冯健男的文章认为周立波新中国成立后的小说创作"师造化，写真实，渐近自然"，用文学的方式将湖南这一片"清绝之地、芙蓉之国"② 表现得淋漓尽致。小说中的草木秀丽、脉脉含情，山川俊秀、妩媚动人，小说中有弯曲流逝的小涧，也有点缀着星星点点茶子花的松涛竹林，祖国江山的秀美壮丽充盈期间，通过这些描写足见作者对这片河山的热爱。朱寨在文章中指出，在阅读《山乡巨变》后，不仅对其中栩栩如生的人物形象和缜密细致的故事情节印象深刻，更令人难以忘怀的是其中所包蕴的"浓郁的生活气息和美丽的江南景色"③，青山间的烟雨朦胧，树林里的鸟叫虫鸣，这些优美的景致被周立波融合在故事情节的叙述之中，随着人物的行动徐徐展开，自然而然，浑然天成。张钟等编著的《当代文学概观》认为，《山乡巨变》"对江南

---

　　① 田美琳：《略论〈暴风骤雨〉的创作特色》，《宁夏大学学报》1980 年第 2 期。
　　② 冯健男：《现实主义的新的胜利——谈周立波新中国成立后的创作》，《文学评论》1980 年第 1 期。
　　③ 朱寨：《〈山乡巨变〉的艺术成就》，《社会科学战线》1981 年第 2 期。

山乡水墨画式的描写，对人物思想行为的细腻入微地刻画，对生活细节的富有情趣地表现"① 形成了作品独特的风格，秀美婀娜的楠竹、散发着阵阵香气的茶子花、坐落于青山绿水间的农家小院，作品中处处弥散着迷人的气息，作品的这种艺术成就远远超过了它所要表现的思想内容。

1979 年 2 月，中国青年出版社出版了《周立波短篇小说集》，其中收录了周立波创作于不同时期的短篇小说 32 篇，周立波的短篇小说创作集中地进入了人们的视线，其中所蕴含的清雅醇美的艺术趣味对于长期迷醉在政治逻辑中的文坛来说无异于一股清风，评论者纷纷对其中的篇目进行阐释和解读，力图释放其中独特的艺术韵味，为新时期中国文学美学标准的多样化创造可能。文忆萱在研究周立波的短篇小说《山那面人家》的文章中指出，周立波创作于新中国成立后的那些短篇小说像是"一幅幅湖南农村的风俗画"，这些小说对湖南的农村进行了细腻而立体的还原，"比年画更逼真"，比陶渊明的诗多了几分热情，比齐白石的画添了几分"清晰的时代的足音"②。胡宗健在研究《山那面人家》时，着重分析了小说所展现出来的意境，他认为小说所展示出的意境不仅是情与景的融合，还包含着耐人寻味的意蕴，周立波借展示南国水乡秀美的风光表达对新中国的热爱，通过描写舒适恬淡的农家生活赞美美好的社会主义新生活，"意蕴和图景和谐统一"，"构成了深远蕴藉的意境"。③ 胡光凡著文研究了周立波的短篇小说《湘江一夜》的艺术成就，他指出，周立波在这篇小说中，将阳刚之美和阴柔之美天衣无缝地融合在了一起。在描写紧张的战斗场

---

① 转引自李华盛、胡光凡《周立波研究资料》知识产权出版社 2010 年版，第 394 页。

② 文忆萱：《俯拾即是　着手成春——〈山那面人家〉读后》，《湘图通讯》1980 年第 2 期。

③ 胡宗健：《美，存在于他的整体——〈山那面人家〉意境赏析》，《名作欣赏》1983 年第 1 期。

面和表现人物的壮烈情怀时，他笔锋遒劲而雄健，"有如长风出谷，响彻着铜琶铁板之声"，而当他描绘诗情画意的生活场景和展现战友和同志间的血肉真情时，他用的却是细腻而温婉的笔墨，"宛如微风拂煦，回荡着玉箫短笛之音"①。冯健男也对这篇小说做出了评价，他认为，周立波"祖国山川之美，尽收眼底，钟灵毓秀之气，发而为文"②，才创作出这样一篇堪称"神秀"的佳作。

胡光凡从整体上对周立波的短篇小说创作进行了研究，用"清水出芙蓉""带刺的玫瑰"和"橄榄的芳香"归纳周立波农村题材短篇小说的艺术风格。所谓"清水出芙蓉"，是指由周立波作品中的浓重的生活气息和乡土风味给读者带来的一种"清新、朴实和秀美"的审美体验，在一个社会急剧变革的革命时代，周立波并没有着重表现那些疾风骤雨式的群众运动和关乎国家和民族的重大事件，而是将目光从时代和政治转向了日常生活，从叱咤风云的英雄转向了平凡的普通人，展现绚丽多彩的生活图景和平凡朴实的人物形象，生动地反映了社会主义新农村的风貌。所谓"带刺的玫瑰"，是指作品中幽默和讽刺的因素，这些幽默和讽刺并不是来自周立波刻意虚构，现实生活本身总是交织着各样的矛盾和冲突，具有敏锐观察能力的周立波总能通过生活的表象捕捉和提取那些具有幽默和讽刺性的元素，周立波通过艺术的加工将其展现在读者面前，显示了他对生活的熟悉和热情。而所谓"橄榄的芳香"是指周立波的作品拒绝浅陋和直白，在看似浅显的笔墨外有着广阔而丰富的想象空间和意义内涵，读他的作品犹如品味橄榄，"一次比一次更体味到沁人心脾的芳香"③。庄汉新则从历时

---

①　胡光凡：《健笔凌云丰碑永在——试论周立波短篇小说〈湘江一夜〉的艺术成就》，《湘潭大学学报》1980年第2期。

②　冯健男：《现实主义的新的胜利——谈周立波新中国成立后的创作》，《文学评论》1980年第1期。

③　胡光凡：《革命现实主义的烂漫山花——周立波农村题材短篇小说的艺术风格》，《文学评论》1981年第4期。

的角度，总结出投奔延安后，周立波短篇小说艺术风格流变的历程。他认为从 1941 年发表《牛》到 1952 年发表《砖窑与新屋》是周立波短篇小说创作的第一个阶段，这一阶段作品的风格表现为"朴素诙谐，流畅自然，开阔刚健"，在这一时期的创作中，周立波极力摆脱惯有的知识分子腔调和西方文学对他的影响，力求文字的浅近与直白，积极寻找一种有效的、更容易被劳动人民接受的表达方式。从 1955 年开始，一直到 1965 年，是周立波短篇小说创作的中期，周立波这个时期的作品呈现出"质朴亲切，秀丽清新，隽永含蓄，活泼明快"的风格，呈现出一派南国山乡的诗情画意。这一时期，他着意用清新的笔调表现湖南山乡景致的秀美，展示湖南农民田园牧歌般的日常生活，创造出了令人憧憬和神往的艺术世界。1977 年到 1979 年是周立波短篇小说创作的晚期，十年的劫难没能让他颓靡，当新的历史在他面前展开之时，他锐气不减，雄心勃勃地制订出有生之年再写两部长篇的计划，他以短篇《湘江一夜》作为练笔，寻找艺术感觉。这篇试笔之作劲道有力，气势非凡，"风格呈现出前所未有的深沉雄浑来"，庄汉新认为"这个短篇非凡的成就，成为周立波艺术风格发展史上一个新的里程碑"[1]。

在 20 世纪 80 年代解读周立波小说作品艺术特征和美学风格的文章中，大都或多或少地借用了中国传统的文艺理论资源，研究者普遍认为只有借用中国传统的理论框架，才能更好地理解和解读周立波的艺术追求，在这些文章中，秦忠翼的《试论周立波小说创作的真趣之美》具有代表性。在文章中，秦忠翼认为周立波的美学风格源自陶渊明，在"理过其辞，淡乎寡味"的诗风弥漫诗坛之际，陶渊明特立独行，崇尚淳朴自然的艺术趣味，为诗歌艺术的发展开辟了一片新颖而

---

[1] 庄汉新：《试论周立波短篇小说艺术风格的流变》，《徐州师范学院学报》1981 年第 1 期。

独特的空间。明代的屠隆提出"诗本性情"说，认为诗歌应该抒发诗人真挚的情感和真实的感受，袁宏道认为诗应以"趣"为主，这"趣"绝非造作之"趣"，而应是纯正自然之"趣"。秦忠翼认为，这些思想都是对陶渊明艺术思想的继承和呼应，而这些思想流传数百年，至今依然被文人所传承，传承者中的典范，就是周立波。秦忠翼总结了构成周立波作品中"真趣之美"的必要条件：第一是描写事物不仅要求形似，更追求神似；第二是表达真实感受，并让这真实的感受在作品中自然地流露；第三是艺术形式的淳朴自然，不加雕饰，总之，就是一种"童真之趣、自然朴实之趣、淡雅本色之趣"①。

1982 年，周立波在"鲁艺"期间的外国文学课程的讲稿经由周立波夫人林蓝的整理，在《外国文学研究》上连载，这个讲稿的发表引起了学界的重视，学界普遍认为这是一部极具历史和学术价值的文献。徐迟最早对这部文献表达了自己的看法，他认为这部文献虽名为"提纲"，却内容充实、逻辑严密，充溢着闪光的警句和动人的文采，"是我国近代文艺理论研究的极为重要的一个文献，更是一件弥足珍贵的美学的瑰宝"②。徐迟还从这份遗稿中看到了周立波对外国文学的了解和熟悉，并希望这部遗稿可以在当时我国文学缺少外国文学补给的情况下给青年作者一些教益和启发。戴安康指出，近代以来，外国文学作品对我国作家的创作产生了深远的影响，在文学上取得成就的作家大都对外国文学有过一定的研究，但研究外国文学的论著留下来的很少，像周立波遗稿这样对外国文学名著细致分析的著作就更是寥寥无几，所以在某种程度上来说，周立波遗稿的发表"具有填补空白的性质"，在方法上，周立波运用马克思主义的理论方法看待和认识外国文学作品，更是具有开拓的意义，所以他认为，"这份遗稿反映

---

① 秦忠翼：《试论周立波小说创作的真趣之美》，《益阳师专学报》1987 年第 1 期。
② 徐迟：《读周立波遗稿有感》，《外国文学研究》1982 年第 2 期。

了我国延安讲话之前，进步作家对外国文学研究所达到的学术水平，反映了他们运用马克思列宁主义的立场、观点和方法分析外国文学所达到的高度"①。关于这部遗稿，冯健男做出了与戴安康相似的评价，他认为周立波在遗稿中运用马克思主义的社会学与文艺学观点剖析文学名著，"体现了我国文艺界当时（延安文艺座谈会以前）所能达到的先进的思想水平和理论修养"②。此外，冯健男还归纳分析了这部遗稿的写作特点：其一是周立波讲解名著并不拘囿于对作品内容的分析，而是结合作家生活的时代以及与作品相关联的社会环境对作品进行全方位的解读，同时他注意将相似的作家作品进行比对，使课程内容丰富而深入；其二是周立波的课程兼具审美体验和理论深度，他善于引导学生在艺术鉴赏中发现规律，从理论的高度把握作品；其三是周立波选择讲解的作品除了鲁迅和几位苏联作家的作品外，大部分是古典文学作品，但周立波讲解古典文学并没有脱离社会实际，他善于将其与现代文学思潮和现象相联系，这使他的讲课极具现实意义。

周立波的散文与报告文学作品在这一时期也重新进入研究者的视野。周立波创作于20世纪60年代的《韶山的节日》，因为提到了杨开慧烈士而激起了江青的愤恨，这直接导致了周立波的作品在"文化大革命"中被当作反面典型，也导致了周立波本人在"文化大革命"中受尽了折磨。"文化大革命"结束后，文艺界清算"四人帮"在"文化大革命"中的劣迹，周立波因文获罪这一事件就是他们的重要罪证之一。1978年，秦牧撰写文章，就这一典型事件驳斥"四人帮"荒谬的"文艺黑线专政"论。在文章中，秦牧以见证人的身份还原了这一事件的来龙去脉，道出了事实和真相，证实了"四人帮"怎样将

---

① 戴安康：《广采百花酿新蜜——读周立波〈名著选读〉》，《外国文学研究》1982年第4期。

② 冯健男：《延安鲁艺学术之花——读周立波〈名著选读〉讲授提纲》，《外国文学研究》1983年第3期。

一篇"形象饱满，栩栩传神，在政治意义和艺术感染力方面都很出色"① 的文章诬陷成了具有政治野心的"毒草"，还周立波以清白。此后，《湘江文艺》和《南方日报》集中发表多篇文章，为周立波因文获罪鸣不平，为周立波恢复清誉。1980 年，林非著《现代六十家散文札记》，将周立波列为其中的一"家"。在书中，林非着重分析和评价了周立波的"战地三记"（《晋察冀边区印象记》《战地日记》和《南下记》），他认为这三部报告文学作品有着一贯的"朴素和严峻的风格"，记录了时代的侧影，再现了"血和火的战斗气氛"。其后，周而复、蒋益、马先义、陈学超、庄汉新等人先后发表文章研究和阐释周立波的报告文学作品，② 借以向这些"爱国主义和英雄主义的赞歌"③致敬。罗仕安将周立波的散文创作分为前、后两个时期，称周立波创作于 20 世纪 30 年代的散文"深受鲁迅文艺思想的影响"④，主要描写黑暗时代中劳苦大众的不幸遭遇，是对旧时代的揭露和控诉，是周立波散文创作的前期，而周立波奔赴延安、投身革命之后是周立波散文创作的后期，在这一时期，周立波面对新的世界、新的生活和新的思想，用难以抑制的激情赞美与歌颂社会主义与工农大众，这构成了后一时期周立波散文创作的基调。罗仕安将周立波 20 世纪 30 年代的散文创作纳入研究和批评的视野，拓宽了对周立波作品的言说空间。

　　在 20 世纪 80 年代，文艺界对周立波早期文艺活动的研究不仅限

---

　　① 秦牧：《〈韶山的节日〉一文的奇祸——从一个典型事例戳穿"文艺黑线专政"论的黑幕》，《湘江文艺》1978 年第 1 期。

　　② 周而复：《谈报告文学——序周立波、周而复报告文学集》，《文艺报》1981 年 3 月 22 日；蒋益：《论周立波的报告文学》，《教学与研究》1981 年第 1、2 期合刊；马先义：《"运用历史科学的笔墨"写成的报告——读周立波的〈娘子关前〉》，《山东师大学报》（哲学社会科学版）1984 年第 1 期；陈学超：《伟大抗日民族战争的侧影——读周立波的〈娘子关前〉》，《名作欣赏》1984 年第 5 期；庄汉新：《光明、美丽和真诚的歌者——论周立波的散文创作》，《徐州师范学院学报》1984 年第 3 期。

　　③ 陈学超：《伟大抗日民族战争的侧影——读周立波的〈娘子关前〉》，《名作欣赏》1984 年第 5 期。

　　④ 罗仕安：《周立波散文创作漫论》，《怀化师专学报》1984 年第 2 期。

于散文创作方面，研究者也开始对周立波20世纪30年代的文艺评论和文艺思想展开研究。1983—1984年，吴肇容先后发表文章《论周立波的前期思想和小说创作》和《革命现实主义征程中的最初足迹——论周立波早期的评论活动和文艺思想》，细致分析周立波参加延安文艺整风前的文艺思想和小说创作，力图打破批评界只重视周立波的后期创作而忽视其前期贡献的局面。吴肇容将1928年周立波开始写作活动到1942年参加延安文艺整风之间的15年界定为周立波文学活动的前期，在文章中，吴肇容呈现了周立波前期的文艺评论经历，梳理了周立波对革命现实主义创作理念的思考和接受，并结合作品归纳了周立波前期的文艺思想和创作特色，他将周立波前期的文艺思想概括为三条：一是生活是文艺的源泉，文艺是生活的反映，文艺要真实地反映生活；二是周立波的"真实观"是无产阶级世界观指导下的"真实观"，就是要求作家"通过对社会矛盾和人民斗争生活的描写，展示生活的革命性变化"[①]；三是再现生活的任务必须通过形象化的手段塑造艺术典型来实现。随后，蒋静撰文《论周立波创作的民族化道路》，从民族化的角度探讨了周立波的文学创作道路，将周立波提倡的"国防文学"口号视作周立波对民族化道路的认同，将周立波20世纪30年代的文学评论和翻译工作视作周立波走民族化道路的准备。还有些研究者对周立波的文艺思想的源头进行探寻，力图将其安置在某个思想传统或理论体系中，以便对其更好地理解和把握。1981年，李华盛和胡光凡发表文章《鲁迅与周立波》，通过分析周立波评论与纪念鲁迅的文章看到周立波对鲁迅的敬服与承认。文章认为，尽管在"两个口号"的论争中，周立波与鲁迅持不同的观点，但在团结抗日、建立抗日民族统一战线这一根本问题上，他们的看法是完全一致的。

---

① 吴肇容：《论周立波的前期思想和小说创作》，《武汉大学学报》（社会科学版）1983年第2期。

这一意见的分歧也丝毫没有降低周立波对鲁迅的推崇，鲁迅的战斗业绩和创作实践都给了周立波莫大的影响和启示，对周立波的文学创作产生了深远的影响。冯健男则将周立波的文艺思想和中国传统美德联系了起来，他认为周立波的思想倾向与美学追求可以通过他作品中的人物加以把握，周立波小说中的人物善良而勇敢、纯洁而坚韧，这些人物既体现出了新的时代精神，又"透露出中国人民的传统美德的光彩"①。所以周立波的文艺思想中包含了中国传统道德追求的成分。1985 年，胡光凡发表《周立波青年时期文艺思想探源》，探讨了几个影响周立波早期文艺思想的重要因素。胡光凡首先强调了马克思主义文艺理论和西方进步文艺思想对他的启迪。他认为，中国 20 世纪 30 年代的左翼文艺运动是在马克思主义文艺理论的指导下开展的，加入左联后，周立波系统地了解和学习了马克思、恩格斯和列宁等人对文艺的观点和立场，将马克思主义的文艺观念确立为自己文艺创作的指导思想；同时，周立波积极接触和学习别林斯基、杜勃罗留波夫、车尔尼雪夫斯基和勃兰兑斯等人的艺术观念，将其作为自己的思想资源。其次，五四以来的以现实主义为主流的新文学传统对周立波文艺思想的形成产生了深刻的影响。胡光凡指出，周立波对新文学的性质、特征和历史轨迹都做过考察和分析，在此基础上充分肯定了新文学的成就，他崇尚新文学直面现实、积极投入现实斗争的品格，推崇以鲁迅和茅盾为代表的新文学大师，将新文学标榜的"改良人生"和"改造社会"确立为自己的创作追求。最后，外国文学特别是批判现实主义和社会主义现实主义文学也对他产生了重要的影响。胡光凡指出，在上海翻译外国文学的生涯让周立波接触到了大量的外国文学名著，周立波欣赏批判现实主义作品的战斗精神，也肯定社会主义现实

---

① 冯健男：《周立波小说的真善美》，《文艺研究》1981 年第 4 期。

主义作品的理想追求，他最为钦佩高尔基和肖洛霍夫，他们的创作经验和精神追求都给了周立波深刻的启发。

在 20 世纪 80 年代，对周立波研究的全面展开还有一个重要的标志，那就是文学界对周立波的研究不再只注目周立波的创作，而是将周立波的生平也纳入研究的范围，学界对周立波的研究趋向综合和立体。1981 年，李华盛与胡光凡发表《周立波在东北》，回顾了周立波 1946 年 10 月至 1949 年 6 月在东北近三年的革命征程，不只讲述了周立波参加土改运动以及创作《暴风骤雨》的过程，还提及了其在东北主编《松江农民》和《文学战线》这两部刊物的经历。不久，李华盛和胡光凡发表《周立波著译系年》，回顾周立波创作和翻译文学作品的历程，将周立波一生对文学的贡献呈现于世人面前；同年，庄汉新发表《周立波创作年谱》，不仅细数了周立波在不同时期的创作，还简要地复现了周立波在各个时期的际遇。转年，胡光凡和李华盛发表《周立波生平年表》和《周立波传略》，周立波的童年趣事、求学生涯及革命履历得到了全面的呈现，周立波的人生轨迹逐渐清晰。1985 年，庄汉新出版《周立波生平与创作》，在书中，庄汉新以中国共产党领导的无产阶级革命运动和文化斗争为主线，讲述了周立波作为一个中国共产党忠诚的文化战士的战斗的一生。1986 年，胡光凡出版《周立波评传》。为了完成这部评传，作者先后前往益阳、长沙、武汉、上海和北京等周立波生活和战斗过的地方进行考察和采访，所以书中充斥了大量的第一手资料，其中的很多趣闻轶事和历史细节都是首次被披露，所以这部作品具有很高的文献价值。同时，胡光凡并没有在革命斗争的框架内展开对周立波生命足迹的讲述，而是将周立波视作一个普通人，在具体的、历史的生命境遇中展现他的迷茫与坚定、犹疑和选择，这使这部评传不仅内容丰富，而且真实感人。《周立波评传》的出版进一步激发了研究者对周立波生平研究的热情。

1987年，进波发表《万马军中一秘书——周立波的一段秘书生涯》，细腻地描绘了周立波随三五九旅南下抗日的一段戎马岁月，将周立波的忠诚与勇敢细致而形象地描绘了出来。不久，王尔龄发表《左联时期的周立波》，深入探寻左联时期周立波的文学活动，还特别评述了之前鲜有人提及的周立波创作于这一时期的诗歌和杂文。是年，刘建安还发表了《有关周立波的族源、父系、母系、亲友的几条史料》，对周立波的父系母系族谱进行了考察，厘清了周立波和周扬的关系，对"文化大革命"中康生用"周扬的堂兄弟周立波"这一"罪状"株连周立波的做法进行了驳斥。此外，1986年11月，全国首届周立波学术讨论会在湖南益阳召开，周立波的生平研究是会上的重要议题之一。

20世纪80年代对周立波的研究不仅满载着赞扬的呼喊，也伴随着批评的声音。1979年11月召开的中国第四次文代会，是我国进入新时期以来第一次重要的调整文艺政策的会议，标志着新时期文艺思想的转向。会议的召开掀起了新中国成立后最大的一次文艺界的思想解放运动，各种文艺思想获得了公平对话的环境。文艺界针对文艺与政治的关系问题、文艺与阶级的关系问题、人性和人道主义等问题相继展开讨论，目标直指新中国成立以来日益激进的唯政治、唯阶级的"左"倾精神统治。这些讨论同时也是一种反思，它们不仅鞭挞"文化大革命"中"四人帮"推行的极"左"路线，还以历史的纵深感将反思的边界延伸至20世纪50年代初甚至更远的跨度上，用理性的分析揭示极"左"政治给国家和社会带来的危害。在这样的时代氛围中，历来忠实于党的领导，积极响应党的指示的周立波也成了文艺界反思的对象。1984年，拙容发表文章《思想的迷惘与现实主义的胜利——读周立波社会主义时期的创作》，文章将思想和艺术视作评判文艺作品的两个范畴，认为周立波创作于新中国成立后的作品在思想上受极"左"路线的影响,有些作品对一些极"左"错误"作了半自觉的某些反映",有些作品甚至"对某些极'左'错误作了牧歌式的赞扬",从思想的角度看,显然周立波失误了。文章同时指出,虽然周立波没有超越这种时代的局限,但由于周立波秉承现实主义的写作方法,在很大程度上限制了错误的政治思想对他创作的影响。拙容强调,在肯定作家的地位和贡献的同时不能忽视极"左"思潮对作家的影响和束缚,这样,"才能对周立波小说的思想艺术成就作出实事求是、不偏不倚的估价"①。1986 年,胡光凡发表文章《历史的真实和艺术家的勇气——关于〈山乡巨变〉再评价的一点浅见》,文章认为周立波的《山乡巨变》真实地反映了广大群众走上合作化道路的艰难和曲折,重点书写了农民经历社会主义改造的心灵路程,同时也再现了合作化运动中出现的"要求过急、工作过粗、改变过快"的工作偏差,基本上真实地再现了合作化运动的本来面貌,因其达到了细节真实和历史真实的统一,所以作品"具有不可低估的认识价值和美学价值,显示了作品的现实主义力量"②。但胡光凡同时指出,尽管周立波是一个清醒的现实主义者,但在极"左"政治风行的年代,他也没能逃过"左"倾思潮的影响,如他在《山乡巨变》续篇中不切实际地虚构特务龚子元的破坏活动,就因为脱离现实生活而显得虚假和做作,这是他积极响应政治号令的结果,这些生硬的添加偏离了从实际出发的现实主义精神,反映了作者思想的局限。次年,刘河发表系列文章"周立波小说论稿",系统论述周立波的小说创作。刘河在文章中指出,周立波长期深入大众,掌握了丰富生动的第一手材料,在此基础上他广泛接触中外优秀文艺作品,吸收其中的养分,使自己的创作既

---

① 拙容:《思想的迷惘与现实主义的胜利——读周立波社会主义时期的创作》,《求索》1984 年第 5 期。

② 胡光凡:《历史的真实和艺术家的勇气——关于〈山乡巨变〉再评价的一点浅见》,《中国文学研究》1986 年第 2 期。

有民族特色，又富于个性，这无疑值得人们学习。与此同时，刘河提出，时代带给了周立波难以逾越的思想局限，让他在现实主义的创作方法和文艺为政治服务的创作要求间困惑和犹疑，他的经历和当时的政治氛围让他难以冲破这思想的牢笼，"有时还难免为潮流所裹挟，违心地写些随波逐流的东西"，这就导致了他的有些作品"在思想、艺术的分量上不够厚重，尤其缺乏揭示生活中存在的问题的深刻性"①。这无疑值得人们咀嚼和深思。随着 20 世纪 80 年代后期意识形态对文艺界束缚的进一步松动，评论界对周立波批评的措辞随之逐渐变得激烈。1988 年，《湘潭师范学院学报》发表康咏秋的《盲目紧跟反为紧跟误——评〈铁水奔流〉》，文章毫不留情地指出，由于周立波"急切于政治上的功利，盲从于政策上的需求"②，不顾生活的积累和艺术的准备，仓促起笔、盲目开篇，导致作品中人物形象单薄无力，很多情节的设置只是为了猎奇或者为了迎合狭隘的政治功利，因而枯燥和乏味，小说中的语言也满是书面语语法结构，毫无群众口语的简明与亲切，这一切导致了他创作上的失败。河流在评析周立波农村题材短篇小说的文章中对周立波创作于新中国成立后的短篇小说做出了批评，他认为虽然周立波在"左"倾政治严重干扰文艺的情况下，在克服公式化、概念化的创作倾向方面做出了一些努力，但仍有一些作品是为了配合某项政策或运动创作的，"未能避免从概念出发设置矛盾冲突，有些人物的言行也有用图解政治的方式进行说教的毛病，有的形象将个性消融到原则里去了，成为'左'倾政治的传声筒"，河流将这些作品称为"验证文学"。③ 尽管有些对周立波的批评意见直露

---

　　① 刘河：《生活和创作——"周立波小说论稿"之一》，《湘潭师范学院学报》（社会科学版）1987 年第 1 期。

　　② 康咏秋：《盲目紧跟反为紧跟误——评〈铁水奔流〉》，《湘潭师范学院学报》（社会科学版）1988 年第 3 期。

　　③ 河流：《周立波农村题材短篇小说的思想艺术特色》，《湘潭师范学院学报》（社会科学版）1988 年第 2 期。

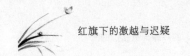

和激烈，但在 20 世纪 80 年代，整体上，批评者对周立波的创作都是持肯定意见的，批评的意见只是针对周立波部分受"左"倾政治影响的作品或是作品的片段，这些批评的声音为一片赞誉的周立波研究打开了一个缺口，为 20 世纪 90 年代的多元阐释提供了铺垫。

第三节　20 世纪 90 年代以来的多元阐释

20 世纪 90 年代以来，随着意识形态的进一步松绑和市场经济的勃兴，知识界和理论界出现了众声喧哗的样貌，各种新的文学理论和研究方法铺天盖地而来，随之，周立波研究呈现出多元化的态势，各种阐释和解读你方唱罢我登场，周立波研究呈现出了繁荣的局面。

在 20 世纪 90 年代初期，对周立波及其作品的批评声音并没有随着 80 年代的结束而消弭，国内的一部分研究者依然从作品的思想倾向方面向周立波的作品发难。1990 年，康咏秋发表文章《〈山乡巨变〉在反映合作化问题上的得失》，依然将现实主义的"真实性"作为判定作品优劣的标尺，对《山乡巨变》进行评价。康咏秋认为，《山乡巨变》再现了合作化运动过程中生产管理上的混乱和农民普遍存在的疑虑与担忧，真实客观地反映了合作化运动中出现的问题，在同类作品中非常罕见，使作品具有"深刻的思想意义"和"长远的认识价值"，并且，在作品中，周立波对合作化运动中"保守型"干部表现出了理解和同情，并在其身上寄托了他的美学理想，这表现了周立波"在生活中独具慧眼的发现"，也表现了他在评论党的基层干部问题上的"非同一般的胆识"，这些是作品中的闪光处。同时康咏秋指出，《山乡巨变》也存在着缺陷，当"左"倾思想在党内滋生蔓延的过程中，很多作家都将这错误的思想当成了正确的指导思想，周立波也未能摆脱"左"倾思想的影响，在作品中的一些地方，他"为了表达某种政治观念，而不顾生活的真实，随便支配人物的思想和行为"，而且"片面地将农民的个人正当利益当作剥削阶级思想否定，把个人的劳动致富当作资本主义批判"①，这些都削弱了作品的现实主义真实性，对作品造成了伤害。之后，秦林芳发表《〈暴风骤雨〉中的迷失——周立波〈暴风骤雨〉再论》，文章认为，作品反映的不是真实的历史，而是根据政治人物的观念和理论剪裁后的历史，整部作品是作者"'添补'现成框架的结果"，也就是"选择修改现实生活的结果"。秦林芳认为，《暴风骤雨》专注于对某种理论和政策的图解，用理论代替个人对生活的理解和发现，导致了"个性消融到原则之中"，② 使作品带有难以掩饰的缺陷。1997 年，马俊山发表《反思过去那样的"深入生活"》，批判的目标直指延安以来文学界所提倡的、周立波积极遵循的"深入生活"创作原则。文章指出，"深入生活"来源于 19世纪的俄罗斯文学，俄罗斯人提倡深入生活，特别是深入劳动者的生活，为的是"更深刻地认识生活，更深切地关怀和理解人"，写什么完全是由作家对生活的认识决定的，但这样的观念引进中国之后，在功利主义的影响下变得狭隘和实用了。在左翼文艺话语中，"生活"不再是一个包罗万象的人生百态，它的外延被切割，意义被限定，专指"社会下层生活，工农生活，多数人的生活，在某种意义上也就是'主流'生活"，而之后毛泽东过分夸大了文学的政治属性，为作家规定了进入"主流"生活的方式："参加政治运动，表现政治化了的人。""文化大革命"结束后，周立波曾写过一篇《深入生活，繁荣创

---

① 康咏秋：《〈山乡巨变〉在反映合作化问题上的得失》，《湖南师范大学学报》（社会科学版）1990 年第 2 期。

② 秦林芳：《〈暴风骤雨〉中的迷失——周立波〈暴风骤雨〉再论》，《名作欣赏》1994年第 4 期。

作》的文章，结合个人的经历和体会，宣扬"深入生活"的创作原则。深入生活有多种方式，周立波认为，"最好的方式是参加运动和斗争。在运动和斗争中可以深刻了解各种各样的人"①。这一说法遭到了马俊山的批判，马俊山认为，通过参加政治运动的方式进入生活，从中寻求写作的题材和主题，之后以大众喜闻乐见的形式表现出来，无非是为了政治服务，这种"深入"的方式导致"生活"的天地变得狭窄，使个人的生活被排除在文学的视野之外，结果是"造成革命历史题材和农业合作化题材的畸形繁荣，而其他生活领域却一片萧条"，这种政治化的"深入生活"没能解决作家脱离社会生活，作品疏离群众的问题，反倒使问题更加严重，"最终把文学从生活中排挤了出去，使创作退化成了赤裸裸的政治宣传"②。

20 世纪 90 年代以来，一种以中国现当代文学经典著作为研究对象、被称为"再解读"的研究思路由海外的中国学者率先实践，之后逐渐在中国现当代文学研究领域引起了广泛的关注。这种研究思路是将西方 20 世纪 60 年代之后兴起的各种文化理论应用于中国现当代文学研究当中，"侧重探讨文学文本的结构方式、修辞特性和意识形态运作的轨迹"③。研究者对一些已经被解读、阐释和经典化的文本进行解构或还原，对缠绕于作品中的所谓正统的意识形态进行批判和挑战，拓宽了本学科的研究思路。这些研究者对所谓的"红色经典"很感兴趣，周立波的《暴风骤雨》是被"再解读"的重要文本。1992年，唐小兵在香港的《21世纪》杂志上发表论文《暴力的辩证法：重

---

① 周立波：《周立波文集》第六卷，湖南人民出版社 1984 年版，第 407 页。

② 马俊山：《反思过去那样的"深入生活"》，《文艺理论研究》1997 年第 4 期。

③ 贺桂梅：《再解读：文本分析和历史解构》，《海南师范学院学报》（社会科学版）2004 年第 1 期。

读〈暴风骤雨〉》①，文章将《暴风骤雨》视作对于毛泽东关于中国农民革命论断的文学图解。唐小兵认为，周立波在其营造的具象的小说世界中，将毛泽东的具体的历史的对革命的观察和判断抽象化和非历史化，而针对作品的文学评论，不是对作品文学性和艺术性的萃取和抽提，而是对作品中特定意识形态内涵的不断提取和精练，是对"主导性语言"的不断回响，是蕴含着"强暴的权力关系的转述"。从毛泽东的理论预设，到周立波的文学创作，再到评论家的归纳与复述，这样的同义反复构成了一个"语义大循环"，最终完成了毛泽东革命论断的经典化与真理化。在这个意义上，唐小兵认为，周立波积极地将文学写作与"新兴的权力结构和体制化的意识形态"相连接，创造了一种新型的写作方式，这种写作方式通过对读者施加暴力使其被迫认同作品中所蕴含的意识形态结构，使读者失去了想象的空间和交流的可能，唐小兵认为，这样的写作方式"否定了写作行为本身"。对于作品的语言，既有的评论者大都认为作品中的方言土语以及农民的日常口语带有浓烈的生活气息，是现实主义的重要成就，而唐小兵在文章中却认为，农民的语言在《暴风骤雨》中不过是一种陪衬和装饰，农民的语言没有真正进入"作品的组织结构和表意过程"，作品的主导语言是代表了规范化和体制化的萧队长的语言，对农民语言的书写不过是周立波的策略，农民语言在作品中不构成意义，只是被粗暴掠夺，作为意义的点缀。关于作品的结构方式，唐小兵认为，工作队通过促发群众对暴力的回顾和指认，激发起群众的愤怒和仇恨，以暴力的方式进行运动和斗争。为了推进革命，就要延续暴力的存在，途径是不断地促发新的暴力，暴力的叠加和延续使施暴者的主体意识

---

①　此文后来收入唐小兵所编的《再解读——大众文艺与意识形态》（香港牛津大学出版社 1993 年版）一书中，2007 年 5 月，北京大学出版社出版了此书的增订版，本书与之相关的引用皆出于北京大学出版社的版本。

逐渐清晰，在暴力对抗中逐渐形成阶级认同，这是革命的实现方式，也是作品情节演进的内在逻辑。唐小兵虽然在文章中极力表现出一个客观的姿态与中立的态度，声称只是意图在文本中"解读一个时代的想象逻辑，追寻纵贯各层次社会活动的意识形态症结"，但在他的叙述中仍然表露了强烈的人道主义立场和自由主义倾向，这使他对《暴风骤雨》怀有深度的不满，认为《暴风骤雨》这样的作品是对主流意识形态的屈从和臣服，服务于一个稳定而封闭的文学体制，代表了一种保守的非革命文学形态，是"对文学革命的终极否定"。[①] 当然，唐小兵的"再解读"并非针对周立波和其创作，他是要通过这一具体的文本分析表露其对宏观历史的整体思考和意见。后现代主义的西学背景使其对代表现代主义深度模式的"元叙事"抱有深度的怀疑，他运用"再解读"这样一种批评策略，解构一个日益远去时代的政治意识形态及其文化运作模式，借此传达对当今时代弥散于文化与精神生活中的商业意识形态的批判，所以，为了这样一种先在的目的和用意，他在解读作品的过程中难免怀有一种明显的倾向性，结论也就难免绝对化和片面化。对这一点，唐小兵本人并不否认，在《再解读——大众文艺与意识形态》一书的再版后记中，唐小兵承认自己"在行文中没有对土地改革这场'革命'作宏观或者说远景式的把握，而对文学家作为参入者直接投身这样一次旷古未有、激扬惨烈的社会大变革时所怀抱的热情，也没有给予足够的正视"[②]。

相比之下，同样遵循"再解读"研究理路的李杨对《暴风骤雨》的评价就要客观和公允得多。1993年，李杨出版了《抗争宿命之路——"社会主义现实主义"（1942—1976）研究》，在书中，李杨利

---

① 唐小兵编：《再解读——大众文艺与意识形态》，北京大学出版社2007年版，第111—127页。
② 同上书，第283页。

用一节的篇幅对《暴风骤雨》进行了专门的讨论。李杨讨论作品的立意不在拆解和还原主流意识形态对作品的布控，进而对作品展开批判或是否定，而是具体地、历史地看待作品，对其蕴含意识形态属性报以理解和同情。他重点探讨了主流意识形态在作品中的装填方式，并在和赵树理作品的比对中发掘了这种意识形态属性所蕴含的"现代"意义。李杨认为，《暴风骤雨》中存在两种声音，一种是表达农民翻身解放的农民的声音，另一种是传达"现代"意义的萧队长的声音，李杨不认为前者是后者的点缀和陪衬，两者是并置的关系。中国共产党领导的中国革命意图在中国建立一整套新的政治经济秩序，这在周立波的叙事中就表现为新的话语体系的组织和确立，在李杨看来，《暴风骤雨》所展示的就是新型话语完整的组织过程，所以他认为，周立波在《暴风骤雨》中揭示了"新生活形成的标志就在于对话语力量的重新分布与调整"，正是这样，周立波"在前所未有的意义上注意到了话语的力量"①。因此可以说，《暴风骤雨》具备不可低估的认识价值。李杨还指出，周立波没有像赵树理那样固执地据守从减租减息时期形成的对农民的亲近姿态，全情表达农民的希冀与诉求，而是透过作品表露出了这场革命的更高追求，那就是在这片近代以来备受欺凌的大地上建立一个强大的现代化多民族国家，还要解放生产力、发展生产力，让这片土地上的人民挺起腰板，站立起来。这样宏大的政治诉求和农民的经济诉求在短期内是抵牾的和冲突的，为了完成这样的政治理想，农民势必要做出牺牲，对于这些，来自农村的赵树理是意识不到的，而从事过理论批评的、政治素质过硬的周立波却能准确地把握。因此，周立波没有像赵树理那样按生活本来的样子记录和描写生活，宏大的政治目标让他不得不"在超验的立场上剪裁加工，寻求

　　① 李杨：《抗争宿命之路——"社会主义现实主义"（1942—1976）研究》，时代文艺出版社 1993 年版，第 104 页。

'艺术的真实'"①。经过这样的解读，李杨实际上肯定了社会主义现实主义的意义与价值，也肯定了《暴风骤雨》的"现代"属性，说明《暴风骤雨》并非是主流意识形态的介质和载体，肯定了作品的价值和意义。

无论是解构还是阐发，唐小兵和李杨的注目点并不在作品本身，他们将《暴风骤雨》视作社会主义现实主义的症候，通过对文本的深入解读表达他们对自延安至"文化大革命"前这段时间的中国文学的整体意见，而并没有从审美的角度分析作品的艺术特质，也就是说，他们将《暴风骤雨》视作里程碑式的"文学史经典"，而没有将其认作"文学经典"。相比之下，《山乡巨变》及周立波创作于新中国成立后的一系列短篇小说的艺术特质更为引人注目，在这一时期，研究者纷纷发掘作品的艺术特色，关注其新颖的艺术创造。孟悦的文章《〈白毛女〉演变的启示——兼论延安文艺的历史多质性》于 20 世纪90 年代初发表，在文章中，孟悦提出了与"政治"相对的"民间"概念，他认为，作为"延安文艺"代表作品的歌剧《白毛女》，虽然具有明显的政治功利性，但其生产过程以及观众对其的接受并非完全由"政治"所控制，"政治"之外的因素可能在更大程度上左右着作品的命运，这些政治之外的因素，孟悦认为是"民间"。其在文章中指出，政治意图带来一套新的话语机制，但这必须与民间秩序相符，也就是说，"民间伦理秩序的稳定是政治话语合法性的前提"②。由此，"民间"作为一种超稳定社会的伦理秩序被提出，围绕"民间"而形成的话语空间不断被拓展和挖掘，"民间""民间社会""民间伦理"等孟悦在文章中运用的概念不断被人提及，迅速流传开来。接着，陈思和

---

① 李杨：《抗争宿命之路——"社会主义现实主义"（1942—1976）研究》，时代文艺出版社 1993 年版，第 109 页。

② 唐小兵编：《再解读——大众文艺与意识形态》，北京大学出版社 2007 年版，第57 页。

连续发表两篇文章:《民间的浮沉——对抗战到文革文学史的一个尝试性解释》和《民间的还原——文革后文学史某种走向的解释》,借助著名人类学家雷德菲尔德对于"大传统"和"小传统"的区分,将"民间"视作抗战至"文化大革命"这段历史时期内,与以国家权力为支撑的政治意识形态和以知识分子为主体的西方文化形态鼎立的意义系统和文化形态。文章指出,抗日战争的爆发催发了中国社会结构的变动,民间社会日益受到重视,民间文化形态的地位在这一过程中逐渐确立和巩固,后来得以和国家的政治意识形态以及知识分子的新文化传统并置,成为中国文化结构中的重要一极。政治意识形态赋予民间文化进行政治宣传的严肃使命,势必对其进行规约和限定,政治的强力使民间文化无法拒绝或规避这样的束缚,但这并不意味着民间文化的就范。在文学叙述领域,民间文化非但没有受到政治意识形态的支配,反而对后者形成了反制,也就是说,"政治意识形态对民间文化形态进行改造和利用的结果,仅仅在文本的显性结构中获得了胜利,(即故事内容),但在隐性结构(即艺术审美精神)上依然服从了民间的意识的摆布"①。在后一篇文章中,陈思和对"民间"这一概念进行了进一步的限定。文章指出,当代文学中的"民间"概念包含两个层面的意思:其一是指"据民间自在的生活方式的度向,即来自中国传统农村的村落文化的方式和来自现代经济社会的世俗文化的方式来观察生活、表达生活、描述生活的文学创作视界";其二是指"作家虽然站在知识分子的传统立场上说话,但所表现的却是民间自在的生活状态和民间审美趣味,由于作家注意到民间这一客体世界的存在并采取尊重的平等对话而不是霸权态度,使这些文学充满了民间的趣

---

① 陈思和:《民间的浮沉——对抗战到文革文学史的一个尝试性解释》,《上海文学》1994年第1期。

味"①。在陈思和的叙述中，"民间"不但是一种独立的文化形态，而且包蕴着独特的审美意味，这为研究者对从抗战到"文化大革命"这段时期的文学作品开辟了一个新的言说空间。

作为对"重写文学史"的尝试，陈思和利用"民间"和"潜在写作"这两个概念对"十七年文学"和"文革文学"进行了整合，并以此重新建构了当代文学史的基本架构。陈思和认为，"十七年"的文学作品中虽然带有鲜明的政治意识形态色彩，充满了明显的政治宣传意图，但其中也蕴含了作家对农村的"丰富经验"和"美好感情"，这让作品带有"动人的创作情感"和"活泼的艺术魅力"。② 陈思和在其出版的《中国当代文学史教程》中意图通过"民间"这一概念重新确立"十七年"文学作品的艺术价值。《山乡巨变》是陈思和在教程中解读的重要文本，他在书中指出，1953 年中国农村开展的大规模的社会主义革命关涉每个农村家庭和个体农民的利益和命运，这场革命要求广大农民从小生产者几千年来形成的私有观念中剥离出来，将刚刚到手的胜利果实拱手出让，去支持中国的社会主义革命事业，这对于农民来说，无疑是一场沉重而痛苦的考验。而这对于长期扎根农村、在情感上与农民同呼吸共命运的作家来说，也意味着一场灵魂的洗礼和内心的纠葛。那些秉承现实主义写作传统的作家，他们不可能简单地照搬政策条文，以文学的方式图解这场运动，他们必然要在体现国家意志的同时体现出农民内心的纠结和挣扎，这时候，周立波在叙述中借用了民间文化形态的因素，找到了一种有效的表达方式。陈思和认为，周立波的《山乡巨变》具有鲜明的艺术个性，"从自然、明净、朴素的民间日常生活中，开拓出一个与严峻急切的政治空间完

---

① 陈思和：《民间的还原——文革后文学史某种走向的解释》，《文艺争鸣》1994 年第1 期。

② 陈思和：《中国当代文学史教程》，复旦大学出版社 1999 年版，第 36 页。

全不同的艺术审美空间"。虽然在对待合作化运动的态度上，周立波坚持了与时代政治相一致的立场，但他却并未在作品中追求思想的"深刻性"和人物矛盾冲突的"尖锐性"，也就是说，他并未将作品的立足点设置在宣扬政治理念之上，而是突出了醇厚温良的乡间民风以及朴实善良的农人性格，他将"民族形式"和"民间语言"融合成一个艺术的整体，表达着他对农村的忧心和关怀。陈思和注意到周立波塑造的李月辉和刘雨生这两个形象并不符合主流意识形态对农村基层干部的设计与想象，他们的谨慎和犹疑并未体现出对时代政治的坚决服从，但周立波坚持从他所经历的现实出发，根据他长期深入农村的经验塑造他心目中真实的干部形象，通过这两个形象的书写，周立波"表现出他对自在自然的民间文化形态的尊重"。此外，陈思和还指出，人情美、乡情美和自然美是小说展示的另一重要方面，大量的民俗、传说以及湖南特有的自然风光充斥其中，"在丰厚的民间文化基础上开阔了小说的意境"，使湖南乡间的风土乡情与政治运动并置，成为小说表现的醇美景致，《山乡巨变》正是通过对湖南风土乡情的书写，"展现了民间生活的丰富蕴涵"①。

"民间"理论为中国现当代文学研究提供了一个新的视角，也为研究者开阔了研究周立波作品的思路，在陈思和的两篇阐释"民间"理论的文章发表之后，一部分研究者开始从"民间"的视角审视周立波的作品。1997年，刘洪涛发表文章《周立波：民间文化与主流意识形态》，其在文章中指出，在20世纪五六十年代，"极左思潮"的泛滥导致文学的表现空间狭窄，时代环境决定了周立波必然要参加到这歌唱主旋律的队伍当中，但他的作品并没有埋没于这单一的声部之中，而是以自己独特的方式取得了突出的艺术成就，刘洪涛认为，这

① 陈思和：《中国当代文学史教程》，复旦大学出版社1999年版，第40页。

特殊的方式就是对民间文化的吸收与利用。他指出，周立波创作于新中国成立后的描写湖南山乡的作品"对在社会主义改造大潮中，民间风尚、习俗、信仰所面临的巨大压力表示了由衷的关切，对在乡土人物在历史推进中的命运表达了深沉的忧虑"①。尽管在其作品中，民间文化因被指认为"落后"而面临被改造的境遇，但熟悉和了解农村生活的周立波依然相信民间文化在乡土生活中具有的正当性与合法性地位，这使民间文化在其作品中保持了相对独立的地位，以形成与政治意识形态相对峙的态势，民间文化与政治意识形态的对峙和冲突所形成的艺术张力使作品具备了鲜明而独特的艺术魅力，使其在同类作品中一枝独秀。2003 年，杨厚均发表论文《三种文化形态的合流与抵牾——重解周立波 20 世纪五六十年代的农村小说》，他在文章中提出，周立波创作于五六十年代的小说中不仅含有官方主流意识形态和民间文化形态，还隐含着知识分子精英文化形态，这三种文化形态在其作品中相互抵牾、碰撞，同时又相互包容、协调，"这种复杂多样的文化内质之间的合力与张力，导致了周立波小说意义、风格等各方面的开放性、多样性，趋时而不流于空洞，客观真实又诗意盎然"②。杨厚均认为，周立波创作于新中国成立后的小说的淡雅素净的风格，就是多种文化因素相互影响和制约的结果。2009 年，黄科安发表文章《主流意识形态的建构与民间文化的改造——论周立波〈山乡巨变〉的叙事策略》，黄科安认为，周立波长期深入民间，形成了与民间骨肉相连的感情，这直接导致了他创作的《山乡巨变》呈现出了"民间文化形态"的独特色彩。他在文章中指出，周立波不是将民间文化形态视作故事情节的背景，而是将民间文化的逻辑融入他的叙事之中，

---

① 刘洪涛：《周立波：民间文化与主流意识形态》，《文艺理论研究》1997 年第 3 期。
② 杨厚均：《三种文化形态的合流与抵牾——重解周立波 20 世纪五六十年代的农村小说》，《云梦学刊》2003 年第 2 期。

体现在作品的方方面面。在强大的政治意识形态面前，如何在作品中保留民间文化形态是周立波思考的重点，他通过改写传统民间故事的方式实现了民间文化形态的改造，赋予他的作品新的时代特征和精神内涵，以此与主流意识形态共容。2010 年，毕光明发表文章《〈山乡巨变〉的乡村叙事及其文学价值》，他在文章中认为，《山乡巨变》对农业合作化运动的艺术再现，"充溢了与主流意识形态相抵牾的民间话语与生活意味"①，这使得作品不仅拥有思想意义，又具备审美价值。文章指出，周立波在创作中虽然严格按照社会主义文学的叙事成规以文学的方式强化政治意识形态，但他同时在作品中表现了民间文化培育出的农民的心理和诉求，这种难以抑制的声音与意识形态话语形成了对话的关系，使作品显示出了同期作品中罕见的复调特征。2012 年，肖向东和孙周年发表文章《主流社会与边缘乡村交织互映的历史镜像——论〈山乡巨变〉的历史叙述与艺术表达》。文章指出，周立波的身份和信仰决定了他不可能偏离主流叙事立场进行创作，但与此同时他依然坚持自己的艺术追求，他在不偏离创作"轴心"的前提下将书写的半径扩大，覆盖了广阔的民间社会，他"以展示故乡风情为基础，以描写山乡人物在大时代巨变中的精神变迁为主体，以'人性'的艺术笔墨诉诸人物的精神世界"，使波涛汹涌的大历史与柔波微澜的民间世界交织互映，互为镜像，"使我们从一个'微观'的'乡村世界'看到了当年中国农村大地上那场革命的生动面影与历史本相"②。

　　20 世纪 80 年代初，马尔克斯获得诺贝尔文学奖，这个来自第三世界的作家将本民族悠久的历史与文化以一种怪诞的方式表现出来，

---

　　①　毕光明：《〈山乡巨变〉的乡村叙事及其文学价值》，《文艺理论与批评》2010 年第 5 期。

　　②　肖向东、孙周年：《主流社会与边缘乡村交织互映的历史镜像——论〈山乡巨变〉的历史叙述与艺术表达》，《湖南城市学院学报》2012 年第 4 期。

获得了现代世界的承认，这对于雄心勃勃意图走向世界的中国作家来说无疑是一针强心剂。80年代中期，韩少功、阿城、李杭育等一批作家纷纷将目光投向孕育他们的历史和传统，试图以现代意识重新审视传统文化，发掘传统文化的症结，修复传统文化的缺陷，为古老民族走向现代铺平道路，就此，"寻根文学"成为一时之潮流。"寻根"思潮伴随着我国区域经济的复苏和崛起，促发了各地区对本地域历史文化的开掘和关注，地域文化研究随之兴起。不少文学研究者开始将关注的目光聚焦于地域文化之上，挖掘作家创作背后的文化动因。此时期的很多文章就是从地域文化的角度研究周立波的创作的。1992年，高佳俊发表文章《湖湘文化与周立波的小说创作》，文章指出，除了社会和历史因素，环境和精神气候对一个作家的心理结构以及审美取向同样有着不容忽视的影响，它无时无刻不在塑造作家的性情与人格，作家从个性到创作都不可避免地带有地域文化的特征，"地域文化作为一种被物化了的传统，虽然在历史演化中其特征可能逐渐消退，但沉淀于人们性格深层的东西，却是极难变更的，并不如随季节换衣服那样，一个作家，文化心理结构一旦形成，也就同样具有一定的恒定性"①。在这个意义上，他对《铁水奔流》的失败做出了解释，他认为这是地域文化造成的隔膜，周立波所受到的湖南乡土文化的熏陶使他了解农民、亲近农民，但对于工人的生活，他只能停留在一般性的了解上，很难深入，也就很难在文学上有所创建。而回到湖南后，描写起家乡的父老，周立波变得如鱼得水，这正是影响他的地域文化与他的创作对象相切合的结果，这直接导致了《山乡巨变》的成功。2004年，李阳春发表论文《湘楚文化与当代湖南文学的叙事立场》，文中指出，湖南人以楚人后裔自居，自视为楚文化的传承者。

---

① 高佳俊：《湖湘文化与周立波的小说创作》，《理论与创作》1992年第1期。

屈原的上下求索、富民强国的远大理想和理学的经世致用、务实求真的理性精神汇合成为三湘四水的精神资源，共同孕育了湖南人的勇力与担当，这样的精神遗产作用于湖南的作家，使其"常常以政治家的眼光观察生活、体察人生、考察社会、评察时政，养就一股强烈地关注事态、参政议政、指点江山、物议天下的倨傲之风"①。他认为周立波就是这样的湖南作家的典型代表。李阳春指出，延安文艺座谈会后，周立波正式确立了自己的创作方向，将自己的创作视为农民的解放事业和国家的现代化事业的一个部分。他积极参与改变中国命运的土地改革运动，反映推翻几千年旧世界土地制度的历史变革，他主动深入钢厂体验生活，反映新时代的工人踊跃推进社会主义工业化的热情，他还在农业集体化高潮来临时从北京回到故乡农村老家落户，观察合作化运动的现实斗争，反映农民在这场运动中的喜悦和磨难。周立波在创作的过程中不仅心怀对社会主义事业的理想，也始终坚持现实主义文学精神，这不仅体现了湖南人"经世致用"的思想传统，也体现了湖南人实事求是的理性精神。2006 年，彭萍发表文章《地域文化的文学化石》，以地域文化的视角观察和评价周立波的《山乡巨变》，认为虽然作品描绘的土地合作化运动已经成为遥远的过去，但其中所包含的湖南的湖光山色和乡风民俗具有鲜明的地域特征，可称之为湖南地域文化的"文学化石"。彭萍还在文章中分析了《山乡巨变》之所以取得如此文化成就的原因，他认为浓郁的故乡情结给了他充足的情感营养，使他的作品在字里行间透露着对故乡父老的深情，真实又动人，而现实主义创作原则让他形成了细腻地观察生活的习惯，让他可以进入生活的细部，将农村生活表现得自然又生动；同时，他独有的审美情趣和美学追求让他的作品独具一格，他坚持民间

---

①　李阳春：《湘楚文化与当代湖南文学的叙事立场》，《湘潭大学学报》（哲学社会科学版）2004 年第 5 期。

文化立场，在政治意识形态占统治地位的时代里开拓出一片独特的审美空间。同年，邹理发表文章《回归乡土的原生态之美——论周立波故乡生活短篇小说的湖湘特色》，文章以流行的带有西方后现代特征的表现灰色、颓废和绝望的作品作为对比，凸显周立波短篇小说明媚、清新、仿佛带有茶子花香的原生态色彩。文章认为，周立波创作于新中国成立后的短篇小说专注于描写日常生活场景，着重表现普通农民的人性美与道德美，发掘生活中的诗意与美，尽量地回避时代政治所规定的政治斗争思维定式，使小说呈现出"自在的原生态之美"，而小说中浸润着湘楚文化的各色人物，被巧妙运用的俚语方言，还有山清水秀的江南风光，处处透露着鲜明的湖湘特色。

由于地域色彩最鲜明的是乡土文学创作，这一时期，研究者开始将渗透着浓郁湖南地域色彩的周立波的创作置入乡土文学的谱系中进行考察，发现其对中国乡土文学的独特价值。2006年8月，中国新文学学会第22届年会暨周立波创作与当代中国乡土小说学术研讨会召开，会议将周立波在新中国成立后的回乡创作放置在乡土文学的框架内进行研究和讨论，以文化研究的方法对周立波的作品进行解读，与会者纷纷发表创见，将周立波研究推上了一个新的高度。其中，李遇春副教授归纳了五四以来中国乡土小说的四种形态：其一是以鲁迅为代表的旨在批判国民性的启蒙话语形态；其二是以沈从文为代表的，以展现人性为旨归的新浪漫话语形态；其三是以刘绍棠为代表的，以表达"善"为宗旨的新古典话语形态；其四是以周立波、赵树理和柳青为代表的革命话语形态。其将周立波的作品视作乡土文学的重要一脉，肯定了周立波在乡土文学史上的重要地位。艾斐研究员在发言中区分了"小乡土文学"和"大乡土文学"的概念，认为前者是传统意义上的描写故土和乡民的文学，而后者是像魔幻现实主义那样的，不仅具有民族性和地域性，同时具有世界竞争力的文学形态，他建议对周立波的研究要具有"大乡土"意识。他的发言不仅深化了人们对于乡土文学的认识，也提醒了研究者可以在世界的意义上重新认识周立波的创作，拓宽了人们对于周立波的研究思路。王又平教授在发言中提出了周立波文学叙述中的双重身份：干部和游子。双重的叙述身份导致了《山乡巨变》等作品中政治话语和民家话语的并存，宣扬合作化道路的显性文本与民间隐性结构，经过周立波的艺术加工，两者达到一种自然融合的状态。王又平的见解解释了周立波作品中政治意识形态话语和民间立场并存的现象，不失为一种恰切的解读方式。① 本次会议除了 120 多人参加讨论，还收到论文 50 多篇，其中刘中顼的文章《周立波的益阳小说在中国乡土小说发展中的地位》很有代表性。② 文章认为，周立波创作于新中国成立后的一系列以湖南益阳为背景的小说虽然创作于政治意识形态主导下的"十七年"时期，但这些作品绝非一般意义上的农村题材写作，而是具有明显的乡土文学特征的文学创作。其中的时代因素又使它区别于现代文学中的乡土文学写作，一反后者的感伤模式，表现了新时代农民的精神面貌和生存状态，刘中顼称之为"新的乡土小说"，他认为这些小说在中国乡土文学创作史上，"具有承前启后、继往开来的重要历史意义"③。2008 年 9 月，纪念周立波诞辰 100 周年学术研讨会在益阳召开，周立波与乡土文学的关系依然是会议的中心议题之一。会上，贺绍俊指出，周立波对于乡土文学的贡献在于他把知识分子精英意识植入进了乡土文学

① 参见刘新敖《"中国新文学学会第 22 届年会暨周立波创作与当代乡土小说学术研讨会"综述》，《理论与创作》2006 年第 6 期；李遇春、曾庆江《中国新文学学会第 22 届年会暨周立波创作与当代乡土小说学术研讨会综述》，《文学评论》2006 年第 6 期。
② 刘中顼的文章同年发表于《湖南城市学院学报》，题目为《周立波的益阳小说在中国乡土小说发展中的地位》。
③ 刘中顼：《周立波的益阳小说在中国乡土小说发展中的地位》，《湖南城市学院学报》2006 年第 6 期。

之中，这使他的创作不仅带有泥土的气息，更兼具典雅的诗意。① 贺
绍俊认为，周立波的文学价值长时间被文学界所低估。在政治意识形
态统摄文坛的时期和学术思想突围的时期，周立波不是被镶嵌在政治
意识形态的框架内，就是被学术意识形态作为对立的标靶，周立波作
品中所体现的中西古典文学传统所孕育的精英意识以及诗意精神长期
被遮蔽和掩藏。贺绍俊强调，周立波和完全依赖乡土民间资源的赵树
理不同，深受古典文学浸润的周立波在追求文学的通俗性的同时也保
留了文学的典雅性，让他的创作没有因为追求意识形态教化功能而丧
失乡土文学的田园雅韵，避免了乡土文学朝赵树理所代表的单一的去
精英化方向发展的危险，实际上引领了一条乡土文学写作的新路。
2012 年，"周立波研究与文化繁荣"学术研讨会在湖南益阳召开，关
于周立波和乡土文学的话题依然在继续，会上，贺绍俊和贺仲明分别
就周立波在乡土文学史上的特殊意义以及"十七年"乡村题材小说的
理想性等问题表达了自己的看法。② 会议一共收到论文 50 多篇,③ 其
中贺仲明的文章《论周立波乡土小说的语言艺术及其文学史意义》颇
具新意。文章从语言的角度分析了《山乡巨变》的乡土特色，贺仲明
认为对语言的艺术性运用是周立波乡土文学创作成就的重要方面，与
沈从文笔下沉默的农民和路翎笔下操着知识分子腔调的农民不同，周
立波笔下的农民说着鲜活生动的日常口语，朴素自然，又充满现代内
涵；同时，他还注意口语的个性化表达，通过语言体现人物的性格和
身份，由此在作品中塑造了多个个性十足的农民形象。贺仲明同时指

---

① 参见邹理《纪念周立波诞辰 100 周年学术研讨会综述》，《湖南城市学院学报》2008
年第 6 期；贺绍俊的讲话同年发表于《理论与创作》，题目为《周立波在乡土文学上的特殊
意义》。
② 参见彭萍、邹理《2012 周立波研究与文化繁荣学术研讨会综述》，《湖南城市学院
学报》2012 年第 5 期。
③ 这些论文会后由邹理编辑出版，文集名为《周立波评说——周立波研究与文化繁荣
学术研讨会文集》。

出，周立波作品中的人物语言口语化和个性化，他的叙述语言则高度生活化，他放弃了作为新文学传统的俯视农民的叙述姿态，以亲和的平视姿态甚至以学生般的仰视姿态来书写农民，这使他的创作在一定程度上脱离了知识分子的叙述腔调，与乡村生活表现出高度的一致，这使作品更为质朴，也更为鲜活。所以说，"通过丰富的语言艺术，周立波真实再现了自然的乡村世界，达到了高度的乡土小说艺术水准"[①]。

无疑，周立波是现实主义创作方法的忠实拥护者，尤其在毛泽东的《讲话》发表之后，周立波主动撰文，宣布改变之前的浪漫主义的审美爱好，全身心向革命所倡导的现实主义方向皈依。学界也习惯性地将其放置于现实主义文学的框架中进行讨论和研究。然而，贺绍俊在《被压抑的浪漫主义——重读周立波的〈山乡巨变〉》一文中却认为，周立波虽然主动改变了自己的审美爱好，但浪漫主义的情怀却始终在其内心潜隐，遇到恰当的时机，这种浪漫主义倾向就会适时显现。贺绍俊在文章中谈到，在 20 世纪初的中国革命初期，西方传入的浪漫主义思潮与启蒙精神紧密地联系在一起，共同推动了中国革命的发展，然而，当革命的组织建立起来了之后，拥有自由与激情属性的浪漫主义被革命视为不安定的因素而遭到革命的驱逐。被革命抛弃之后，浪漫主义"或者是被边缘化，或者是被压抑的"[②]。贺绍俊认为，周立波身上的浪漫主义气质就遭到了长时间的压抑，当然，压抑中的浪漫主义并没有消殒，而是蛰伏，在其创作的《山乡巨变》中，浪漫主义情怀得到了一次"谨慎释放"。贺绍俊从日常生活情趣的书写、爱情的抒情化表达，以及作品中的乌托邦怀想特征这三个方面分

---

① 贺仲明：《论周立波乡土小说的语言艺术及其文学史意义》，《周立波评说——周立波研究与文化繁荣研讨会文集》，长江文艺出版社 2013 年版，第 38 页。
② 贺绍俊：《被压抑的浪漫主义——重读周立波的〈山乡巨变〉》，《中国现代文学丛刊》2014 年版，第 2 期。

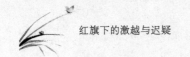

析了周立波作品的浪漫主义色彩，认为被压抑的浪漫主义是中国当代文学所生成的特有现象，也是周立波形成双重性格的重要诱因。由此，他将周立波置入浪漫主义文学序列中进行分析，为人们认识周立波及其作品开辟了一条新的通路。

结　语

　　周立波的一生是战斗的一生。自青年时代起，他就远离家乡，投身革命的洪流之中，他曾怀揣匕首，冒着被捕的危险参加"飞行集会"，也曾大胆冒险，在遍布密探的街市上张贴罢工传单。为抵御外敌，他化身革命战士，南征北讨，随军征战；为推动土地改革，他长时间深入农村，走访乡里，了解民情。牢狱的禁锢没能消减他革命的愿望，困苦的生活没能磨灭他战斗的热情，他将国家的富强和民族的自由认作人生的追求，将全部的能量和精力都奉献给了中国的革命事业，他的创作和生命与20世纪的中国革命紧密地联系在一起。20世纪30年代，周立波在上海创作的散文体现了他精致的美学趣味，在"鲁艺"开授的文学鉴赏课程又展示了他深厚的文学修养。然而在毛泽东发表《讲话》后，周立波在很大程度上放弃了他之前坚持的小资产阶级知识分子的文学追求，毅然地接受了毛泽东所指明的文学道路。这不应视作周立波对领导者所释放的压抑性力量的屈从，而应被认为周立波作为一个革命者对晚清以来的由梁启超开启的民族国家文学道路的皈依。

　　事实上，从周立波创作于20世纪30年代的文艺评论文章和翻译作品中就可以看出他当时对社会现实强烈的介入意识，而在30年代末的一段军旅生涯中，他置身于革命斗争的最前线，深刻地体会了理想人物对于战斗中军民的激励作用，他开始以报告文学的形式塑造英勇而健朗的革命军民形象，在记录现实的同时也以文学的形式对革命者进行想象。进入延安后，那里自由的空气让他精致的文学趣味不时苏醒，以致创作出《牛》和《麻雀》这种颇具知识分子气息的精巧之作，但不久毛泽东发表的《讲话》规定了文艺的工农兵方向，周立波便按照《讲话》的要求，开始了对自身创作方式的改造。《讲话》所引导的文学逻辑以及其后出台的一系列文艺政策在事实上意味着对统治现代文学 20 多年的"启蒙"主题的颠覆，所以说《讲话》的发布标志着 20 世纪中国文学的基本功能由批判现实向揭示阶级斗争和渲染性的革命叙事的转变。[①] 创作于《讲话》发表之后的《暴风骤雨》和《山乡巨变》以及一系列短篇小说一般被视为对《讲话》的准确实践，但通过研究我们发现，周立波所描绘的革命后的新世界在很大程度上是根据"自由""民主""尊严"等"启蒙"话语建构的，而且，他在塑造革命新人和描写阶级斗争的同时，也依照知识分子的"启蒙"理想，对旧式人物或过渡人物所带有的"国民性"进行了批判，也就是说，周立波在践行《讲话》精神、进行自我改造的同时仍然没有放弃知识分子的"启蒙"诉求，在其所坚持的现实主义写作方式中，也释放着五四精神气息，在这个意义上来说，无论他刻意与否，他都将"党的文艺战士"和"启蒙知识分子"这两个看似对立的身份融合到了一起。但是，随着时代政治的不断激进化的演变，周立波的作品因含有"启蒙"倾向而被认作不合标准的甚至是"有毒"的而遭到批判，而到了"思想解放"的时代，矫枉过正的处理方式使周立波的作品因带有意识形态的遗迹而再次遭受批判。

随着时间的流逝，自由和开放的学术空气让人们可以更客观地审视和讨论周立波的创作，无论是批驳或是肯定，作为一个将毕生都献给中华民族解放事业和文学事业的作家，他不应被忘记。

---

① 参见李洁非、杨劼《解读延安——文学、知识分子和文化》，当代中国出版社 2011 年版，第 235 页。

参考文献

一　中文著作

1. 胡光凡：《周立波评传》，湖南文艺出版社 1986 年版。

2. 张品兴编著：《梁启超全集》，北京出版社 1999 年版。

3. 陆士谔：《新中国》，九州出版社 2010 年版。

4. 单正平：《晚清民族主义与文学转型》，人民文学出版社 2006 年版。

5. 梁启超：《饮冰室合集》专辑二，中华书局 1989 年版。

6. （清）黄遵宪：《黄遵宪集》上卷，天津人民出版社 2003 年版。

7. 邹容：《革命军》，华夏出版社 2002 年版。

8. 郅志编著：《猛回头：陈天华邹容集》，辽宁人民出版社 1994 年版。

9. 胡适：《胡适文集》第四卷，北京大学出版社 1998 年版。

10. （西汉）刘安：《淮南子》，顾迁译注，中华书局 2009 年版。

11. （东晋）干宝：《搜神记》，周广荣译注，中华书局 2009 年版。

12. 曾朴：《孽海花》，中华书局 2001 年版。

13. 鲁迅：《鲁迅全集》第一卷，人民文学出版社 2005 年版。

14. 郁达夫：《郁达夫全集》第一卷，浙江大学出版社 2006 年版。

15. 闻一多：《死水》，解放军文艺出版社 2007 年版。

16. 《毛泽东选集》，人民出版社 1964 年版。

17. 江西省档案馆、江西省委党校党史研究室编著：《中央革命根据地史料选编》，江西人民出版社 1982 年版。

18. 林蓝：《林蓝作品集》，湖南文艺出版社 2006 年版。

19. 徐庆全编著：《周扬新时期文稿》，山西人民出版社 2004 年版。

20. 丁玲：《丁玲文集》第六卷，湖南人民出版社 1984 年版。

21. 丁玲：《丁玲全集》第十二卷，河北人民出版社 2001 年版。

22. 秦林芳：《丁玲的最后 37 年》，中国文史出版社 2005 年版。

23. 李慈健：《当代中国文艺思想史》，河南大学出版社 1999 年版。

24. 李华盛、胡光凡：《周立波研究资料》，知识产权出版社 2010 年版。

25. 丁帆：《中国新文学史》，高等教育出版社 2013 年版。

26. 朱通伯编著：《英美现代文论选》，上海译文出版社 1991 年版。

27. 姚柯夫编著：《〈人间词话〉及评论汇编》，书目文献出版社 1983 年版。

28. 李杨：《抗争宿命之路："社会主义现实主义"（1942—1976）研究》，时代文艺出版社 1993 年版。

29. 蔡翔：《革命/叙述——中国社会主义文学—文化想象（1949—1966）》，北京大学出版社 2010 年版。

30. 陈修斋、杨祖陶：《欧洲哲学史稿》，湖北人民出版社 1986 年版。

31. 沈宗灵、王晨光：《比较法学的新动向》，北京大学出版社

1993 年版。

32. 王家福、刘海年、李林主：《人权与 21 世纪》，中国法制出版社 2000 年版。

33. 章太炎：《章太炎全集》第四卷，上海人民出版社 1985 年版。

34. 梁启超著，宋志明选注：《新民说》，辽宁人民出版社 1994 年版。

35. 郁达夫：《中国新文学大系》散文二集导言，上海良友图书印刷公司 1935 年版。

36. 周作人：《周作人文类编》第三卷，湖南文艺出版社 1998 年版。

37. 胡适：《胡适文集》第五卷，北京大学出版社 1998 年版。

38. 陈独秀：《陈独秀著作选》第一卷，上海人民出版社 1993 年版。

39. 李大钊：《李大钊文集》第四卷，人民出版社 1999 年版。

40. 杨义：《中国现代小说史》第三卷，人民文学出版社 1988 年版。

41. 钱穆：《中国历代政治得失》，生活·读书·新知三联书店 2001 年版。

42. 张静：《基层政权：乡村制度诸问题》，浙江人民出版社 2004 年版。

43. 杜润生：《杜润生自述：中国农村体制变革重大决策纪实》，人民出版社 2005 年版。

44. 萧延中：《思想的永生》，中国工人出版社 1997 年版。

45. 费孝通：《乡土中国》，北京出版社 2005 年版。

46. 费孝通：《乡土中国与乡土重建》，风云时代出版公司 1993 年版。

47. 汤志钧编著：《康有为政论集》，中华书局 1981 年版。

48. 加润国选注：《仁学——谭嗣同集》，辽宁人民出版社 1994 年版。

49. 中国现代文学馆编著：《周作人文集》，华夏出版社 2000 年版。

50. 中华全国妇女联合会编著：《毛泽东周恩来刘少奇朱德论妇女解放》，人民出版社 1988 年版。

51. 姜振昌编著：《野百合花——四十年代延安解放区杂文选》，文化艺术出版社 1996 年版。

52. 《毛泽东早期文稿》，湖南出版社 1990 年版。

53. 孟繁华、程光伟：《中国当代文学发展史》，中国人民大学出版社 2009 年版。

54. 鲁迅：《华盖集》、《鲁迅全集》（第 3 卷），人民文学出版社 2005 年版。

55. 袁银传：《小农意识与中国现代化》，武汉出版社 2000 年版。

56. 罗平汉：《土地改革运动史》，福建人民出版社 2005 年版。

57. 杨奎松：《开卷有疑》，江西人民出版社 2007 年版。

58. 黄修己编著：《赵树理研究资料》，北苑文艺出版社 1985 年版。

59. 黄宗智：《中国乡村研究》第二辑，商务印书馆 2003 年版。

60. 《中国的土地改革》编辑部编著：《中国土地改革史料选编》，国防大学出版社 1988 年版。

61. 郭德宏：《中国近现代农民土地问题研究》，青岛出版社 1993 年版。

62. 中共中央委员会：《中国土地法大纲》，渤海新华书店 1948 年版。

63. 东北解放区财政经济史编写组编著：《东北解放区财政经济史资料选编》，黑龙江人民出版社 1988 年版。

64. 程中原：《张闻天传》，当代中国出版社 2000 年版。

65. 张向凌：《黑龙江省志》，黑龙江人民出版社 1992 年版。

66. 周扬：《周扬文集》第一卷，人民文学出版社 1984 年版。

67. 孟繁华：《中国二十世纪文艺学学术史》第三卷，上海文艺出版社 2001 年版。

68. 丁易：《中国现代文学史略》，作家出版社 1955 年版。

69. 吉林大学中文系中国现代文学史教材编写小组：《中国现代文学史》，吉林人民出版社 1962 年版。

70. 中国人民大学语言文学系文学史教研室现代文学组：《中国现代文学史》，中国人民大学出版社 1964 年版。

71. 《人民文学》编辑部：《评〈山乡巨变〉》，作家出版社 1959 年版。

72. 唐小兵编著：《再解读——大众文艺与意识形态》，北京大学出版社 2007 年版。

73. 陈思和：《中国当代文学史教程》，复旦大学出版社 1999 年版。

二 中文译著

1. ［美］本尼迪克特·安德森：《想象的共同体——民族主义的起源与散布》，吴叡人译，上海人民出版社 2005 年版。

2. ［日］柄谷行人：《日本现代文学的起源》，赵京华译，生活·读书·新知三联书店 2003 年版。

3. ［德］康德：《道德形而上学原理》，苗力田译，上海人民出版社 1986 年版。

4. ［德］W. 桑巴特：《美国为什么没有社会主义》，赖海榕译，社会科学文献出版社 2003 年版。

5. ［美］本杰明·史华兹：《寻求富强：严复与西方》，叶凤美译，江苏人民出版社 1996 年版。

6. ［美］卡罗尔·佩特曼：《参与和民主理论》，陈尧译，上海人民出版社 2006 年版。

7. ［美］悉尼·胡克：《历史中的英雄》，王清彬译，上海人民出版社 1986 年版。

8. ［美］詹姆斯·R. 汤森、［美］布兰特利·沃马克：《中国政治》，顾速、董方译，江苏人民出版社 1992 年版。

9. ［印］杜赞奇：《文化、权力与国家——1900—1942 年的华北农村》，王福明译，江苏人民出版社 1996 年版。

10. ［法］勒庞：《革命心理学》，佟德志译，吉林人民出版社 2004 年版。

11. ［美］韩丁：《翻身——中国一个村庄的革命纪实》，韩倞译，北京出版社 1980 年版。

12. ［美］弗里曼、毕克伟、赛尔登：《中国乡村，社会主义国家》，陶鹤山译，社会科学文献出版社 2002 年版。

13. ［美］林毓生：《中国意识的危机——五四时期激烈的反传统主义》，穆善培译，贵州人民出版社 1986 年版。

三　期刊论文

1. 陈独秀：《敬告青年》，《新青年》1915 年第 1 期。

2. 周怡：《中国形象在近代文学与传媒里的几个主要意象》，《文史知识》2011 年第 2 期。

3. 光未然：《文艺的民族形式问题》，《文学月报》1940 年第 5 期。

4. 孟繁华：《毛泽东文艺思想及内部结构》，《文艺争鸣》1998 年第 4 期。

5. 陈平原、黄子平、钱理群：《民族意识——"20 世纪中国文学"三人谈》，《读书》1985 年第 12 期。

6. 旷新年：《民族国家想象和中国现代文学》，《文学评论》2003 年第 1 期。

7. 旷新年：《赵树理的文学史意义》，《文艺理论与批评》2004 年第 3 期。

8. 柏峰：《秋的美好成就了文学》，《中国社会科学报》2011 年 12 月 13 日。

9. 韩跃红、孙书行：《人的尊严和生命的尊严释义》，《哲学研究》2006 年第 3 期。

10. 金俭：《略论人权理论与实践的历史发展》，《南京社会科学》2004 年第 5 期。

11. 刘金海：《农民的"集体劳动"：缘由、规范及实施》，《中共党史研究》2010 年第 2 期。

12. 刘川鄂：《自由观念与中国近代文学》，《社会科学战线》1999 年第 1 期。

13. 林非：《五四以来散文发展的轮廓》，《社会科学战线》1979 年第 2 期。

14. 孟繁华：《"英雄文化"的现代焦虑》，《光明日报》2003 年 6 月 4 日。

15. 李希凡：《革命英雄典型的巡礼》，《文学评论》1961 年第 1 期。

16. 钱理群：《论五四时期"人的觉醒"》，《文学评论》1989 年第 3 期。

17. 黄科安：《延安文人：建构现代民族国家的本土话语体系——

关于延安文学研究的再思考》,《海南师范学院学报》(社会科学版) 2006 年第 4 期。

18. 孙海义:《毛泽东对社会主义道德建设的主要贡献》,《毛泽东邓小平理论研究》2006 年第 6 期。

19. 李里峰:《不对等的博弈:土改中的基层政治精英》,《江苏社会科学》2007 年第 6 期。

20. 芝:《推荐〈暴风骤雨〉》,《生活报》1948 年 5 月 11 日。

21. 韩进:《我读了〈暴风骤雨〉》,《东北日报》1948 年 6 月 22 日。

22. 旷新年:《从写实主义到现实主义——中国新文学对现实主义的理解、接受与阐释》,《华中师范大学学报》2014 年第 4 期。

23. 《〈暴风骤雨〉座谈会记录摘要》,《东北日报》1948 年 6 月 22 日。

24. 姚承宪:《从〈山乡巨变〉中的几个人物谈人物形象的创造》,《山东大学学报》(中国语言文学版) 1959 年第 1 期。

25. 朱寨:《谈〈山乡巨变〉及其他》,《文学评论》1959 年第 4 期。

26. 朱寨:《读〈山乡巨变〉续篇》,《文学评论》1960 年第 5 期。

27. 黄秋耘:《〈山乡巨变〉琐谈》,《文艺报》1961 年 2 月 26 日。

28. 洁泯:《文学是真实的领域》,《文学评论》1979 年第 1 期。

29. 肖枚:《重读〈暴风骤雨〉》,《北京师院学报》1978 年第 1 期。

30. 叶胥、庄汉新:《根植于沃野的鲜花——谈〈暴风骤雨〉、〈山乡巨变〉的人物形象塑造》,《徐州师范学院学报》1979 年第 4 期。

31. 刘锡诚:《谈〈暴风骤雨〉及其评价问题》,《社会科学战线》

1979 年第 4 期。

32. 田美琳：《略论〈暴风骤雨〉的创作特色》，《宁夏大学学报》1980 年第 2 期。

33. 冯健男：《现实主义的新的胜利——谈周立波新中国成立后的创作》，《文学评论》1980 年第 1 期。

34. 朱寨：《〈山乡巨变〉的艺术成就》，《社会科学战线》1981 年第 2 期。

35. 文忆萱：《俯拾即是　着手成春——〈山那面人家〉读后》，《湘图通讯》1980 年第 2 期。

36. 胡宗健：《美，存在于他的整体——〈山那面人家〉意境赏析》，《名作欣赏》1983 年第 1 期。

37. 胡光凡：《健笔凌云丰碑永在——试论周立波短篇小说〈湘江一夜〉的艺术成就》，《湘潭大学学报》1980 年第 2 期。

38. 胡光凡：《革命现实主义的烂漫山花——周立波农村题材短篇小说的艺术风格》，《文学评论》1981 年第 4 期。

39. 庄汉新：《试论周立波短篇小说艺术风格的流变》，《徐州师范学院学报》1981 年第 1 期。

40. 秦忠翼：《试论周立波小说创作的真趣之美》，《益阳师专学报》1987 年第 1 期。

41. 徐迟：《读周立波遗稿有感》，《外国文学研究》1982 年第 2 期。

42. 戴安康：《广采百花酿新蜜——读周立波〈名著选读〉》，《外国文学研究》1982 年第 4 期。

43. 冯健男：《延安鲁艺学术之花——读周立波〈名著选读〉讲授提纲》，《外国文学研究》1983 年第 3 期。

44. 秦牧：《〈韶山的节日〉一文的奇祸——从一个典型事例戳穿

"文艺黑线专政"论的黑幕》,《湘江文艺》1978 年第 1 期。

45. 周而复:《谈报告文学——序周立波、周而复报告文学集》,《文艺报》1981 年 3 月 22 日。

46. 蒋益:《论周立波的报告文学》,《教学与研究》1981 年第 1、2 期合刊。

47. 马先义:《"运用历史科学的笔墨"写成的报告——读周立波的〈娘子关前〉》,《山东师大学报》(哲学社会科学版) 1984 年第 1 期。

48. 陈学超:《伟大抗日民族战争的侧影——读周立波的〈娘子关前〉》,《名作欣赏》1984 年第 5 期。

49. 庄汉新:《光明、美丽和真诚的歌者——论周立波的散文创作》,《徐州师范学院学报》1984 年第 3 期。

50. 罗仕安:《周立波散文创作漫论》,《怀化师专学报》1984 年第 2 期。

51. 吴肇容:《论周立波的前期思想和小说创作》,《武汉大学学报》(社会科学版) 1983 年第 2 期。

52. 冯健男:《周立波小说的真善美》,《文艺研究》1981 年第 4 期。

53. 拙容:《思想的迷惘与现实主义的胜利——读周立波社会主义时期的创作》,《求索》1984 年第 5 期。

54. 胡光凡:《历史的真实和艺术家的勇气——关于〈山乡巨变〉再评价的一点浅见》,《中国文学研究》1986 年第 2 期。

55. 刘河:《生活和创作——"周立波小说论稿"之一》,《湘潭师范学院学报》(社会科学版) 1987 年第 1 期。

56. 康咏秋:《盲目紧跟反为紧跟误——评〈铁水奔流〉》,《湘潭师范学院学报》(社会科学版) 1988 年第 3 期。

57. 河流：《周立波农村题材短篇小说的思想艺术特色》，《湘潭师范学院学报》（社会科学版）1988 年第 2 期。

58. 康咏秋：《〈山乡巨变〉在反映合作化问题上的得失》，《湖南师范大学学报》（社会科学版）1990 年第 2 期。

59. 秦林芳：《〈暴风骤雨〉中的迷失——周立波〈暴风骤雨〉再论》，《名作欣赏》1994 年第 4 期。

60. 马俊山：《反思过去那样的"深入生活"》，《文艺理论研究》1997 年第 4 期。

61. 贺桂梅：《再解读：文本分析和历史解构》，《海南师范学院学报》（社会科学版）2004 年第 1 期。

62. 陈思和：《民间的浮沉——对抗战到文革文学史的一个尝试性解释》，《上海文学》1994 年第 1 期。

63. 陈思和：《民间的还原——文革后文学史某种走向的解释》，《文艺争鸣》1994 年第 1 期。

64. 刘洪涛：《周立波：民间文化与意识形态》，《文艺理论研究》1997 年第 3 期。

65. 杨厚均：《三种文化形态的合流与抵牾——重解周立波 20 世纪五六十年代的农村小说》，《云梦学刊》2003 年第 2 期。

66. 毕光明：《〈山乡巨变〉的乡村叙事及其文学价值》，《文艺理论与批评》2010 年第 5 期。

67. 肖向东、孙周年：《主流社会与边缘乡村交织互映的历史镜像——论〈山乡巨变〉的历史叙述与艺术表达》，《湖南城市学院学报》2012 年第 4 期。

68. 高佳俊：《湖湘文化与周立波的小说创作》，《理论与创作》1992 年第 1 期。

69. 李阳春：《湘楚文化与当代湖南文学的叙事立场》，《湘潭大学

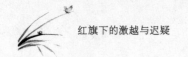

学报》（哲学社会科学版）2004 年第 5 期。

70. 刘新敖：《"中国新文学学会第 22 届年会暨周立波创作与当代乡土小说学术研讨会"综述》，《理论与创作》2006 年第 6 期。

71. 李遇春、曾庆江：《中国新文学学会第 22 届年会暨周立波创作与当代乡土小说学术研讨会综述》，《文学评论》2006 年第 6 期。

72. 刘中顼：《周立波的益阳小说在中国乡土小说发展中的地位》，《湖南城市学院学报》2006 年第 6 期。

73. 彭萍、邹理：《2012 周立波研究与文化繁荣学术研讨会综述》，《湖南城市学院学报》2012 年第 5 期。

74. 贺绍俊：《被压抑的浪漫主义——重读周立波的〈山乡巨变〉》，《中国现代文学丛刊》2014 年第 2 期。

四 学位论文部分

1. 佘丹清：《周立波新探》，博士学位论文，华东师范大学，2007 年。

2. 鲁太光：《当代小说中的土地问题——以"土改小说"和"合作化小说"为中心》，博士学位论文，北京大学，2013 年。